风从乡野吹来

张勤丰 著

时代出版传媒股份有限公司
安徽文艺出版社

图书在版编目（CIP）数据

风从乡野吹来/张勤丰著.—合肥：安徽文艺出版社,2022.10
ISBN 978-7-5396-6767-6

Ⅰ．①风… Ⅱ．①张… Ⅲ．①散文集－中国－当代
Ⅳ．①I267

中国版本图书馆 CIP 数据核字(2022)第 033301 号

出 版 人：姚　巍
责任编辑：汪爱武　　　　　　装帧设计：徐　睿
....
出版发行：安徽文艺出版社　　　www.awpub.com
地　　址：合肥市翡翠路 1118 号　邮政编码：230071
营 销 部：(0551)63533889
印　　制：合肥创新印务有限公司　(0551)64456946
....
开本：700×1000　1/16　印张：16　字数：260 千字
版次：2022 年 10 月第 1 版
印次：2022 年 10 月第 1 次印刷
定价：65.00 元
....
(如发现印装质量问题，影响阅读，请与出版社联系调换)
版权所有，侵权必究

目　　录

序　田野上吹来温馨的风　叶昌国 / 001

第一辑　岁月记忆

自然、乡情与文学 / 003

一部收音机 / 006

姑姑家的那片水域 / 009

心中的河 / 012

儿时的灌溉渠 / 014

春去秋来大雁塘 / 017

四季鱼趣 / 020

黄昏如约而至 / 023

夏日的蜻蜓 / 026

蝉鸣声声里 / 028

鹅趣 / 031

乡村除夕 / 035

儿时的年味 / 038

沿袭一种生命密码 / 041

皂荚树下的眺望 / 044

小镇与火车 / 047

青葱校园 / 050

师范，我的精神家园 / 053

发现与拯救 / 056

那一年我走上讲台 / 060

乡中七年 / 064

怀念你，家乡的完中 / 069

水与火的变迁 / 073

音乐人生 / 076

第二辑　人物剪影

爱是陪伴 / 081

槐树花香 / 084

父亲的人生 / 088

阳光下的追忆 / 092

怀念老曹 / 095

希望不灭 / 098

最温馨的记忆 / 102

烛照心灵的师长 / 105

邻居大哥 / 108

堂伯 / 112

只是道别，却成永诀 / 115

房东一家人 / 118

幸福的晚景 / 122

一个自行车摊位的守护者 / 124

四个自考好友的沉浮人生 / 128

迎风绽放 / 134

情殇 / 138

第三辑　大千世界

春游岱山湖 / 145

梦幻太平湖 / 147

新安江上画中游 / 149

西安行 / 152

难忘的新疆之旅 / 158

田野的色彩 / 164

乡村农事琐忆 / 166

守护净土 / 174

水晶般的童心 / 176

骑车上班 / 178

亲近阳光 / 180

享受自由 / 182

拯救灵魂 / 185

手机啊,手机 / 189

第四辑　艺术长廊

小姨的命运

——散文《一个非主流文艺女性的大半生》读后感 / 193

无爱婚姻之痛

——中篇小说《给你一颗杏》读后感 / 196

卑微者的证明

——电影《绿皮书》观感 / 200

领悟自然之道
　　——电影《小树的故事》观感 / 203
青春的魅力
　　——电视连续剧《最美的青春》观感 / 207
青春的另一种解读
　　——顾坚长篇小说《青果》读后感 / 211
温馨浪漫的水乡爱情
　　——顾坚长篇小说《情窦开》读后感 / 215
情归何处
　　——电视连续剧《三十而已》观感 / 219
悠悠岁月里的一支动听的歌
　　——电视连续剧《渴望》观感 / 224
向善的力量
　　——电视连续剧《一路夫妻》观感 / 231
秀秀的暖冬
　　——电影《暖冬》观感 / 235
功利化教育的利与弊
　　——电视连续剧《虎妈猫爸》观感 / 239
从教幼儿吃饭说起
　　——由三幅微信图片引发的思考 / 243

序

田野上吹来温馨的风

叶昌国

一

"风从乡野吹来"本来很寻常,久居乡下的人们,几乎天天都能感受到从田野上吹来的阵阵微风。

而当一本厚厚的《风从乡野吹来》的散文作品集呈现在人们面前时,却给人别样风景。

《风从乡野吹来》的作者张勤丰,是近年来合肥地区崭露头角的一位多产作家。

我曾拜读过张勤丰的一些文章,知道他还是一位中学英语高级教师。读完《风从乡野吹来》的时候,我才对张勤丰曾走过的曲折道路有了由浅入深的全面了解,才知道几十年来张勤丰所走过的路非常坎坷。但无论在什么艰苦的环境下,他始终没有停止过奋斗和进取的步伐。

《风从乡野吹来》共分四辑,其中第一辑"岁月记忆"里的文章,记录和见证着张勤丰的成长经历,记录着他从少年到成年,从懵懂到成熟的征途中所遇到的一次次人生磨难,还有他对美丽乡村与亲切校园的鲜活记忆。

书中虽没有单独的篇章专门介绍张勤丰的成长历程,可若把大部分文章串联起来,即可窥见作者五十多年来的风雨人生。

张勤丰出生在一个普通的农村家庭,家境一般,他的父亲曾经当过兵,在部队里担任过文书,后来还学会了写诗。当然,父亲所写的大部分诗作都成了"抽屉文学"。父亲的诗作引人注目的发表园地,是大队在"双抢"时创办的"会战简报"。尽管是油印的小报,却影响和鼓舞了很多村民。村民们也把他的父亲当作村里的"文化人"。

"文化人"当然比村里的其他乡亲有远见。自打张勤丰懂事时起,父亲就教育他要好好读书,尽可能多地汲取知识,将来跳出"农门",做一个有出息的人。

在父亲的鼓励下,争气的张勤丰在村里所有读书的孩子当中,学习成绩始终名列前茅,直至1979年暑期以高分考取了中等师范学校。这在当时,算得上是村里的一件大喜事了。张勤丰怀着喜悦的心情,来到了他所考取的那所师范学校就读,体验与他经历的中小学完全不同的生活。自打踏进中师校门那天起,张勤丰就是"公家人"了,今后,再也不会像父母那样面朝黄土背朝天了。

可道路总是曲折的。当张勤丰意气风发地迈出师范学校大门走上社会的时候,生活,又与他开了一个不大不小的玩笑,差一点让他不能自拔。

二

不能自拔的原因之一:张勤丰出生在肥东南部地区,中师毕业后,却被分配到肥东西北部贫困地区的一所中心小学教书,后来,又被派遣到一所更边远的乡村小学教书。

从他教书的地方到他自己的家乡,只有不足五十公里的路程,张勤丰却用了整整六年之久,才回到离家七公里的一所乡村中学。从那所乡村中学到自己曾经上过学的镇上中学,只有七公里的路程,可张勤丰又花了整整七年时间才走了回来。可以说,每走一步,他都付出了很多心血,流过很多汗水。

不能自拔的原因之二:想当初,他考取中师的时候,全家乃至全村人都喜不自禁,甚至欢呼雀跃,认为村里"出人了"。可当他中师毕业回家等待分配工作时,同村的一个初中同学却以优异的成绩考取了大学。而这个考取大学的同学,初中时学习成绩是远远地落在他的后面。现如今,这位同学考上了大学,将来,他会在更广阔的天地里发展自我,收获精彩的人生。而成绩出类拔萃的他,只能到一所乡村小学工作。想到这些,张勤丰总是不能心理平衡。

张勤丰是个上进心很强的人。当了老师之后,他还是要考大学,向理想更进一步。

让张勤丰感到难过的是,尽管他付出了很大的努力,大学的这扇门却没有向他打开。张勤丰并没有泄气,又开始拼命地自学,走自学考试这条艰难的道路,并且先后获得了汉语言文学专业与英语教育专业双本科文凭,其恒心与毅力远超常人。凭着自己的实力,张勤丰调回南部地区的一所乡村中学教书,并逐渐成为骨干教师。之后,又调回自己家乡的那所镇上的中学。再之后,通过自身的努力,考取了教师们都向往的省级重点中学——肥东一中。可以说,他的每一步都付出了巨大的努力。

张勤丰一步一个脚印从最边远、最底层的乡村小学,来到全县最耀眼的一所中学,凭着过硬的本领,一次次地敲开了理想之门。

到了肥东一中之后,他凭着一股不服输的精神,在英语教学上取得了骄人的成绩。因为教学成绩出色,他承担了超出常人的繁重的教学任务,任劳任怨,默默奉献。近年来,随着教学任务的减轻,有了时间,在教学之余,他拿起笔来开始写作,并且笔耕不辍。

张勤丰用瑰丽的笔调、抒情的情怀、奔放的遐想,关注、聚焦家乡的人文和难忘的生活片段,把自己步履中的所见、所闻、所知、所想用文字的方式记录下来,情感细腻,心声飞扬。

在《一部收音机》中,张勤丰曾这样写道:"奋斗的人生,不向现实屈服的人生,才是充实而有意义的。"

三

《风从乡野吹来》用鲜活的语言、朴素的情感,讲述着一个个张力无限的故事。第二辑"人物剪影"中,张勤丰笔下所写的都是一些普通人,其中渗透了作者对曲折人生的回味和感悟。虽然采用了散文的笔调,但有些文章可当作报告文学乃至小说来读,很多文章读后让人难以释怀。

许多文章,描述的是20世纪八九十年代所发生的真实感人的故事,描写乡村的人情及风俗,一篇文章就像一幅民俗画,一本书就好像是一部内容全面的民俗大观。

在一些篇章中,张勤丰以真切的情感低吟浅唱,特别是第一辑"岁月记忆"的写作特色,体现了真诚、真情、真挚。这是我阅读《风从乡野吹来》时,感觉到最能够打动人心的要素之一。

张勤丰是一位勤奋的激情四溢的作家。他知识渊博,思维敏捷,语言风趣,感情真挚。在文学创作方面,虽然起步较晚,但起点很高,可谓厚积薄发。

文如其人,张勤丰的文章正如他为人一样朴实无华,读他的作品,能感知得到他那滚烫的胸怀,能产生一种别样的情感,能找到疏远已久的感动。其中,《自然、乡情与文学》《一部收音机》《黄昏如约而至》等,读后让人回味无穷,让人感到那么亲切,那么动情,那些往事仿佛就发生在自己身边,发生在昨天。

当然,身为一名英语高级教师,张勤丰平时教学工作非常忙碌,教书育人是他的主业,文学创作只是他的业余爱好。因此,在写作技巧方面,不能对他有过高的要求。工作之余,他能心无旁骛地静下心来读书、写作,我们应该向他投去敬佩的目光。

张勤丰是个百折不挠、积极向上的人。在《自然、乡情与文学》一文中,他这样写道:"即便今天,无论工作与事务多么繁忙,我仍保持着阅读文学作品的习惯……文学让我恪守一种信念:我可以接受生活给予我的一切,可唯一拒绝的就是平庸。有了文学,纵使一个个波澜不惊的日子,也能发现它们的美妙与神奇。"

预祝在今后的日子里,张勤丰能有更多的作品问世,能有更好的作品奉献给读者。

是为序!

第一辑　岁月记忆

SUIYUE JIYI

自然、乡情与文学

人世间,最美的东西是什么?在我心中,家乡的美景、淳朴的乡情与文学的魅力是最有吸引力、最让人陶醉的。

小时候,每当一轮明月冉冉升起,我和我的小伙伴便在村前屋后尽情玩耍。树丛间、草垛旁、墙角处、沟渠边,躲着、静候着、奔跑着,呼朋唤友,乐此不疲。捉迷藏,玩打仗,演练着露天电影里看到的某些难忘的情节。奔跑声、喊叫声常常惊飞树上栖息的鸟儿,它们翅膀的扑棱声给这个银色的纤尘不染的夜晚带来几分神奇和空灵。

春天来了,田野逐渐披上了茸茸的绿装,万物复苏,溪水潺潺,不知名的野花在田垄旁悄悄绽放。夏天的村庄,浓荫蔽日,芳草萋萋,我们捕蝉,捉蜻蜓,到池塘、小河中游泳,到任何有水的地方去捕鱼。太多的乐趣,无限的生机。秋天,空气中弥漫着庄稼成熟的气息,我们享受着田园给予人类的许多馈赠,收获花生、山芋、甘蔗、黄豆、葵花子,满足人们的口腹之欲。冬季,萧条的景物不能抵挡人们对生活的热情,全家围坐在火炉边,听父亲讲述一个个生动的故事;或在滴水成冰的日子里,到水塘上滑冰;也可在大雪纷飞之后,到粉妆玉砌的世界里尽情撒欢。在家乡的怀抱中,我们健康快乐、无忧无虑地成长,岁月的色彩涂满我们金色的童年与多梦的少年。

1979年的夏天,初中毕业的我考取了一所中等师范学校。经过漫长而焦急的等待之后,一张油印的录取通知书终于来临。只是一所极其普通的学校,却在整个村庄引起了极大的反响,许多乡亲来到我家,送来了他们的赞誉和真挚的祝愿,再伴上两条蕴含着步步高升、不断进步的片糕。在那个温饱尚未解决的年代,两条片糕的确是一份不菲的礼物。小伙伴们也用自己舍不得用的零花钱为我买来钢笔、笔记本,并在扉页上用稚嫩的字体写上一些祝福的话。父亲兴致勃勃地为我办理上学的种种手续,到粮站交粮,到派出所迁户口。母亲则准备着一些生活用品,高兴中掺着几许忧虑,毕竟我当时年岁尚小,从未离家,现在要离开父母到外面读书,生活上有许多事情要自理,她有太多的不放心。在我上学后,父母宰杀了家里的肥猪,郑重其事地办了几桌酒席,款待那些纯朴善良的乡亲。

我永远忘不了我的那些乡亲,他们像脚下凝重而无言的土地。多少年来,岁月带给他们太多的苦难与艰辛,可他们任劳任怨,默默地奉献着自己的劳力与心血,并用他们长年累月、栉风沐雨的收获,养育着自己的家庭,铺垫着社会进步和发展的基石。

也许是因为来自条件极其简陋的农村学校,师范学校在我的眼中便成了世外桃源与人间天堂。背倚青翠群山,四周绿树环绕,早晨可以到松林中去读书,傍晚可在山径上漫步。灰砖黑瓦建造的校舍,俨然有序。崭新的桌椅、充足的阳光、勤奋的同学、谦逊的老师,所见所闻无不让我们体会到一种积极向上的健康氛围。

教语文的夏老师很有水平,长期潜心研究鲁迅的著作,发表了几篇颇有价值的学术论文,在我们上师范二年级时他就被安徽省社会科学院文学研究所聘为副研究员。他的课生动有趣,教起鲁迅作品来更是出神入化。第一学期期中考试押卷题是剖析课文《为了忘却的记念》中柔石的性格特征,我答得有条不紊,分析得头头是道,夏老师竟然给了我满分,我也因此获得全班语文最高分。夏老师对我的作文也颇为赏识,常常把我的作文当作范文在全班同学面前诵读。学校举办作文竞赛,命题作文《在新长征开始的日子里》,我写了家乡实行联产承包责任制后的惊人变化,获得了二等奖。我参加学校的文学社,一些文章在食堂墙报上张贴出来,或者通过学校广播站在课外活动时播放。老师与同学们的赞扬激发了我对文学的浓厚兴趣,而20世纪80年代是中国文学波澜壮阔的黄金岁月。经历十年"文革"的磨难,人们的创作激情如火山熔岩一样喷发出来。"伤痕文学""反思文学""改革文学""寻根文学"纷至沓来,优秀作品琳琅满目,令人目不暇接。一卷在手,静心阅读,与书中人物同悲同喜,常达到废寝忘食、超然物外的境界。刘心武的《班主任》揭示十年浩劫对年轻学生心灵的戕害,发出了"救救孩子"的呐喊。卢新华的《伤痕》反映"血统论"对许多知青命运的捉弄,触动了亿万人心中的隐痛。张笑天的《回来吧,罗兰》中,一个纯真的怀有梦想的女孩,为了敬爱的周总理,宁愿牺牲自己的幸福与健康,读后令人感佩不已。周克芹的《许茂和他的女儿们》,父亲许茂的形象表明当一个时代无情地损害了农民的利益时,他们会变得自私和冷酷;而四姑娘许秀云向我们展示了一个美丽而柔弱的农村女性在坎坷生活中所表现出的坚韧与刚强。鲁彦周的中篇小说《天云山传奇》塑造的罗群与冯晴岚形象,呈现了知识分子在那个特定的动乱年代中的坚定与执着,以及他们身上可歌可泣的自我牺牲的品格。

  文学,在我面前展开了一个全新的世界,让我超越现实平凡的生活,体验到一种崇高,一种优美、凄美或壮美,并获得无与伦比的精神愉悦。即便今天,无论工作与事务多么繁忙,我仍保持着阅读文学作品的习惯,并逐渐拥有丰富的藏书。文学,让我恪守这样一种信念:我可以接受生活给予我的一切,可唯一拒绝的就是平庸。有了文学,纵使一个个波澜不惊的日子,也能发现它们的美妙与神奇;因为文学,在我最黯然神伤的时候,阳光也会穿过层层雾霾播撒到我的心灵,为我抚平伤口,让我继续前行。

一部收音机

20世纪七八十年代,挣扎在求得温饱泥潭中的父亲母亲的生活是艰难的,他们唯一的娱乐工具便是一部半导体收音机。聆听收音机,可以了解国内外大事,可以欣赏鼓舞人心的时代歌曲,相声引人捧腹,天气预报备受关注。收音机给劳碌之余的父母带来了许多欢乐,自然也成了我爱不释手的东西。

1979年的盛夏,我考取了一所中等师范学校,离开了父母,也惜别了心爱的收音机。学校离家数百里,傍依连绵群山,远离市声,环境优美,景色宜人。校舍是砖瓦平房,窗户玻璃完好无损,室内排列整齐的崭新的桌椅散发着油漆的芳香。近五十个男生住在由大礼堂改建的学生公寓里,朝夕相处,关系融洽。那时的师范生是初中生中的佼佼者,学习热情高涨,自觉性极高。晚自习灯光璀璨的教室里总是济济一堂,很少有人缺席。

一段时间,学习英语的风气在校园中蔓延,陈琳英语,许国璋英语,初高中英语,在同学们当中都备受推崇。学校不开设英语课,也没有精通英语的老师,于是跟电台学英语成为唯一的选择。我给父母寄去一封书信,要求他们把家里的那部收音机邮寄给我,好让我跟上同学们学习英语的节奏。很快,我收到了父亲的来信。父亲曾经在南京军区某装甲部队当过几年文书,文笔很好。他在信中说,收音机是全家快乐的源泉,家人都离不开它。对于我想学英语这件事,父母全力支持,现寄三十元,让我重新买部新收音机。

看着来信,我心中百感交集。我知道,老实巴交的父母平常挣钱并不容易。除了生产队分的自留地,他们还把一些荒地开垦出来,四季种上应时的蔬菜,留足自家吃的,把更多的蔬菜收拾整理好后赶早集去卖。父亲还添置一个赶渔网,农忙之余,走过村庄,穿过田野,到水塘沟渠旁去撒网捕鱼。那时化肥、农药还没有"大施淫威",水很干净,鱼儿取之不尽。外出捕鱼,特别是滂沱大雨之后,往往收获颇丰。这些鱼既改善家人的生活,又带来一定的经济收入。这三十元,一定是父母花了多日积攒的。

从收发信件的阿姨处领到了汇款单,到学校办公室主任那里加盖了学校公章,星期天兴高采烈地与几个同学一道,步行十几里路到了当地一个叫西埠的集镇。从邮局领到了三十元后,连忙到附近的一个大商店挑选了一部性能卓越、外观秀气的收音机。

那时,我与另外四个同学一起收听河南人民广播电台的初高中英语。每天早晨五点钟,闹钟一响,我就迅速起床,穿好衣服,洗个脸,悄悄地摸到床边,叫醒他们。然后,又蹑手蹑脚地开了宿舍的后门,来到教室里,非常神圣地打开收音机,调频到河南台,屏息凝神地收听,积极主动地跟读。早锻炼后自由早读时,又到学校周围的树丛中、竹林旁、石径上大声地朗读英语。晚自习等处理完老师布置的作业,又开始做英语书上的练习,遇到一些不懂的地方我们还相互讨论。坚持了三年,学完了初中六册、高中两册的教材,打下了较为扎实的英语基础,这对我以后的学习与工作的帮助还是挺大的。英语学习,更培养了我们持之以恒的品质,寄托了我们对未来的美好憧憬。

师范毕业后,我被分配到肥东一所偏僻的乡村小学当老师。学校条件非常简陋,甚至不通电,为解决照明用的煤油,我就费尽周折。理想与现实的巨大差异让我的心中布满阴云。我写信向父亲倾诉心中的烦恼。郁闷中,父亲给我寄来了家书。父亲安慰我说,一份稳定的工作,对一个农民家庭来说,实属不易,要珍惜自己的工作机会,善待自己的学生,尊重领导,与同事处好关系,并且努力在生活中发现乐趣。铭记父亲的教诲,我千方百计地去克服自己面临的各种生活上的困难，教学上兢兢业业，逐步获得了学生的信任与尊重。那部曾经帮我学习英语的收音机，在我人生最惨淡的日子里，让我收听到路遥的《平凡的世界》、霍达的《穆斯林的葬礼》等优秀长篇小说。主人公面对苦难人生的积极态度给我巨大的激励，而纯美哀婉的爱情如甘霖，浇灌着我饥渴的心灵。那些日子里，中央人民广播电台有一档黄金节目叫《今晚八点半》，我每晚必听。那一支支听众点播的优美动听的歌曲也似皎洁的月光照亮我苦闷而孤寂的心房。

如今，电视、网络与手机极大地丰富了我们的娱乐生活，也侵占着我们的工作和学习时间，时常让我们感到眼花缭乱、空虚无聊。而早年父母出资给我买的那部收音机，以及父亲在信中给我的激励和抚慰，将永远留在我的记忆中，并给我带来许多人生的启迪。也许，奋斗的人生，不向现实屈服的人生，才是充实而有意义的。

姑姑家的那片水域

姑姑家位于南淝河附近，那里有大片的圩田，也有开阔的岗地。圩田河流环绕，河水四时流淌，流入南淝河，流向辽阔的巢湖。岗上有一口很大的水塘，既方便人们的生活，也灌溉着方圆十几里的农田。那时水质很好，几无污染。那片水域，给我留下了太多美好的回忆。

小时候，每逢星期天与寒暑假，我总是情不自禁地赶往四五里外的姑姑家。走过熟悉的田间小道，经过两个村庄，终于看到姑姑家那片村落的房屋与树木，我心中的亲切感油然而生。看我来了，姑姑疲惫的脸上绽开了笑容，忙走上前拉着我的手嘘寒问暖。表哥高兴地带我去前面的菜园摘点新鲜的蔬菜，顺便找点可以吃的黄瓜、菜瓜、香瓜或西红柿。接下来，我开始帮他们做点家务：扫地，倒锅灶里掏出的草灰，或拎着小水桶陪表哥到井坎上挑井水等，如同在自己的家里一样自由自在。

大表哥高中毕业后回到乡下，在大队团委当宣传委员，负责在墙上写各种应时的标语，并且保管所有的图书。那么多趣味盎然的图书像磁铁一样深深地吸引着我，每每拿起一本都津津有味地读，心中像吃了蜜一样甜。

光看书是不行的，暑假我要帮姑姑家放牛。当时生产队养了七八头水牛，个个膘肥体壮，都是耕地好手。这些牛常常上午到田里干活，下午就由指定的农户放牧。姑父是生产队会计，这样放牛挣工分的事情自然不会放过。他们把放牛的任务交给了我，我自然非常乐意接受。每天下午午觉醒来，就和几个熟悉的小伙伴从生产队的牛屋里牵出牛，骑着来到村西边的河坝上，将牛赶下坝坡。那里长满了茂盛的青草，牛儿贪婪地吃着，我们也脱了短裤与汗衫，一齐跳入河坝底下连成一片的池塘里。那塘里的水真清呀，一眼可望见水中摇曳纠缠的水草，草中有鱼儿在快乐地游弋。我们一般在水草不多的地方洗澡。刚学游泳可划狗刨式，等游了一段时间便无师自通地学会了自由泳、蛙泳、仰泳，甚至可以在深水处踩水，双手举向头顶。当然，最省力气的要算仰泳。游累了，仰泳就是很好的休息方式，而且仰泳时可看到蓝天与白云，让人感到心旷神怡。有时，一个猛子扎下去，在离岸很远的地方露出头来，相互比赛着，看谁一口气游得最远。高兴起来，分成两派，玩起打水仗，用双手劈水泼向对方脸上，看哪一方更快地败下阵来。

不知不觉一个下午就过去了，于是到河坝的另一处找到已经吃饱的牛儿，也让它们到水塘里泡一会儿，痛痛快快洗个澡。又回到岸上，等身上的水干了便可骑着牛，沐浴着夕阳的余晖往回赶。

二表哥只念完小学，可他心灵手巧，是个捕鱼高手。春寒料峭的时节，在水田里插下许多穿着蚯蚓的钩子钓泥鳅；安置细长的竹笼捉黄鳝，里面放着铁丝钩上穿的粗蚯蚓做诱饵。

到了夏季，塘水与河水都涨满了，于是二表哥大显神通，使用不同工具捕捉不同类型的鱼儿。白丝与鲢鱼用丝网粘，将丝网的两端在河的两岸固定，等它们在河里游动时自投罗网。一截细长的柳枝，一端牢牢地插在水塘的岸边，一端结实的尼龙线上拴牢黑鱼钩，钩上以活着的小泥鳅、土青蛙做诱饵。当黑鱼凶猛地扑向诱饵并一口吞下时，它便被钩子钩住咽喉，即便拼命挣扎也无法逃脱。如果把小泥鳅、土青蛙换成新鲜的猪肝，可以引诱老鳖上钩。鲫鱼和鲤鱼则用煮熟的麦粒去捕获，在一根细长的纳鞋底棉线上，等距离地系着一根根一两尺长的细棉线，棉线的另一端拴着一根两头削尖的竹篾卡，弯曲后穿上麦粒，然后将线下到河里，一旦吞吃麦粒，篾卡就会在它们嘴里张开，鲫鱼与鲤鱼便成为二表哥的舱中之物。

最有诗意的事情是夏夜里在河畔捕虾。月亮升起来,凉风习习,白天的暑热渐渐散去,河面上洒满了细银般的粼粼波光。表哥和我将用一块纱布与竹竿做成的虾网沉下水中,那块压沉虾网的小砖块的凹陷处填满了喷香的炒面。我们在岸上耐心地等待十多分钟,就开始起虾网。几乎每只网里都有几只活蹦乱跳的虾子,我们赶紧用特制的勺子捞起,放到鱼篓里。几个循环下来,已有半鱼篓虾米。夜色下沉,可捕虾的兴致依然不减。我们在河岸边收获河虾,也收获一份惬意与安逸。

现在,姑姑、姑父早离开人间,两个表哥也住到了镇上,可那片水域以及它带给我儿时的欢乐却萦绕在我的心头,有时还悄无声息地走入我的梦境中。

心中的河

随着生命之舟驶向中年,往事的记忆便如渐行渐远的风景在视野中慢慢模糊,可那些生命底色的东西在意识中却越发清晰起来,并被记忆的画笔抹上一层绚丽的色彩。

小时候,母亲常带我去的地方便是外婆家。在外婆慈祥而关爱的目光中享受着童稚的快乐与自由。外婆家的前面有一条宽阔的河流,河流两岸是无边的稻田。一声汽笛响起,我便夺门而出,有时是一艘货轮,拖着七八只吃水很深的木船从不远处徐徐而至;有时是一艘客轮,载着满船的乘客。这些乘客有的倚靠着船舷,有的从窗口探出头来,好奇地观赏着两岸的风景,正如我们好奇地看着他们。轮船过后,岸边掀起层层波浪,我们追着浪头奔跑,有时跳到泊在岸边的水泥船上,享受着船儿随着波浪轻轻摇晃带来的一份惬意。更多的时候,河面上行驶的是巨大的驳船,桅杆上扯起白色的风帆,风帆带着拖船顺着风顺着河流驶向一个遥远的、神奇的、梦中的地方。

傍依河岸,另一边是一串如珍珠般闪闪发亮的池塘。池塘中水清见底,水草葳蕤,到处可见那些在盛夏阳光下散发出清香的荷叶与菱角。和小伙伴们撑着小木船,轻轻地向菱秧与荷叶的中心划去,还随手采撷那丰盈的荷花与鲜美的菱角,无拘无束的欢乐和喜悦充溢着每一个人的心田。

为了汲河水灌溉,很早的时候一条水渠就被修起,连绵几百里。这条水渠也经过我们的村头。灌溉时节,水渠中流淌着湍急的河水,河水滋润着岗上与圩子里的千亩良田,带来一望无垠的金黄的稻浪与人们挥汗如雨的忙碌与收获。这条小河,也给儿时的我们带来无限的欢乐。夏日的小河,是我们游泳戏水的场所,可顺着水闸处奔涌的水流毫不费力地漂行得很远很远。枯水时节,呼朋唤友带着渔网到水深处捕鱼,当大家将水蹚浑时,很多鱼儿会露出头来,我们可用渔网轻而易举地将它们捕获。

步入社会,生活中常遇到一些挥之不去的烦恼与忧愁。每当那时,我喜欢回到家乡,一个人独自到河边漫步。晚风带着泥土的气息轻拂着我的面颊,田野在朦胧的夜色中显得苍茫而辽阔,河水在月光下闪动着粼粼的波光,耳畔是收音机播放的悦耳柔和的音乐,此时此刻,我似乎进入了一个纯美而静谧的世界,许许多多尘世的纷扰与恩怨都可以暂时抛却脑后。是的,生活毕竟是美好的,只要我们时时能保持一种平和的心态,便能感受到人生的那份美丽。

对于河流的记忆,最为深刻的是改造店埠河的壮观景象。店埠河是家乡肥东的母亲河,流入南淝河,流向碧波荡漾的大巢湖。在那些艰难的日子里,绵延几十里的挖河工地上,人头攒动,红旗猎猎。人们只能用最简单的劳动工具——箩筐、扁担、铁锹,一担担把河底的泥土挑到河岸。寒风凛冽,丝毫挡不住人们劳动的热情,日复一日,胼手胝足,他们终于建成了一条通直、宽阔的河道,并在岸边栽起了排排垂柳。这样艰巨工程的完成,需要怎样的勇气、耐心和决心?当时指挥这项工作的一位县委领导盛赞百姓们的这种可贵的"蚂蚁啃骨头"精神。而当这位领导去世之后,其亲人遵照其遗嘱,把他的骨灰撒在店埠河里。许多群众自发聚集到沿河两岸为他送行。

啊,家乡的河,我心中的河,你们在蓝天白云下静静地流淌着,也在我的心中闪烁着生命的光泽,带给我温暖的记忆,带给我心灵的抚慰,也带给我不竭的奋进的力量。

儿时的灌溉渠

盛夏的一个早晨,太阳刚刚从东边的天空升起,炽热的光亮照耀着乡村的绿树与周围的田野。天空万里无云,碧蓝得如此纯净无瑕。

灌溉渠边,已有许多大人与孩子在忙着捞鱼,用推网或网兜。满渠的水在流动着,机油的味道清晰可闻,那些水中的鱼儿被呛得晕头转向,浮到水面透口气儿,于是便宜了我们这些捞鱼人。眼明手疾对着鱼影一网下去,三五条鲦鱼或鲫鱼便被收入网中,好不惬意。河边是恣意生长的青草,晶莹的晨露还没有消失,沾在脚上冰凉的。

这条在村庄外围自南向东流过的灌溉渠,给我们儿时的生活带来了许多美好的记忆。

夏天的中午,灌溉渠水闸处那片由青石砌成的一片天地是我们游泳戏水的好地方。一个猛子下去,由一边潜游到另一边刚刚好。可以在水面上狗刨、蛙泳、仰泳、自由泳,各种泳姿反复练习,相互交流,不断完善。水闸中间有道隔墙,把水面一分为二。当水流湍急时,我们分成两派,在水闸南边,一派在东侧,另一派在西侧。每次双方各派一人去抢占水闸中间的位置。一方紧紧抓住墙体,一方被推搡下去,被水流冲到水闸的北边。可沿着连着闸底与河堤的青石坡爬上来,再投入下一轮争夺。这种水中争夺"山头"的游戏让我们乐此不疲,不知不觉一两个小时过去了,直到我们累了、尽兴了为止。

儿时,家里养了十只鹅。夏天割稻时节,我赶着鹅群去收获过的稻田里吃食。鹅儿们叼食田中撒落的稻粒,不时发出柔和的嘀咕声,似乎很享受稻粒带给它们的美味。我跟在鹅群的后面，捡拾着田里被遗落的稻穗。傍晚时分，鹅吃饱了。我将成捆的稻穗挂在竹竿的一端，吆着鹅往回赶。来到渠埂上，鹅儿们争先恐后地下到水中，一边尽情地喝着水，一边向家的方向顺流而下。我也随后跳入渠水中，游在鹅群的后面。夕阳将余晖洒在水面，水面像涂上一层绚丽的油彩。突然，随着头鹅的一声鸣叫，后面的鹅儿们挥动双翅，双蹼紧贴水面飞翔起来，我也加快了划水的节奏，紧紧跟上这群似乎野性未泯的家禽。也许清清的河水唤起了它们遗传基因中遥远的往昔记忆，那时它们可以逐水而居，也可以在天空自由飞翔。

秋冬时节，田地不需要用水，渠水会变得很浅，能一眼望到底，可以看到水中成群的小鱼。数九严寒，旷野中人迹难觅，河面上结着一层厚厚的冰。取一个冰块含在嘴里，冰凉的，慢慢融化。也可以将一大块冰抛掷到河面上，在悦耳的冰块之间的摩擦声中，冰块会滑行得很远很远。

舅妈家住在南淝河旁，每次去她家，我都要顺着灌溉渠向南方步行十多里。沿途，我看到邻村的一个控制水流的大型水闸，渠道上一座座相距不远的水泥板桥，渠道边一个个连通水渠与田地的水函。水渠两边人气很旺的村庄生气勃勃，岗上或圩心里平整的土地上种植着四时更替、长势喜人的庄稼。"水利是农业的命脉"，灌溉渠让种田者旱时提水，涝时排水，许多农田基本做到了旱涝无虞，稳产丰产。

灌溉渠的尽头是第一电灌站。北侧较远处，林立的电线杆搭建起一个个变压器，上面的电线如蛛网般稠密。那儿是为周围乡村供电的枢纽地带。靠近河堤处是两排灰砖红瓦的平房，住着电灌站工作人员。

一次，我与表弟特意走进电灌站抽水泵处。只见十多个直径达一米的巨型水泵正静若处子地立在一个水泥坝上，泵底连接一汪碧水，碧水通向近旁宽阔的南淝河，而南淝水在那儿离巢湖已经不远。家乡灌溉渠水与巢湖水是连在一起的。记得儿时有一句豪情万丈的民歌——拿起巢湖当水瓢，哪里干旱哪里浇。只有在新的时代，作为淠史杭工程的一部分，灌溉渠修建起来了，农民种地才有这样的自信。

我的一个姑父在电灌站二站上班,一次我与表兄去他那里玩,目睹了电灌站十几台水泵一起抽水的壮观景象。

水泵下的水面,水疾速地流动着,一个漩涡连着一个漩涡,像沸腾的熔浆正在蓄势待发。水泵向高处的渠道里喷吐着汹涌的水流,水流从高处飞下,仿佛瀑布砸入水面,声如雷鸣,溅起无数水花。巨量的渠水向前方急速地流去,在两岸还是掀起高高的波浪。一些波浪回流着,与向前的撞到一起,水面上真是浪涛翻滚,万象丛生。

站到高处,可见河流正向远方延伸着、逶迤着,河道旁是一望无垠的沃土良田,不远的村庄上空似乎可见炊烟袅袅。阳光下,这片凝重沧桑的土地此时是如此安详静谧,万物正在悄悄而旺盛地生长着。

春去秋来大雁塘

大雁塘,位于村庄西南方,与村庄相距二百米,占地五六十亩,应当是方圆几十里最大的一口当家塘。水塘里,水质清澈,葳蕤丛生的水草历历可见,鲫鱼、鲦鱼、青鱼成群结队在水中游弋、嬉戏,似乎与岸边的少年同乐。春去秋来,当大雁从空中飞过时,大雁塘定会留下它们振翅翱翔的矫健身影。

大雁塘是我村与邻村的村民利用冬闲时节共同挖成的,所占田地自然是两个村庄共同提供的。靠近塘坝的四周,挖得很深;塘中间,很大一块面积,水清浅。天旱时,水落下去,中间似滩涂般的塘底若隐若现。常有飞鸟落在塘中间,不受岸边人的干扰,惬意地觅食、休憩。

挖这口塘显然是用来灌溉周围岗上的土地。平常雨天,收集来自沟渠的流水。田里需要上水时,挖开塘边的缺口,塘水便可哗哗地流入沟渠,流向田地,浇灌地里的庄稼。旱情较重的年份,塘里水位很低,可使用抽水车从塘里提水去浇灌田园。木制抽水车抽水时,两个人劳作着,一边挥动手臂,转动中轴,让水车的扇片截水上来,一边喊出悠扬动听的劳动号子助兴。此时,周围绿野平畴,葱茏的树林掩映着乡村屋舍,小燕子、灰麻雀、花喜鹊在村庄与田园间自由自在地飞翔。那诗意的场景,应当是乡村最美的风景。

水多成患时,周围田地里的水流到沟渠里,经池塘,再放到下面水电站掌控的灌溉渠里,最后排入店埠河,流向南淝河,汇入烟波浩渺的大巢湖。

那时物质生活虽不富裕,可灌溉条件真是很好。响应毛主席"水利是农业的命脉,我们应予以极大的注意"的号召,农村兴建了四通八达的河渠池塘,无论圩区与岗地,农民种田基本可以做到旱涝无忧。

大雁塘三面的塘坝上面很宽敞肥沃,清理出的塘底的淤泥堆积在塘坝上。于是,队里挨家逐户把东边、北边和西边塘坝分给他们作自留地,人们应时种上辣椒、茄子、韭菜、青豆、空心菜,还有西红柿、黄瓜、菜瓜与冬瓜等各种家常蔬菜。

塘边真是种菜的好地方。底肥足,不需要怎么施农家肥;好浇水,下到坝底,用小桶拎点水就可以浇了,甚至直接用粪瓢舀水。于是,各种时令蔬菜生机盎然,色彩纷呈,绵绵不绝的收成丰富着农家的饭桌,满足着人们的味蕾,改善着人们的生活。那些辛勤的村民连同他们的孩子,或迎着晨曦,或踏着余晖,用心打理塘坝上的菜地,从不懈怠。

雪后的一个冬天的早晨,母亲要我和她一起去大雁塘塘坝的菜地上拔几根萝卜。积雪覆盖着房屋、草堆、道路与田野,我们踩着雪,缓缓地来到大雁塘边。冰雪之中的塘面银装素裹,迟迟升起的冬阳将绚丽的光芒洒在纯净开阔的塘面上,那时的大雁塘,俨然成了晶莹剔透的迷人的童话世界。

盛夏时节,大雁塘成了乡下孩子们的乐园。

放暑假了,几天就可以处理完所有的作业,于是我们有了大把时间与大自然来个亲密的接触。应当是下午时分,午睡醒来,大人们都去干活了,于是约上三五个伙伴一起兴奋地向大雁塘赶去。到了跟前,一下子扑入那清凉宜人的塘水中,暑热顿时消失得无影无踪。塘中心已经有一些同龄人在洗澡,茂密的鱼草中已经被我们开辟出一条水道,于是我们迅速从当中游过,很快游到塘中心,与他们会合。那儿,清清的塘水齐腰深,我们满心欢喜地在那儿游着、走着,打着水仗,或者潜入水底看谁在水下憋的时间更长。

从北侧赶到南边,那里水草少了些,水也更深些,可尽情地在深水处游一会儿,游到岸边。南岸的塘堤是行道,烈日下偶尔走来一两个有气无力的陌生人,他们看着我们这些浑身被晒得黑不溜秋却如鱼得水般开心的乡下孩子,心中也许羡慕我们这份凉爽与自由。

有时玩时间长了,我们悄悄地游到岸边菜地旁,见四下没有人,便不慌不忙地爬上岸,摘根碧绿的黄瓜、菜瓜,或一个红通通的西红柿,又反身跳入水中,洗干净后狂嚼起来。

因菜地里瓜果蔬菜取之不尽,我们又留心到不同人家菜地上"打劫",村民们几乎没有发现的,发现了也不计较。

为了发展多种经营,队里开始在大雁塘里养鱼。开春不久,从外地买来许多鱼苗,用储水的木桶担子挑到塘边,倒入水中,鱼苗摇摇摆摆地钻入鱼草里,消失在塘水深处。三年后,一个初秋,队里将水抽干,开始逮鱼。

连续抽水两三天后,塘水快要抽干了,然后分块将水抽净捉鱼。队里先派人下去,捉了许多青鱼、鲢鱼、鲫鱼,扔到箩筐里,最后集中在晒谷场上分给各家。每块队里捉完,让拿着各种捕鱼工具的大人与孩子自由进入,去捕捞那些队里漏捉的鱼。大的鱼所剩无几,小的鲫鱼、鲦鱼,沉在烂泥里的黑鱼、老鳖时有所获。大雁塘抽水捉鱼那几天,全村男女老少都像节日般兴高采烈,收获着鱼儿,收获着日常生活的一份惊喜。

后来,我离开了家乡,很少再走近大雁塘。只听父母说,大雁塘给人承包养鱼,喂鱼料与牛粪,塘水水质已变得浑浊,水草也难寻踪迹。因灌溉渠被废弃,周围水渠淤塞,大雁塘水也不再流动,成了一潭死水。进入21世纪,家乡的村庄消失了,大雁塘也逐渐萎缩,直到最后再难寻觅。

四季鱼趣

阳春三月，燕子归来，万物显露出它们的勃勃生机。柳树抽出嫩叶，池塘水涨满了，油菜花用金黄的色彩涂抹整个田畴，空气中弥漫着油菜花浓郁的芳香，人们不禁心醉神迷。

星期天，耐不住寂寞的三五乡村少年来到池塘旁开始钓鱼。青青的竹竿末梢，用削了顶部的乒乓球撒米粒布好垂钓的位置，以吸引更多的鱼儿过来。稍后，在鱼钩上穿上蚯蚓，放入水中，手拿鱼竿，静静地观望着浮标的动静。浮标沉入水中，必须等浮标露出水面，才可以提起鱼竿。当活蹦乱跳的鲫鱼、鲢鱼、鲦鱼甚至黑鱼被拉出水面放到岸上时，心中那份狂喜是难以言表的。

那时的乡村，池塘与沟渠是连通着的，水常年流动着，水质几无污染。水草青青，鱼儿嬉戏，站在水边，可见鱼群阵阵，悠然自得。任何懂点钓鱼常识的少年都会有所收获，有时运气好，鱼儿会连着上钩，让你喜不自禁。

暑假时，我常去姑姑家，那里有成片的池塘和纵横交错的河道。与二表哥一起去捉鱼是我最感兴趣的事。二表哥只念完小学，可他心灵手巧，是个捕鱼高手，能利用不同的办法捕捉到各种各样水中鲜活的美味，像鲫鱼、鲤鱼、鲢鱼、鲦鱼、白丝、黑鱼，还有泥鳅、黄鳝、老鳖。他从不钓鱼，钓鱼在他眼中是低效率的，很不划算。

有一次和二表哥用推网去推鱼。在一条与圩堤下面的一片池塘相连的沟渠里推到许多鲫鱼，原来它们是逆流而上，从池塘游到沟渠里的。二表哥连忙在沟渠与池塘交汇的末端垒起一个结实的泥坝，又到沟渠的上游垒起另一条泥坝,叫我回去拿来两个洗脸盆。我们用不长的时间将沟渠里的水戽干,捉了满满一大洗澡盆的鱼,以鲫鱼为主,把我和姑姑一家人都乐坏了。

田野里金色的稻浪催动着金色的秋天的到来,湛蓝高远的天空中时而可见那排成人字形嘹唳飞过的雁阵。在秋的阵阵凉意中,村民们迎来了又一次丰收的喜悦,整天忙碌着,孩子们帮着大人做着力所能及的家务活。秋忙之后,我最开心的事莫过于在月光皎洁的夜晚陪父亲去赶鱼。

为了改善家人生活,增加经济收入,父亲添置了一个赶渔网。农活之余,走过村庄,穿过田野,到水塘沟渠旁去撒网赶鱼。

秋闲时,放学一到家,我很快完成作业,和父亲一起吃完晚饭,父亲扛起赶渔网,我拎着鱼笼,一起带着希望出发。先到村庄附近的池塘,再赶往周围的村庄。这时,月亮出现在东方的天宇,大地沉浸在一片银色的月光中。父亲将赶渔网撒向鱼塘,收获三五条参差不齐的鱼儿,也收获满网的月色。记得有一次,在队里的鱼塘里,父亲用渔网收上来一条三斤多重的大鱼,我们心中既兴奋又慌张,赶紧收网回家。

寒冬来临,水中的鱼儿潜入水底,大地日趋沉寂。可在一个阳光灿烂的下午,村口来了一群挑着鱼盆、鱼桶的异乡人,他们是到池塘里摸鱼的。兴趣盎然的我们跟着他们从村前到村后,看他们将鱼盆放到塘里,鱼桶放在鱼盆尽头,身体俯趴在盆中,手伸进水中,沿着岸边的茭白与菖蒲等其他植物枯萎的根部摸索着,时而会有所斩获。当他们来到岸上时,首先要弄些枯枝败叶点燃来烤火,而我们总探出头去看他们的鱼桶里到底有多少鱼,那些大小不一的鱼儿正在桶里张着嘴,摆动尾巴呢。

进入腊月,队里要将西边那口大鱼塘里的水用水泵抽干后再去捉鱼。水泵不分昼夜地响了两三天,鱼塘终于快见底了。队长带着一些精壮的汉子拿着箩筐冒着严寒下到塘里去捉鱼,许多大人与孩子都站在塘边围观。碰到掀起巨大水花的大鱼,人们情不自禁地发出惊叫声和欢呼声。

等鱼几乎全部捉完,运送到晒谷坪上,那些捉鱼的会聚到一起,大声说笑,大碗喝酒,大口吃鱼、吃菜。然后队里开始分鱼,大小搭配,平均分给各家各户。人们用竹篮或水桶提着鱼儿,兴高采烈地回到家里,新鲜的先吃点,更多的养在水盆里,准备过年待客。

走过四季,有鱼儿陪伴的乡村生活,虽然清贫,可也过得趣味无穷。

黄昏如约而至

时令进入深秋,傍晚的乡村已是凉意袭人。夕阳,挂在远远的西天,余晖染红了近旁的朵朵白云。白云羞红了脸,姗姗地,随着晚来的风向东南方向飘去。

夏日里那些郁郁葱葱的树木此时几乎都落光了树叶,椿树、楝树、榆树,显露出它们遒劲密集的枝杈。麻雀,呼朋唤友地在枝杈间飞起又落下,聒噪着,兴奋着,似在进行一场盛大的告别演出。

炊烟从家家房顶的烟囱中升起,又随轻风在村庄与田园上空逶迤着,似给乡村披上一层薄薄的随风飘逸的纱巾,让村庄在黄昏的光影中显得格外柔美而温馨。

傍晚放学到家,将书包往墙上一挂,便忙着做家务。父母还在队里的田地里忙碌,交代我与妹妹共同做一些力所能及的事情,不要等他们回来。

开始做晚饭。先淘米,淘好后倒入锅里,放好水,再加上刚收获上来的大豆或山芋,煮出的稀饭别有一番风味。妹妹将锅灶里的草木灰用特制的木耙掏干净,倒入猪圈后的灰坑里。草木灰富含钾,这可是自留地里的好肥料。

一切准备就绪,我们就开始煮晚饭。用火柴点燃稻草,然后塞进锅底下的灶膛里,火熊熊地燃烧起来,不时添加柴火或草秸,盼望着铁锅里稀饭沸腾,并蒸发能顶起锅盖的热气腾腾的泡沫。揭一下锅盖,让泡沫落下,将锅盖盖好。等个五六分钟,再朝灶膛里添柴火,再让泡沫升腾起来,就可以熄火。稀饭在铁锅里自然熬得糜烂、浓稠。

刚把晚饭烧好,就听见猪在猪圈里叫唤着,提醒主人该喂它了。那时家家都养猪,平常积累粪肥,年终将猪交给食品站便有几百元的可观收入,日常花费就有了着落,因此全家人对那头猪都格外上心。母亲一有时间就到田间地头去割草,放在屋后晒干。十几里远的舅妈家紧邻南淝河,河堤的另一边是连绵几公里的清澈的池塘,池塘里的鱼草茂盛地生长。有一年夏天,母亲在那些池塘里打捞了许多鱼草,放在河坝上晒干,然后不辞辛苦往返多趟将鱼草挑回家里。野草或鱼草可到前村的加工厂里碾成碎末,配上一些稻谷加工后得到的稻糠,就成了猪的主食。

我把草糠与稻糠按照一定比例舀到一个浅桶里,兑入塘水,和得稀稠得当,就拎着桶来到猪圈旁。

看到我的到来,猪儿兴奋地欢叫着,迫不及待地想吃上它的食物。我把桶里的猪食沿着一个槽口倒到猪槽里,猪低着头立刻狼吞虎咽起来,不时发出满足的哼哼声。

此时,鸡儿们成群结队地从外面归来,两三只公鸡趾高气扬,二三十只母鸡肥硕摇摆。母亲告诉我,由于已错过晚稻收割季节,鸡在外面打野往往吃不饱,一定要撒点稻喂它们,这样母鸡可以多下蛋,更多的鸡蛋不光满足家人日常煮着吃、蒸着吃、炒着吃的需求,还可以拿到农贸市场上卖,挣点零用钱。

我站在堂屋的门槛处,等着鸡儿们往家赶。鸡儿们似乎形成了习惯,知道傍晚时分主人会喂它们,于是络绎不绝地朝家里赶来。等鸡儿们几乎聚齐了,我便从稻囤里用旧水舀舀了整整两舀子稻谷撒在地上,它们抢食着,争先恐后地,强悍的母鸡时而会啄弱小的母鸡,弱小的只能逃到一旁吃稻粒,像偷食一样,小心谨慎。

地面上的稻粒被吃得一干二净时,饱食餍足的鸡儿们开始三三两两进笼了。等所有的鸡全部进笼,我立即关上笼门,免得那些不安分的又出来溜达。

地面上会留下一些鸡屎,我会让妹妹从锅灶处掏一些还有余热的草木灰盖上,用扫帚扫到铁锹上,再倒入家里的粪池里。

忙完了家务,我来到大门前,坐在门槛旁的石凳上,等着大人们收工回来。

使牛的赶着耕牛,扛着铁犁,不紧不慢地走着。牛儿会拴到牛棚固定的桩位上,使牛的庄稼汉会给它抱来新鲜的稻草。牛儿会躺在稻草旁,吃完它,然后安详地反刍着,仿佛在回味一天的劳碌与收获。

一户人家养着几百只鸭子,鸭群浩浩荡荡从各家门口经过,赶往最西边它们自己的家。屋前有三两个低矮的茅草顶土坯墙的鸭棚,还有一个小小的鸭池,与旁边始终流淌着的沟渠连通着,不时会有小鱼小虾误入鸭池,成为鸭子的口中之物。

一个老汉,帮队里养着十几只山羊,他要把羊赶到牛屋前的羊圈里,晚上还要睡在那儿看护着这些本地罕见的牲畜。年底把这些山羊宰杀了可丰富村民过年时的菜肴。

若干年后,读到诗经《王风·君子于役》中的一段描写:"鸡栖于埘,日之夕矣,羊牛下来。"我的眼前总浮现家乡深秋时分黄昏的景致,心中感到无比亲切。

深秋,黄昏来临,家乡的景致是美丽的。夕阳西下,薄如蝉翼的夜色正缓缓地降临。飞翔的麻雀栖息在屋檐下、草堆里、树丛间。猪安宁,鸡阒寂。人们完成了一天的工作,一家人聚集在屋内,享受着忙碌一天后的放松与温情。家家户户亮起了灯盏,人们将开始享受那散发着浓郁米香的晚餐,并端出自家腌制的萝卜与酸菜。虽然贫穷,可欢声笑语常伴。

夏日的蜻蜓

雨过天晴，涨满水的池塘上轻笼着一层淡淡的水雾。太阳升起来了，阳光穿过岸边的丛林洒向塘面，水雾便渐渐散去。荷叶更加清新碧绿，荷花颤巍巍地绽放，露出金黄色的须状的花蕊，缕缕清香引来色彩明丽的蜻蜓，红的、黄的、黑的、灰白的，飞翔着、栖息着，自由而洒脱。瞧那只美丽的红色的蜻蜓，绿荷下似一点飘忽的火焰，悄然地落在荷尖上，静静的，一动不动的，像在陶醉，像在深思，又像在追忆某件伤感的往事。

出于对这些艳丽的天地间的精灵的宠爱，少年的心中涨满了攫取它们的欲望。

烈日当空，小小的我靠近菜园的栅栏。盛夏的日子，菜园里的瓜果蔬菜都在疯长着，茄子、辣椒、西红柿沉沉地挂满枝头，南瓜、黄瓜、香瓜匍匐在瓜秧丛中，散发出诱人的香味。小心翼翼地靠近落在栅栏上的一只蜻蜓，伸手过去，轻轻的，悄无声息的。捕捉到的蜻蜓放入蚊帐中，让它们吃蚊子。这可真是自己的一厢情愿，失去飞行自由的蜻蜓，生命的朝气只能渐趋衰竭。

夕阳西下，晒场的上空往往舞动着许多麻黄色的大脑袋蜻蜓，它们似乎乘着绚烂的余晖举行一场盛大的舞会。这时，穿行在老屋后的蒿草丛与树丛间，可轻而易举地捕捉到这种麻黄色的蜻蜓。它们似乎已经沉沉睡去，憨憨的，有时捏住它们的尾巴，它们竟然一动不动。这种蜻蜓多半喂了刚刚从外面归巢的鸡群。看着蜻蜓在瞬间被抢食，被吞咽，心中充满着一种莫名其妙的快感。

有一次,我从树枝的高处逮到了两只蜻蜓之王,非常得意。这两只蜻蜓实在美丽,通体黄金一般。翅膀长长的,镶嵌着几条规则有致的筋络;四只复眼,更是晶莹如石榴籽儿。为了防止这两只蜻蜓逃跑,我把它们的一只翅膀切掉了大半截。每一只蜻蜓都剩下一扇好的翅膀,飞行,是断断不行了。

　　然后,我把两只蜻蜓放在方桌上,欣赏它们残缺的美。只见它们在桌面上蠕动,相互靠近。它们互相看着对方,健全的翅膀同时扇了扇。靠得渐近,那四只石榴籽一样的复眼几近碰触,仿佛抱头哭泣,又仿佛在说什么秘密。只见两只断翅慢慢地合在一起。我正要凑近看个仔细,倏地,像一颗石子,它们从桌面上飞了起来。我惊呆了。如果不是亲眼所见,我简直无法相信。两只各伤残一只翅膀的蜻蜓,若胶一样粘在一起,它们同时振翼,同时离地,同时飞起。断翅相粘,剩下的两片好翅膀,划出了最美的飞翔的弧线。

　　我为蜻蜓求生的意志震撼,发誓从此以后再也不捕杀蜻蜓了。

蝉鸣声声里

盛夏时分,绿叶茂密的树丛中总传来阵阵清脆悠长的蝉鸣。先是一蝉领唱,接着百蝉应和,呼朋引伴,此起彼伏,像在为自己飞扬的生命礼赞,更像在衬托荫翳下乡村的安宁。

古往今来,文人雅士饱蘸笔墨歌吟蝉鸣,并以悠扬的蝉鸣寄托自己的心志。唐代虞世南为表达自己不肯趋炎附势的高尚思想境界而写下:"垂绥饮清露,流响出疏桐。居高声自远,非是藉秋风。"刘禹锡在"蝉声未发前,已自感流年"中感叹人世沧桑,岁月易逝。在"无人信高洁,谁为表予心"诗句中,骆宾王表达自己高洁无人欣赏、白发壮志难酬的悲愤之情。当代诗人何鹤通过"光阴苦短争朝暮,要向人间高处鸣"来表现他的高昂向上、积极进取的奋斗品质。

可儿时的我,全然不知小小的蝉的鸣叫会给文人骚客带来如此多的联想与遐思,看到山雀子在树林间恣意猎杀鸣蝉,听到蝉儿丧命于山雀口中的绝望的悲鸣,我在心中寻思:我们怎么样才能让树丛高处的蝉儿成为自己的囊中之物呢?

我们先到队里牛屋里,向饲养员要来一根牛尾巴上的长鬃毛,一端打了一个活结,留下一个比蝉身略大的圆圈,另一端牢牢地系在一根长竹竿的顶端。在蝉声沸腾的晌午,顺着蝉鸣找到俯身在树枝上的蝉儿,将那个圆圈靠近它,套向它的生有两只凸眼的头部。因牛鬃毛极细,蝉很难发现。等碰到它头部时,它才一下惊醒,猛地一飞,正被活结牢牢系住,挣扎着想逃离,可为时已晚。我们连忙放下竹竿,将蝉生生活捉。

可这种用牛鬃打活结的方法成功率并不高,有时牛鬃毛还没靠近,蝉就一声鸣叫,倏地飞走了,还洒了一股清凉的尿液浇到我们仰起的脸上,好不丧气。

于是,我们开始琢磨着更好的方法来捕蝉。麦子早收上来了,加工成面粉,可以朝一个盆子放点面粉与水和一下,不能太稀,否则面粉会失去黏性。紧随其后,在竹竿的顶端裹上一层黏稠的面团,举到高处,对准蝉的翅膀粘去。一旦面团碰到蝉的透明的薄薄的翅膀,蝉再也无力飞起,一声惨叫,落到地面,便被我们立刻捡起,装入塑料袋中,心中甭提有多兴奋了。

面粉只有父母不在家时偷着用,父母是不允许我们这样糟蹋粮食的。后来,我们又想到一个更绝的方法去捕蝉。

把一根粗铁丝一半弯成圆环状,将一只白色塑料袋的袋口沿着圆环用针线缝上;另一半拽直了,用细铁丝紧紧地拴在一根长竹竿的顶端。这样让竹竿顶着一只敞开大口的塑料袋,便成了捕捉鸣蝉的最好的工具,就如同用渔网去捉鱼一样方便。

发现高处一只鸣蝉,举起手中的竹竿,将大张着口的塑料袋向蝉靠去。蝉警觉起来,立即停止鸣叫。当塑料袋靠近它时,它展开翅膀飞了起来,正好飞入塑料袋中,仿佛是自投罗网,让捕蝉的我们喜出望外。这种方法捕蝉,成功率高,不消一会儿,另一只拿在手中的塑料袋已有十多只蝉了。

捕到的蝉,首先切掉它们一半的翅膀,让它们再也无法飞起来。然后放在凉床上,看它们缓缓地爬行。快要掉下去时,又把它们拿到凉床中心,如此反复,直到它们筋疲力尽。傍晚时分,这些奄奄一息的飞蝉便成了家里几十只鸡的饕餮大餐。

后来,我在一篇文章中读到蝉的前世过往,不禁为儿时对蝉的肆意捕杀而深深自责。蝉的前身始于泥土中的蝉蛹。据说它们在泥土中要待上四年,甚至更长时间,才能破土而出,脱壳为蝉,历尽了苦难与坎坷。但是它们在夏日绿荫中高歌张扬的生命非常短暂，一个多月而已。就在这一个多月里，它们还要面临大自然的狂风暴雨、电闪雷鸣，还有山雀与人类的侵害。它们的一生是何其艰难与不幸啊。

夏天年复一年如期而至，蝉鸣声却越来越稀疏而孱弱，似哀诉，似呻吟。它们的声音应该让人类幡然悔悟——蝉的数量在急剧减少，保护好我们的生态，善待那些给我们带来许多美好记忆的万千生灵，是我们人类刻不容缓的责任！

鹅　　趣

"鹅鹅鹅,曲项向天歌。白毛浮绿水,红掌拨清波。"唐代诗人骆宾王的诗《咏鹅》,向我们生动呈现了绿波之上一群鹅儿嬉戏的生动场景。每每吟起,眼前便浮现儿时放鹅的一幕幕让人顾盼流连的有趣的情景。

一块碧绿的青草地上,十只通体金黄的鹅苗正欢快地叨食着嫩绿的草儿。春阳暖暖地照着,和风轻轻地吹着,它们快意地发出柔和的哼叫声,似乎很享受此时的美景美食。小鸟飞过来,蝴蝶在不远处的花丛中流连,万物正显露出勃勃的生机。

开春后不久,父亲决定从前村的一个养鹅专业户那里抱回十只鹅苗让我放养。看到它们呆萌可爱的样子,我立刻就喜欢上了这些可爱的生灵。因春寒料峭,鹅苗必须放在下面铺着柔软稻草的竹篮里,竹篮口盖着一只筛子,筛子上再铺着一件棉衣。给鹅苗喂食的是切碎的鹅菜或莴笋叶,并且掺着碎米。等它们渐渐长大,我就可以将竹篮搬到外面去放养。

天气一天天变暖,鹅苗一天天长大,翅膀处的绒毛变成羽毛,渐渐地,全身的绒毛变为白色的羽衣,长喙的顶端也凸起了,并时常做攻击人的动作,靠近的村童常被它们吓哭。那时,我这个统帅它们的鹅司令,心中也有了几分得意。

小学在圩心,每天下午一放学,我便疾步如飞地赶到家,打开前面堂屋的门,围在房屋西北角栅栏里的鹅儿向我发出嘎嘎的欢叫声。我放下书包,打开鹅圈的门,鹅儿们便争先恐后地挤出来,跃过前门的门槛,向外面田地里、晒场旁、河堤上、池塘边的青草处赶去。我拿着一本书、一根木棍紧随其后。到了沟渠处,它们先喝上一通水,然后便欢天喜地地吃起地面上随处可见的鲜嫩的青草。我边看着书,边悠闲自得地看着它们,高兴起来还引吭高歌一曲,像《洪湖水,浪打浪》《我的祖国》《映山红》《红星照我去战斗》《弹起我心爱的土琵琶》等等,这些都是从老师那里刚刚学来的。鹅儿似乎领会到我的快乐,快吃饱时,在一片开阔的土地上,它们会张开翅膀,鹅掌贴着地面奔跑着,双翅挥动飞翔着,同时发出快乐的鸣叫。

7月份,早稻的稻谷快要成熟了,大地一片金黄,空气中弥漫着醇香的气息。为了让鹅儿爱上稻粒,我在家里开始给它们喂稻子。它们很快喜欢上这种与青草迥然不同的食物,不亦乐乎地抢食着。未曾料想,每天赶鹅经过稻田变得困难重重。一见到沉甸甸的稻穗,它们便像饥饿的人见到面包一样,无法挪动自己前行的脚步,不时伸长脖子去偷食稻谷。看周围有人,我急忙挥舞手中的棍棒,打在它们身上,赶着它们快速地向前走,让它们不敢去偷吃稻子;可有时看周围没人,我也故意放慢脚步,似怂恿它们,它们便肆无忌惮起来,往往走过几条田埂,鹅儿们就快要吃饱了。我的放纵,让鹅儿们胆大起来。一天中午,我发现鹅圈里居然少了一只公鹅。我顾不上吃饭,到村前屋后的田间地头去找,找了很长时间,终于在一块稻田里找到了它,它正酣畅淋漓地在稻子中央吃稻谷。我走近了,猛地给它一棍,它当即摇摇晃晃倒了下去。我吓得哇地大哭,连忙把它从地上抱了起来。到了家里,它又醒了,能够站立,可脖子总是扭曲着,恢复不了正常状态。这也算是给贪食的它留下一个深刻的教训吧。

"双抢"期间,在收获过的稻田上,鹅儿们尽情地追逐那遗落在地上的稻粒,我跟在后面,捡拾一些稻穗。几块田转下来,鹅儿们便吃饱了,脖子旁的嗉子充得鼓鼓的,走起路来肥硕的身体摇摇摆摆。我要回家了,将它们赶到圩田上的灌溉渠中。它们舒服地顺流而下,我也跳入水中随鹅群游去,突然领头的公鹅一声鸣叫,鹅儿们在水面上飞腾起来,我必须迅疾划动双臂才能赶上它们。我想这时的鹅儿心中一定是狂喜的。

鹅儿们这种寻觅稻粒的本领在深秋的稻田里再一次大显身手。晚稻收获过后，田野里显得空旷而萧条。草变黄了，变蔫了，没有了春天蓬勃的浆汁与鲜美。可这时，田中有许多稻粒新发的秧苗，嫩嫩的，茁壮地成长着。由于时节不对，它们永远不会长大抽出稻穗，可它们却成了鹅儿们口中的美食。鹅儿进入干涸的田地，不光吃了新发的秧苗，也连带吞食了秧苗下不太饱满的稻粒。这时，我真的喜欢上这群憨鹅贪食的智慧了。

　　真正让我大开眼界的是鹅儿们在收获过的山芋田里的出色表现。不知鹅儿是不是喜欢山芋，我尝试着将一块山芋切成碎片抛到它们前面，鹅儿们用长喙叼起，在嘴中咂食着。山芋甘甜的味道立刻让它们着迷，于是它们你争我夺地抢食着，吃完了，还用圆圆的亮晶晶的眼睛盯着我看。见时机成熟，我捎上一只竹篮、一个小铲，将鹅儿们浩浩荡荡地向山芋地里赶去。山芋已收获过，地面上是翻过的新鲜的泥土。一眼看上去干干净净的地里，十只鹅儿二十只眼睛迅速捕捉到山芋皮的那片潮红，并且靠近用嘴去啄食。我欣喜地用小铲子将藏在泥土里的山芋挖出来，大的放到篮子里，小的用铲子剁碎喂给它们吃。我感到自己此刻就像一个渔翁，鹅儿正是水中觅食的鸬鹚，我只是跟着它们便可以坐收渔翁之利了。

　　一开始我家养的都是白鹅，而与我家仅一户之隔的老叔家养的都是雁鹅，身躯庞大，壮实有力，老叔常因为他家鹅儿更优良的品种而沾沾自喜。父亲对他家的鹅不吝溢美之词，而我心里很是不服气。看到鹅儿在水塘中的表现，我便心领神会了。有时看到老叔家的雁鹅在屋后水塘中嬉戏，我便把我家的白鹅也赶到塘中。两群羽毛色泽不同的鹅儿遇到一起，公鹅之间往往会有一场激烈的争雄之战，几个回合下来，白公鹅体力不支，铩羽而逃，于是雁鹅的公鹅便对我家的母鹅大施淫威，结果我家来年也有了雁鹅的后代。

　　冬天来了，完全长大的鹅儿，一些被挑到农贸市场上出售，让家里有一笔可观的收入；一些送给亲戚或者留下来自家宰杀，我们的生活便有了一定的改善。父母总要留下一只公鹅、四只母鹅继续饲养，培育下一代。

母鹅下蛋了,鹅蛋真的比鸡蛋大许多,拿在手里沉甸甸的。一部分鹅蛋与鸡蛋可以卖了挣钱;一部分与韭菜、青豆、蚕豆一道炒着吃,非常可口;也留下二十多只让母性大发的一只母鹅去孵化。于是来年春天,我家也开始向村里想养鹅的人家卖鹅苗,当然父母仍会留下十只让我去放养。

儿时养鹅的经历极大丰富了我的乡村生活,并给我留下了许多妙趣横生的美好回忆。

乡村除夕

盼望着,盼望着,春节终于在人们望眼欲穿的目光中向我们走来。它顾盼生辉,它摇曳多姿,它伴着春天温馨的气息,带给人们以愉悦、兴奋和全身心的投入。

今天是大年三十,就是农历除夕。

清晨,母亲早早地就将我们唤起。室内室外已被母亲打扫干净,我们只需用温水洗把脸,就可以吃早饭了。早饭是挂面加汤圆,一人两颗鸡蛋,这是平常不曾有的待遇。

早饭后,父亲与我开始贴春联。首先用脸盆里的清水沾湿布条,将门上的灰迹擦净,包括去年贴在门上泛白的对联残迹。然后从前门到后门,依次在门扉上刷上糨糊,周正地贴上设计好的一副副春联,连窗户、树干、牛角、猪圈围栏等地方也不遗漏。

与此同时,我还在堂屋的墙壁上张贴我从学校得到的"三好学生"奖状——那是让父母最为自豪的荣誉,还有我从书店里买来的风景画与一些电影情节连幅画。父亲从柜子里取出收藏好的中堂画——伟人们在一起的巨幅画面,重新挂在客厅正中央。这体现中国农民对领袖们最朴素的敬仰之情。

红红的春联与绚丽的年画很快让简陋的农家焕然一新,年味在每个人心中潜滋暗长着。

晌午时分,母亲用柴秸把大锅里的肉汤烧好,浓浓的肉香弥漫整个房间。锅揭开了,一只整鸡,两个猪蹄,几段猪排,还有若干块猪肉。一家人围上来,母亲早就给各人碗里盛好了。孩子们碗里总是最好的,鸡腿与整块猪肉,父亲的碗中是鸡头、鸡胸脯和排骨,母亲碗中往往是猪蹄与鸡爪。

儿时,母亲对我总是偏爱。十三四岁以后,上了初中与师范,常嫌母亲太啰唆,对她太多的关爱总嫌烦。其实没有多少文化的母亲对孩子的爱总体现在许多细枝末节上。

母亲对孩子的付出最无私,她给了孩子生命,就会呵护他们一生,甚至不惜牺牲自己的生命。在北欧的一个国家,处于叛逆期的女儿和母亲关系闹得很僵。为了哄女儿开心,母亲决定带她去滑雪。可在积雪覆盖的山上,母女俩迷路了,转了两天两夜也找不到滑雪场。女儿只是一路抱怨,母亲尽力给她以安慰。饥寒交加中,女儿昏了过去,母亲将女儿抱在怀中,焦急万分。搜救行动开始,由于母女俩穿着滑雪衣,直升机无法发现她们。毅然决然地,母亲割断自己手腕处的动脉血管,以女儿为中心,画了一个圆。最终,直升机发现了她们,女儿得救了,可母亲已经流尽了最后一滴血。母爱是多么伟大!

喝过汤后,该是我们换新衣服的时候。棉衣是旧的,可外面的罩衣母亲每年总要设法给我们换一套新的,早早用布票扯好布,让村里的裁缝量好尺寸做好。而棉鞋是母亲亲自一针一针纳鞋底、绱鞋面做出来的,穿在脚上,既暖和,又舒服。

穿上新衣、新鞋,孩子们个个神气活现,喜气洋洋。父母脸上也绽开了笑容,嘱咐我们不要把衣服弄脏了。

而父母是正月初一早晨才穿上他们多少年一成不变的外套。正月里穿一下,就洗净收好,放在箱底,等来年再穿。

这时村庄里陆陆续续有人家开始吃年饭、放鞭炮。父母把未喝完的汤与未吃完的肉盛到钢精锅里,开始紧锣密鼓地准备炒菜烧饭。

一些蛋卷、糯米圆早已备好,只要放在饭锅蒸一下就行了。鲜鱼、鸡肉、猪肉以及各种炒菜要放到另一只小点的菜锅里炒。父亲掌勺,母亲烧锅,红红的火焰映红母亲的脸,也温暖她终年劳作而疲惫的心。

那时的年饭顶多十个菜,端上桌来,父亲要喝上几杯白酒,而母亲与我们不喝酒,也没饮料可喝,只是吃菜。有一次在父亲的怂恿下,我学着他的样子喝了一杯白酒,立即有一只火龙打着滚儿冲进我的喉咙,又摇头摆尾游到我的胸口,我被那火辣辣的液体呛得直咳嗽,流眼泪。

喝过汤不久,对这些平常难吃到的菜肴我们也没有多少胃口,剩了许多,年初一可以接着吃。

吃过年夜饭之后,父亲会带着我们上坟。带着一些草纸与鞭炮,我们来到村庄东南面的祖坟处。田野里有青青的麦苗与绿绿的油菜苗,还有一片落光了树叶的小树林。祖坟临近一条河流,里面的水瘦了许多。到祖坟处,把草纸均匀地放在长眠地下的爷爷、奶奶、太爷爷、太奶奶坟前,点起火。晴空下火势很旺,连同坟边的野草一同燃烧。我点燃三五响鞭炮,告诉我从未谋面的先人们,我们来看他们了。

夜幕降临,一些人家开始燃放烟花,绚丽多彩的烟花让除夕的夜空有了明丽的色彩,引得大人小孩驻足观赏。

家家门口都挂起一盏盏红色的彩灯,虽没有大红灯笼那么喜庆,那一溜长长的红色的光芒也汇成了一条神奇的灯河。在这灯河旁没有欢笑,没有孩子们的喧闹,人们只是静静地望着这条灯河在春的夜晚缓缓地从东向西或从西向东流淌。

那时的乡村还没有电视,没有一年一度的春节联欢晚会可看。于是一家人坐在一起,嗑着瓜子,聊着天,听着收音机里播放的动听歌曲与令人捧腹的相声、小品,共同度过除夕美好的一晚,期待那让人怦然心动的农历新年的到来。

儿时的年味

早晨,一抹和煦的阳光给大地抹上了温暖的亮色。母亲带着我汇入络绎不绝的人流中,一起向集镇赶去。街镇离家四五里路,马路在南,铁路靠北,一条大河从西边缓缓流过,发达的交通带来繁华的街市与稠密的商家,使它成为本县声名远播的经济重镇。

年前街上的人真多呀,摩肩接踵,熙熙攘攘。大街两旁摆满了临时的摊位,有卖衣服的、布料的、毛线的,各种糕点、糖果、饮料,还有红红一片的对联与色彩纷呈的年画。商店里挤满了人,农贸市场里也是人声鼎沸,猪肉味、鱼腥味、家禽味、瓜果味、蔬菜味,五味杂陈。人们购买着过年所需的生活用品,吃的,穿的,用的,祭祀的。阳光洒在人们脸上,似乎也荡涤了生活带给他们的种种苦难,笑容绽放在人们安详的面庞上,不时与那些熟悉的人打声招呼,心中充满着对新年的殷切期盼。

过年前几天,人们开始储备新鲜的猪肉,将猪肉高高地挂在堂屋中央。自家养的鸡自然要宰杀两三只。鱼不会太多,三五条左右,收拾好略微抹点盐,放入大的瓦罐里存放。许多糯米圆子、山芋圆子,或挂面圆子,油炸好,吃时取一些。用鸡蛋做蛋卷皮,猪肉剁碎加配料做蛋卷馅,包好放在饭锅里蒸熟,就成了让人百吃不厌的蛋卷。白菜、萝卜、菠菜都是自家菜园里种的,葱蒜配猪肉也可炒两样可口的家常菜。一般来说,大年三十能吃上十道菜已是非常丰盛。那时过年,对孩子们来说,最大的快乐就是能享受到许多平常吃不到的菜肴,还有父母炒的花生、瓜子、用糖稀与炒米做成的糖团,平常想起都是无限神往。对于辛劳一年的大人来说,过年的美食对他们也是最好的犒赏。

父亲虽是农民,可一手毛笔字写得龙飞凤舞。过年前不光要为自家写春联,村里的许多乡亲都把买好的红纸送来要父亲为他们家写春联。父亲要根据每家有多少扇门裁好纸张,然后从对联书上找一些得体的对子逐副写好,比如"春回大地万象新,福满人间喜事多""向阳门第春常在,积善人家庆有余"。父亲也很喜欢自己编一些贴近生活的富有创意的春联,贴出来每每引得村里人啧啧称赞。常记得这样的场面:父亲在堂屋的方桌上聚精会神地写春联,我在一旁读着、欣赏着,将写好的依次放到地面上将墨汁晾干,母亲忙里忙外做着家务,脸上写满笑意。忽然外面传来锣鼓声,原来是大队给那些退伍复员的军人送来慰问品和精美的年画。在南京军区当了六年兵,如今又是生产队会计的父亲自然是他们看望的对象。父亲忙放下手中的毛笔,拿出自己舍不得抽的香烟敬给他们。他们围拢过来,欣赏父亲写好的对联,聊着生产队里的大小事情,然后与父亲挥手作别。年三十上午,父亲与我将这些写好的对联从前门到后门依次逐副贴好,我把购置的年画贴到墙上。有了对联与年画的映衬,新年的氛围顿觉浓郁了许多,简陋的房屋也有了蓬荜生辉的感觉。

那时放鞭炮是不受限制的,吃年饭前、除夕夜关门、正月初一开门,三个重要时刻,可听得见远远近近的鞭炮声此起彼伏,不绝于耳,像隆隆的春雷,又像涌动的潮汐,激荡着人心,澎湃着热血。在震天动地的鞭炮声中,红色的纸屑伴着浓浓的硝烟弥散开来,空气中充斥着呛人的火药味。我与小伙伴们一听到村里人家小鞭炮的脆响声时,就飞快地赶到跟前,响声一停,便争先恐后地抢拾地上没有被引爆的小鞭炮,全然不顾刚穿的新衣服会沾上许多灰尘与泥土。回到自家门口,逐个从中间掰断,露出红红的火药,再用火柴点燃,可蹿出一串火舌;也可将一个完整的小鞭炮的引芯夹在卷断的鞭炮中,点着芯子,可连响两次。那时父亲为了省钱不愿买小鞭炮,这种玩法,可化解自己心中对燃放成串的小鞭炮的那份深深的痴迷。

正月初一吃过早饭,年龄相仿的一群男孩女孩挨家逐户去拜年。进入人家,一声"新年好",就等着主人给我们发放零食,有花生、瓜子、糖果等各种点心,个个用很大的塑料袋盛放着,装不下了再朝衣服上所有的衣兜里塞。满载而归后,送到家里,就可品尝到许多自家没有的不同风味的零食。这情景真有点像西方的万圣节,穿着奇装异服的一群孩子到许多人家索取各种美味可口的零食,否则孩子们会玩各种戏法去捉弄主人,"Treat or Trick"的游戏承载着多少无忧无虑的童稚的欢乐呀!

走亲戚拜年,往往要走很远的路,可与父母一起,孩子们依然兴致勃勃,因为到亲戚家,可享受贵宾的待遇。先是鸡蛋、鸡肉、挂面、汤圆招待,中午可坐到桌子上,鸡鱼肉蛋各种农家菜肴悉数登场,大人们喝酒谈话,小孩们只忙着大快朵颐,正是"莫笑农家腊酒浑,丰年留客足鸡豚"。

在拜年的往来中,乡邻之间的关系与亲戚之间的关系变得更加融洽,一些平常遇到的不愉快也随之烟消云散。大家彼此关注着,繁重的农活共同承担着,哪家有大事互相帮个忙,有困难及时伸出手,乡风淳朴,善良仁爱,虽粗茶淡饭,荆钗布裙,可贫穷的日子也过得有滋有味,温馨安宁。

沿袭一种生命密码

在物质极其匮乏的20世纪六七十年代的乡村,日常生活中的勤俭节约也是人们生存之必需,如微风与雾岚,似阳光与月华,伴随着人们的生活,影响着人们的取舍。父母司空见惯的节约行为,也如润物无声的春雨,滋润着我们的心田,成了我们沿袭的生命密码。

吃饭时掉了几粒饭在灶台上或桌上,父母总是随手捡起来放入碗里。剩饭剩粥从不轻易倒掉,总是想方设法留到下一顿去吃。变质了,不能吃了,可以喂鸡或喂猪。自己辛勤劳动获得的粮食,粒粒都是来之不易的。

衣服穿破了可以打补丁,补丁力求与衣服的颜色协调一致,大人、孩子穿带补丁的衣服是那时最平常不过的风景。男孩子比较顽皮,新衣服的臂肘与膝盖处也要打上一个大大的补丁,以防衣服磨损太快。

衣服太破旧不能再穿或太小了无人能够穿上时,母亲会将破衣服肢解了,分成许多大小不一的补丁。冬日暖阳下,放倒一扇室内的门,在门板上打上特意留下的麦面做的糨糊,然后将碎布一块块依次贴在上面。等太阳晒干糨糊后,再在整层布面上刷上一层糨糊,再贴碎布,再晒干。糊上好多层后,便可以用来做布鞋鞋底。母亲按鞋样剪好一副鞋底,在一面蒙上白布,戴上顶针,艰难地在鞋底上纳上一针针棉线,便制成了结实耐磨的鞋底,俗称"千层底"。绱上一副鞋面,一双乡下流行的布鞋便大功告成。

平常生产生活中使用的物件总是要精心保管,不让它们轻易损坏,这样可以用许多年。水桶、便桶每两三年就要将它们洗干净,刷上桐油,在阳光下晒干了。这些物件散发着桐油的馨香，油光发亮，面目焕然一新。刷过桐油的木制物件，不易腐烂，经久耐用。

父亲有一张心爱的赶渔网，农闲时去附近河渠、池塘里赶到许多大小不一、活蹦乱跳的新鲜的鱼儿，增加全家人的营养，改善我们的生活。大点的鱼到街上卖了，还可以带来一些经济收入。父亲对赶渔网倍加爱惜，每年都要买来一些猪血，然后让它浸泡其中。过了一段时间，再在阳光下晒干，那样赶渔网变得更加结实。如果不慎网被挂破了，父亲会用粗棉线去补缀，再染上猪血改变它的颜色。

父母身教的力量是强大的，儿时的我，无论上小学还是初中，对自己的书本与文具都倍加爱惜，从不轻易损坏或丢弃。如果本子后面还剩几张纸没有用完，我会把它撕下来放到一边，等积累到一定数量时，再装订到一起，成为一个厚厚的草稿本。

小时特别喜欢看连环画，可没有钱去购买，因为父母没有闲钱给我们。一天，根据高尔基同名小说改编的连环画《童年》中的一个情节让我受到启发。一次，小主人偷了妈妈的五元钱买了许多吃的喝的与小伙伴们分享，大家开心极了。当妈妈知道这件事后，狠狠地责备他，甚至动手打了他。这样严厉的惩罚在过去从未发生。小主人伤心极了，哭得很伤心。晚上，妈妈来到他房间里，抱着他，告诉他在继父的屋檐下，日子过得很拮据，五元钱真是一大笔钱，会惹恼继父，让他们母子俩的日子更不好过。

小主人开始与小伙伴一起去捡垃圾，并用捡垃圾挣的钱买他们需要的东西。大家虽辛苦点，可每天过得很开心。

于是，星期天，我带着家里的火钳与旧铁皮桶，到村庄后面去捡垃圾。一块碎布、一截废铁、一个旧电池、一张塑料薄膜、一管旧牙膏皮，都被我一一捡起。最后，到自家屋后的水塘边，将它们清洗、晒干、分类。积攒到一定数量后，用袋子装好，送到镇上的垃圾回收站，就可以换到两三元或者更多的纸钞，心中自然欣喜不已。连忙到新华书店买自己喜欢的连环画或其他课外书,到文具店买自己需要的文具,用不了的钱还可以给父母,受到父母的夸奖,心中甭提有多高兴。

儿时捡垃圾的经历,我至今都不觉得是一件丢人的事,反而,我觉得这段经历很有意义。它让早年的我明白两点:一些垃圾只是放错地方的财富,合理利用,可以变废为宝,节省资源;要想获得自己渴望的东西,不能一味依靠父母,因为父母的能力也很有限,凭借自己的努力,可以满足自己的愿望,那样的自己才是一个独立而有志气的人。

成年后,这一人生信念支持着我,依靠自身的努力,不断积累着财富。刚结婚时,我们一台黑白电视机也要借钱去买,经济上非常拮据。经过十一二年齐心合力的积累,在老一中环境幽静的校园内,我们凑齐四万元购买了一套85平方米的福利房。后来住房推向市场,房价节节攀升,可在2011年儿子大学毕业那年,我们依然在省城北二环新站区为他购置了一套115平方米的商品房。2018年10月,我们又在风景如画、环境品质极佳的黄山脚下买了一套退休后居住的68平方米的养老房。我真的要感谢这个时代,许多人的生活变化远远超出预期。

现在,物质生活极大丰富了,可我绝不随便浪费与挥霍。不需要用的电灯、电视、电脑随手关掉,炎夏与寒冬,在可以克服的情况下不轻易使用空调。买衣服,质量可以好一点,价格可以高一点,但不宜太多,不必更换得太频繁,新旧衣服可以搭配出不同效果。骑自行车上班,既省钱,又环保,还健身。

节约不是吝啬。该花的钱,该有的消费,不必犹豫不决。可日常生活中,既要努力工作,积极挣钱,又要节制消费,厉行节约。挣钱与节约就像鸟的双翼,拥有它们,我们才可以在生活的旷野上自由翱翔。

皂荚树下的眺望

故乡的夏天是美丽的。房前屋后高高低低的树木都披覆着绿色的叶片,交错着、呼应着,连绵成一幅巨大的绿色屏障,将村舍严严实实地遮挡着。椿树,挺拔通直;楝树,婉约曲折;洋槐,绽放细碎的白花,散发沁人心脾的馨香;桑树,撑起肥硕的叶片,紫色的桑葚让孩子们垂涎欲滴。一家后院水塘边有一片竹林,竹影婆娑,与水塘里的菖蒲、茭荪共同编织出夏天的梦幻。而老屋后那棵粗壮健硕、枝繁叶茂的皂荚树,在众多树木中显得如此卓尔不群,引人注目。

少年的我喜欢站在皂荚树遒劲有力、错综纠结的树根上向远方眺望,可看到不远处房屋稠密的集镇,马路上奔驰不息的车辆,由近及远的一望无际的绿色的田野以及镶嵌在田野中一块块似明镜般闪亮的池塘。

那个集镇叫撮镇。两千多年前,孔圣人带众学生乘马车从此地经过,一群小孩在路上筑土城玩耍。车近跟前,孔子命令孩童们拆城让路,一个孩子竟然上前与他作一番理论:历来只有车绕城,很少听闻城让车。孔子认为童言有理、童言无忌,命令自己的马车绕城而过。孔子的行为既保护了儿童的一份纯真的童心,也折射了儒家仁爱思想的光辉。为纪念孔子,撮镇有一个步行街就命名为圣行街,街的一端的孔子巨型雕塑提醒着人们小镇悠久的历史。

记忆中的撮镇老街,深邃、悠长,青石板光滑如砥,两旁排列着灰砖鳞瓦房,木门木窗户,有的临河而建,每天早晨打开窗户,河面上的水汽便缥缥缈缈地涌入房间。

走在街上，常看见坐在门槛旁唠着家常的居民，屋内光线不好，幽暗而神秘。有时，对面走来一个清秀的穿着飘逸长裙的女孩，像在街道上刮来一阵清新的风，让古色古香的街道立即有了明媚的色彩。生活是静态的，似旁边缓缓流淌的河水，人们心平气和地打发一天天似曾相识的日子，心中是安宁而恬淡的。

小镇有座曹公桥横跨在河上，连接东西两边的古街，虽经四百多年的风雨洗礼，可旧貌仍在，那些被岁月剥蚀的桥墩、磨损了的青石板路、苔藓遍布的桥栏，见证着历史的沧桑。

那时，街上还有几家国有商店，卖学习用具、日用百货，一家新华书店里有令我们痴迷的连环画。土产公司有乡下人种地使用的各种农具，大人们常常光顾。

小镇南边的马路并不宽广，也浇上了柏油，热天可闻到柏油散发出的浓烈的味道。马路上的车辆不是很多，有大卡车、公交车、大型带拖斗的拖拉机与小型的手扶拖拉车，偶尔有吉普车与小轿车疾驰而过。常常碰到毛驴拉的平板车，搭建的车厢里装着从山上运下来的沙子，车主赶着毛驴一步步前行着，上坡处步履艰难。可返程卸完了沙子，车主坐在车厢里，毛驴拉着车向家的方向疾驰，他们心中是轻松自在的。公路两旁是直立的大叶柳树，每一阵风拂过，叶片都发出哗哗的声响，似在向过往的车辆与行人致意。

在小镇与故乡间是一片开阔的田野，田野里都种着庄稼，没有荒废与闲置的地方。农民们在土地上挥洒着汗水，种植着麦子与水稻等粮食作物，也种植棉花、油菜、花生、黄豆、山芋等经济作物。主粮是稻米，三四月份栽早稻，七八月盛夏时节收割，接着种晚稻，十月底至十一月初收获。人勤地不懒，田地为人们提供可以果腹的粮食，更多地作为公粮上缴到国家粮库。

夏天时，我特别喜欢站在皂荚树下看岗上那片碧绿的田园。葱绿的庄稼地早已连成一片，像一块厚厚的丝毯铺在地上，又像一块润泽的湖面。人们在田野里辛勤地劳作，薅去田中的杂草，好让禾苗长得更加茁壮。妇女们身上多彩的衣服映衬在绿丛中分外醒目，分外娇艳。突然，从远处的天空涌来浓重的黑云，暴雨快要来临，人们纷纷从田地里撤离，向家里赶去。一会儿，雨过天晴，空气格外新鲜，绿树与庄稼都绿得晶莹发亮，人们的身影又很快在田地里出现。

如同人的心地善良一样，那时的水也是干净温和的。池塘可一眼望到底，清澈的水塘里，水草葳蕤，游鱼快乐地在水草中穿行。水塘与沟渠、河流相连，雨水充沛时节，水是流动着的。鱼儿或顺水而下，或逆流而上，大人、孩子用各种方法捕鱼，每每开心而归。鱼儿调剂人们的生活，增加人们的营养，在那个缺吃少穿的年代为人们带来了多少难忘的鲜美的味觉记忆呀。

看着前方的景致，我往往忘记了时间。那些熟悉的景物、熟悉的生活，都深深地印在我的记忆中，甚至进入我的梦乡。

历史的车轮从少年的梦中碾过，蓦然惊醒，我已是人到中年。故乡的老街只剩下西南一隅，呈几何级数增长的高耸的楼房、密集的商铺、嘈杂的车流与人流，已完全打破小镇的那份安宁。马路交织，车辆川流不息，田地被征用，房屋被拆迁，取而代之的是鳞次栉比的厂房和宽广平整的路面，为全县发展创造了巨大的经济效益。小河消失了，池塘不见了，村庄拆迁了，村民们离开他们祖祖辈辈耕耘的土地，被统一安置在不同的回迁房。没有田地耕种，靠失地补偿，靠给企业、商场打工维持着基本的生存。每每回到故土，我已很难见到那些熟悉的乡亲、儿时的伙伴，很难听到他们用诚挚的乡音诉说着生活的酸甜苦辣与人间的喜怒哀乐。

故乡老屋后那棵挺拔的皂荚树啊，你的敦实伟岸的树干，你的闪亮精巧的叶片，你的如闪电般向上蔓延的枝丫，你的可以用来洗涤衣服的累累果实，还有你的深深植入大地的粗壮的根部，显示了多么顽强的生命力！可当故乡消失时，你又遭遇了怎样的命运？

小镇与火车

撮镇,安徽肥东境内的一个历史古镇,也是一个水陆交通发达的地方,它是我魂牵梦萦的家乡。

撮镇火车站,位于淮南线上,建于1934年,隶属于中国铁路上海局集团有限公司,为四等站。车站南侧居住着镇上的许多人家,还有撮镇轧花厂、禽蛋厂、轧钢厂、机械厂等集体企业,铁四局与石油处等知名国有企业在撮镇也有它们的分支机构。北边是一个规模庞大的粮站,收集着来自巢湖北岸万顷良田种植的金黄色稻谷,现在是国家粮食储备库。

还在撮镇中学读初中时,如果放学早,我们几个要好的同学会到火车站玩一会儿。从如蛛网般交织的铁路线中选出一条笔直的铁路,在一根根枕木上行走,踩着垫在路基下厚厚的碎石子,甚至小心翼翼地踏着细细的锃亮的钢轨迈着步子,心中是兴奋而愉悦的。

突然,一声尖厉的哨声传来,穿着制服的工作人员向我们挥动红色的小旗子,信号灯已变成红色,原来不远处有火车开来。我们连忙从铁轨里跑到南边路基上。火车来了,可近距离看着火车隆隆地从身旁飞逝而过,我们完全被震撼!有时货车在车站装满粮食启动,汽笛一声长鸣,蒸汽机喷着阵阵白色雾气,会遮挡住那边的景物,场面非常壮观。

我的老家在乡下,离镇上有四五里路。少年的我,常站在乡村老屋后一棵高大粗壮的皂荚树下向不远处眺望,映入眼帘的往往有一列载着乘客的绿皮火车,或者是一列装着各种物资的浅黑色货车。它们在开阔的田野上驶过,驶向并不遥远的城市,把温暖带给人间,也激发我的几多遐想。

我常常在夜深人静时,躺在床上听到火车开过的声音。声音划破或洒满月光或夜色如漆或风雨交加的夜晚,让睡梦中的人们感到这个沉静的夜晚还有人在忙碌,还有人在奔波。

第一次坐绿皮火车是在上小学时。一次学校组织高年级学生去合肥江淮大戏院观看话剧《风华正茂》,这是一部根据"反潮流小将"黄帅的故事改编的话剧。话剧内容印象模糊,可坐火车的真实体验是美好而难忘的。从撮镇火车站站台排队上车,找到自己的座位,看车上的行李架、座位椅、矩形的车窗,都是那么亲切新奇。与同学喊喊喳喳说着话,分享心中的那份喜悦。当列车行驶时,看车窗外的房屋、街道、池塘、田野、树木——在迅速向车后移去,心中兴奋不已。回程时,已是夜色沉沉,看着外面星星点点闪烁的灯火,大地显得那么安详而宁静。

1979年10月,初中毕业的我终于等来了去当时巢湖地区和县师范学校上学的日子。父母亲与姑姑一起早赶到撮镇火车站为我送行。我要乘火车到原巢县北站,再从那儿转乘汽车到和县祁门站。

我坐在候车室厚重的木椅上等车,父亲在售票窗口买票。列车到站前二十分钟左右开始售票。从小小的窗口递进去两块钱,女售票员就送出两张细小的窄窄的火车票,并且找回四角钱。过了一会儿,我们又排队在检票口检票。工作人员用剪票机在车票的一侧剪出一个方形小豁口,乘客便可鱼贯而入到站台上等待。列车终于由远及近哐当哐当地驶来,工作人员要乘客离铁轨远一点,站到一条警戒线外。列车缓缓进站,仍是气势如虹,令人心潮澎湃。父亲担着我的行李,和我一同上车,他要将我送到学校。找到我们的座位,打开车窗,我向母亲与姑姑挥手。她俩向我们匆匆赶过来。母亲再次嘱咐我要吃饱饭,若生活费不够家里会给我寄去。当列车启动时,我看到母亲用衣袖擦去眼角涌出的泪花。毕竟从小到大从未离家,现在到外地读书,生活一切都要自理,她有几多不放心。

可那时,我整个心思都在盼望着师范学校全新的生活,对父母的那份既高兴又难受的心情多少不能理解。

师范三年里，一次次离家和回家，我都要坐着巢县到撮镇的绿皮火车，沿途的站名，像桥头集、烔炀河与柘皋听起来总是带着浓郁的乡土气息，温暖着我年少的心。

随着铁路的提速和动车时代的到来，撮镇火车站客运功能渐渐弱化，而货运功能却大大强化。沿途的那些有着美丽名字的火车站，许多已退出历史的舞台，只能储存在人们的记忆中。

火车在我的记忆深处缓缓驶过，带给我的是对往昔的美好记忆，那儿有温暖的乡情、亲情与同学情。

动车在多情与充满希望的大地上疾驰，把千千万万的人们带到他们向往的地方，也许那里有梦想，也有惊喜与收获。

青葱校园

　　小学校园,田野环绕。春天,油菜花地似浓墨重彩的油画,沁人心脾的芬芳弥漫着整个校园。夏日,那汪如翡翠般碧绿的秧田伴着微风送来阵阵清凉。秋季,金黄的稻谷连绵成一片浩荡开阔的湖泊,而小学便像一座湖心岛。冬时,田园一片萧瑟,满目衰草,霜痕遍地,校园就成了孩子们向往温暖的港湾。在提倡"开门办学"的时代,老师们坚守乡村一方净土,让我们这些农家子女接受了良好的基础教育。积绿肥、种试验田、办校工厂,也培养了我们早期的劳动意识和动手能力。

　　初中到了镇上,每天上学要步行四五里,可总是兴致勃勃,很少有人叫苦。我们生活的那个年代,物质供给无比匮乏,有的家庭食不果腹。中学的办学条件也非常简陋,两排砖瓦房,有初中与高中。南边是教师宿舍与学生食堂,北边是一个大操场,环绕校园三面的是一条防护渠,渠边栽着柳树、杨树与樟树。没有统一的桌椅,学生配对从家里带到学校,于是整个教室里的桌椅高矮形状参差不齐。窗户没安玻璃,春夏昼夜洞开,仅靠几根钢筋与木框支撑着。秋意渐浓,寒气逼人时,班主任就动员学生从家里带来塑料薄膜将窗户蒙好钉牢。水泥砌成的黑板刷上黑色的油漆,刚开始粉笔字还算清晰,时间长了,油漆剥落,上面字迹很难辨认,得重新刷漆。就在这样的教室里,全班七八十个同学挤在一起,聆听老师的教诲,吮吸知识的琼浆,顽强茁壮地成长着。

　　班主任赵老师教我们数学,课上得生动而有趣。小学时我的数学学得并不好,可到了初中,代数、几何都学得非常棒,赵老师的赏识与鼓励让我在学习上激发出巨大的热情。物理潘老师与化学宋老师虽是工农兵学员,但对学生很热情,也很有耐心,我们的物理、化学在他们的教导下学得相当不错。而初三时的语文老师与物理老师,堂堂本科院校毕业,水平很高,可要么工作敷衍塞责,得过且过;要么自视甚高,目中无人,许多学生中考时语文、物理成绩很不理想。我上小学与师范时语文成绩是非常优秀的,中考语文只是刚刚及格。我的亲身经历让我明白,作为一个老师,工作态度永远比知识水平来得重要。

初三最后两个月,学校组织了一次考试后将全体学生分成甲、乙、丙、丁四个层次的班级,甲班集中最好的学生,配所谓最好的老师,希望增加中考达线人数。可换了老师后,我并不适应一些老师的教学风格,学习再也没有从前那么轻松自在。而那些没有进入甲班的学生,学习上基本处于自由散漫的状态,本来有望考取高中的,最终却没能如愿。

在我们成长的岁月里,得到了来自父母与老师亲切的关怀和严格的要求。我常常想到从小学到初中的许多老师,尽管与绝大多数老师都失去了联系,可我的心中对许多老师充满了感激。无论面对怎样的处境,我们的老师都凭着他们职业的良心和对年轻一代的眷眷之心,向我们传授着知识,教我们做人的道理。由于老师的教诲,加上自身的努力,在中、高考制度恢复之后,我们当中不少人考入各级各类学校,有了一份理想的职业。那些没有升学的同学,也顺应国家改革开放的潮流,在社会找到自己的立脚点,过上了日渐富足的生活。

那时同学间充满纯真的友情。小学同学都来自附近的乡村,农民的孩子,真诚、善良又淳朴,大家一起上课,课间或放学路上谈着自己开心的事情。来到中学,班级里有了街上的男生女生,在我们这些乡下少年眼中,他们呈现不一样的气质与见识。只是男女同学的交往都有点拘谨,男孩遇到自己喜欢的女孩只会放在心中,有时在路上遇见,往往会心跳加速,匆匆走过。

在中考复习的最紧张的一段时间里,同桌好友常与我到学校东边水渠边的那片郁郁葱葱的小树林里散步,常遇到那个来自镇上的秀美苗条的女孩,看到我总报以甜美的一笑。可我们没有勇气做一次开心的交流,只是彼此关注着对方。中考我们居然在同一个考场。考政治时,她居然忘了带准考证,匆匆赶回去取。当她再次出现在考场时,我已经快答完试卷。我提前近一个小时交了试卷,既证明学校政治老师带领我们备考有方,又想在女孩面前表现一下自己准备得多么充分。

那年中考成绩下来,我的政治考了八十分,满分是一百分。我以优异成绩被一所中等师范学校录取。而女孩考了全校第三名,没有上中专,上的是重点高中。不同的家庭背景导致我们不同的选择,不同的选择又导致我们完全不同的人生。

不知那个女孩后来上了什么大学,大学后又有怎样的人生。可我忘不了青葱校园中的那片小树林,以及在小树林与她相遇时她的甜甜的笑靥。

邻村贾同学需要桑叶,因为他家养了很多蚕,靠卖蚕茧补贴家用。星期天上午,我便爬上邻居家屋后的桑树上摘了一大篮子桑叶,特意走了四五里路送到他家。不知道他家在村庄的位置,我问了几个人,终于找到了。他见到我送来的新鲜的桑叶,很高兴,也十分感动,回来时便送了我一些蚕,教会我怎样养。那段时间,每天放学到家后我做的第一件事便是去看看自己心爱的蚕宝宝,它们正咝咝有声地吃着桑叶。蚕儿渐渐长大,通体发亮,开始吐丝,结出五颜六色的蚕茧,我心中兴奋极了,成就感爆棚。同学间纯真无瑕的交往和友情已成为我们心中最珍贵的记忆。

师范，我的精神家园

又是南风吹来，又是草长莺飞。

在这个春光明媚的日子里，我的思绪随蓝天上流动的白云飘向四十多年前我曾经就读的安徽省原和县师范学校——背倚连绵群山，四周田舍环合，有清风、明月、修竹、松林、几排平房、蜿蜒的石子路，还有伴着啼啭鸟鸣的琅琅书声。

十四岁那年的金秋十月，在经历了一个多月的令人难耐的寂寞和等待之后，我终于等来了师范学校的录取通知书。怀着无比激动的心情，在亲人的祝福声中，我踏上了东去的列车，心中对未来充满了幻想与憧憬。

到学校后的第一天，我就和几个同学相约去爬山。小时候看到不远处的山峦，总觉得它们非常神秘。现在与这些群山朝夕相伴，心中自然是非常喜欢。我们气喘吁吁地爬到山顶，极目远眺，顿觉神清气爽。那连成一片的金黄的稻田，就像在秋阳下泛着微波的湖面，而那绿荫遮蔽的村庄，便像一座座美丽幽静的湖心岛。马路如丝带，池塘似明镜。转过身来，那些连绵起伏的山峦，在明亮的阳光下，或清晰，或朦胧，或青翠，或苍黄，呈现出别样的景致。

当时的办学条件很不好，三个班一百多名男生住在学校的大礼堂里。由于地处偏僻，远离县城，食堂的伙食也很差，青菜、萝卜、黄豆轮番登场。用的水来自山脚下的一口池塘，天旱时，水质很差，连衣服都不能洗，要跑到附近乡村的水塘里去洗。可我们并没有太多在意这里的艰苦。也许大多数学生来自农村，对物质的东西并没有过多的奢求。吃住在一起，同学之间相互关怀，相互帮助，周末相约去集镇与县城购买生活用品和课外书籍，同学间流淌着无比纯真的友情。

每个同学都非常珍惜这来之不易的学习机会，学习非常自觉与刻苦。校长在一次报告中说，有一天晚上，他从同事家做客回来，看到山脚下排排教室灯火通明，走到近处，看到同学们在教室里济济一堂，聚精会神地读书求知，心情非常激动。他说，我们是熠熠生辉的夜明珠，是未来基础教育发展的希望。正如他预言的那样，师范毕业后若干年的人生拼搏，我们中许多人已成为中小学教师中的骨干，不少人担任了学校的领导。岁月如歌，我们用自己无悔的青春照亮着我们绚丽而丰富的人生。

记得当时师范学校是不开英语班的。我们班上的几个同学感到英语将来会对我们很重要，于是每人都购置了一部收音机。为了收听河南人民广播电台每天早晨五点半的初高中英语教学节目，我们五点钟准时起床，洗完脸就悄悄地摸出宿舍。来到教室里，屏息凝神地收听半个小时的英语课程，然后花更多的时间去读，去背，去做练习，去看辅导书。三年多下来，我打下了较为扎实的英语基础。走向工作岗位后，我又自学了大学英语，通过自学考试拿到了大学本科学历，成为省示范高中的一名优秀英语教师。英语学习居然改变了我的人生。

师范第一学年后期，由于营养不良，缺乏锻炼，我的身体素质每况愈下。从学校食堂到集体宿舍得爬一个高坡，每每爬上这个高坡，我都累得汗水涔涔，眼前发黑，整天觉得胸闷。于是，我决心用运动来强身健体。每天早晨听完英语后，我和几个同学顺着石子路与田间小道跑上四五里，春夏秋冬，寒来暑往，从不间断。课外活动我去操场打篮球，有时独自一人去爬山。一段时间下来，我感到体格强壮了，精力充沛了，呼吸也顺畅了。运动，不光增强了体质，更锻炼了意志。运动，也使我懂得了这样的一个人生道理：只有自强不息，才能拯救自我。

师范三年，最令人难以忘怀的便是那几乎每周一场的露天电影。当学校放映员从县城电影院取回新片的消息传来时，每个同学的脸上都洋溢着喜悦与欢乐。吃过晚饭,三五成群在学校周围散步,沐浴着夕阳的余晖,说着开心的事儿,然后,从教室里把长凳搬到操场上,坐在那儿,兴致勃勃地等待电影开始,等待与电影中的人物同喜同悲。

走向社会,曾经历许多的磨难、许多的忧患,于是常常想起师范时期那些无忧无虑的与大自然亲密无间的日子。光阴荏苒,青春的岁月在无数个黎明与日落时分溜走,偶一回首,我又仿佛置身于那群山脚下,和我亲爱的同学们一起读书、运动、散步、聊天,在操场上看一场场精彩的露天电影。于是,我要说,师范,你是我的精神家园,我们的人生从这儿开始,我们的希望和理想从这儿放飞!

发现与拯救

1979年那年中考,我刚过十四周岁。永远忘不了10月初的一天,在镇中学上高一的儿时伙伴,初中时期的同学,从学校带来了我的师范学校的录取通知书。通知书像一抹阳光,驱散了我心中的阴云。手捧着油印的录取通知书,我不禁喜极而泣。一个多月心急如焚的等待,多少次站在老屋后那棵高高的皂荚树下,眺望着村东头的渠埂,期望乡村邮递员带来远方的好消息,可期望一次次落空。如今,意外的是,我的同学从学校给我捎来了喜讯。

父亲领着我到镇上派出所转户口,用平板车拉粮食送到粮站,转粮油关系。母亲让街上裁缝给我做了一身草绿色的外套。她知道我喜欢军人,父亲精心收藏的五角星与红领章让我爱不释手。父亲把他压在箱底舍不得穿的一件银灰色的夹克衫送给了我,并用他在南京当兵时买的一只棕褐色的皮箱装着我的衣物。皮箱虽旧了些,但仍然精致、实用。

也许是来自条件极其简陋的农村学校,师范学校在我的眼中便成了世外桃源与人间天堂。背倚青翠群山,四周田园环绕。早晨可以到松林中去读书,傍晚可在山径上漫步,每个周末还能看上一场露天电影。我们在这里读书、运动、娱乐、交流,每天都充实而愉快地生活着,每天的日子都充满了阳光。

可进入师范学校不久发生的一件事让我心中有了阴影。

一天,同桌的同学回家去了,于是进入教室里,我只擦去自己这边的灰尘,而无视同桌那边的尘垢。在当时的我看来,这是理所当然的事情。

上午第一节是生物课,韩老师上课前看到我坐的课桌桌面泾渭分明,他没有立即讲课,而是作了一番训导——

你们许多同学来自农民家庭。中国农民勤劳、善良、纯朴,但是也有着一定的小农意识存在。一些人保守固执,谨小慎微,事不关己,高高挂起,集体观念淡薄。希望你们走出小农意识的束缚,多关心他人,多关心班级和学校的事情,在学习知识的同时,也要学会做人。

从小到大,由于自己聪明伶俐,成绩优秀,自我感觉非常好。而韩老师说的小农意识,显然是针对我不擦同桌桌子而言,我感到了老师对我的含蓄善意的批评,心中有些委屈。不就是没有顺手擦一下同桌那边的灰尘,值得这么小题大做吗?可不久以后发生的一件事情,让我的灵魂深处遭受一次剧烈的创伤,让我没齿难忘。

师范二年级时,英语学习在校园里蔚然成风,陈琳英语、许国璋英语,在同学们当中都备受推崇。学校不开设英语课,也没有精通英语的老师,于是跟电台学英语成为唯一选择。我给父母寄去一封书信,表达我想买一部新的收音机学习英语的强烈愿望。很快,我收到了一张父母寄给我的三十元的汇款单。

一个阳光明媚的星期天,我同四五个同学去与学校相距十多公里的东边的一个小镇,往返都坐带顶篷的三轮车。从邮局取了钱,我便去商店花了近三十元买了一部外观秀气、性能好的收音机。为了按时早起,我还买了一只闹钟。可能是钱花得太多了,也可能是贪小便宜心理作祟,回去的马路上,三轮车离终点站不远时,在几个同学的怂恿下,我乘三轮车爬坡速度放慢之际,毅然背着装着闹钟和收音机的书包跳下车。惯性还是让我重重地摔在地上。我艰难地爬起来,担心三轮车师傅折回时发现我,立即步履沉重地走向公路北侧的田埂。田埂上平常很少有人走,上面杂草丛生,荆棘遍布。我全然不顾什么路况,只是向着学校的方向拼命赶去。终于走过了终点站的位置,看到了熟悉的小路,悬着的一颗心才稍稍放下。

到了学校,那几个先回来的同学关切地问我有无摔伤,他们亲眼看到我摔在地上,自责不该鼓动我跳车,为省两块钱,那样做太危险了。我说身体无大碍。

当我打开书包时,才发觉刚买的收音机一角摔坏了,好在收音机功能正常。庆幸之余,我还是心疼不已。后来,来自庐江的一个周同学用他的万能胶把摔坏的一角粘好了,我感激不尽。

通过这件事,我发觉了自己性格上的缺陷:患得患失,有时为了占点小便宜,不惜损人利己,难道这不正是韩老师所说的内心潜在的小农意识吗?于是,我积极寻找机会去改变自己。

那时,我与另外四个同学一起收听河南人民广播电台的初高中英语。每天早晨五点钟,闹钟一响,我就迅速起床,穿好衣服,洗个脸,悄悄地摸到床边,逐个叫醒他们。然后,我们轻轻地打开寝室后门,来到教室中,开亮日光灯,调频到英语教学节目,屏息静气、全神贯注地收听。

一个人做一件事往往感到孤立,几个人一起做一件事总能得到相互支持的力量。在学习英语的过程中,我获得了帮助别人的快乐。

那时,四十多个男生住在大半个学校礼堂里,有时卫生状况堪忧。实在忍受不了之时,我默默地拿起扫帚,仔细地将寝室打扫干净,用自己的劳动,为同学们创造一个相对干净的居住环境。

师范三年级的一个元旦晚会之后,教室里遍地是瓜子壳、果皮和糖纸,尽兴的同学都回寝室了,我留了下来,独自一人将教室的地面打扫干净,还将桌子整理好。第二天早读时,班主任一头雾水,问是不是班干起早打扫的。他们直摇头,无人知晓是谁做的这件好事。

一个人用自己的努力,对周围人的生活产生积极影响,的确是一件令人心情愉快的事。人生的意义在于主动给予,而不是一味地索取。或者说,爱更多地体现为一种主动的行为,关心他人,帮助他人,这显示你的能力与你的担当。

如果要问我,师范三年对我影响最大的是什么?我要说,一个是意志品质的培养,坚持长跑,风雨无阻;学习英语,收听电台节目,从未中断。另一个便是集体主义意识的形成,懂得一个人的生活不仅仅是为了自己,也为着别人。这种品质与意识也深刻影响着我以后的人生,让我受益匪浅。

那一年我走上讲台

  1982年的暑期,天气格外燠热沉闷。同村的初中同学考取了大学,成为人人羡慕的天之骄子,而中师毕业的我却要收拾行囊到肥东县的一个非常偏僻的乡村小学当一名普通的教师,心中自然十分失落。要知道,中考时,他的成绩是远远不如我的呀。

  一天清晨,母亲挑着行李,我背着从村里高中生那里借来的教材,踏着田埂上的露水,走向村后的马路,从那里坐公交车到合肥明光汽车站,然后乘农班车去白龙。一天只有四趟班车,人们见车来了,拼命地往上挤。母亲和我带着行李,只有最后上车。车上早无座位,我们便坐在行李被上,随着车子的颠簸,缓慢而艰难地朝那个陌生的地方驶去。

  车到元瞳,正赶上逢集,狭窄的马路上挤满了从容赶集的人们。班车被严严实实地堵在街上很长时间。我心急如焚,恨不得肋下生出双翼从拥挤的人流上飞过。当人潮退去时,车子终于发动,到了白龙街上,已经是中午时分。母亲和我在一个小饭馆里简单地吃了中饭。那时的白龙街有L形的一条街,晴时车过尘土飞扬,雨天则是泥泞不堪,漆黑的烂泥齐过脚踝。下午,到区教育小组开了介绍信,我被分到白龙乡中心小学——南张小学,离白龙街只有三里路左右,算是对我这个远离家乡的小年轻的一份照顾。到了学校,校长热情地接待了母亲与我,分配了一间条件尚好的住房。母亲为我铺好床铺,我在桌上排列好我带来的高中各科教材。我要在教学之余认真复习,两年后参加高考,去追逐自己的大学梦。

  学校让我教四年级语文。走上那泥砌的讲台,看到一张张生动纯真的脸庞,我的心中真是无比激动,尽力教好他们是我义不容辞的责任。可由于读师范时语文教学法学得并不到位,实习的时间又非常短暂,更主要的是我不善于把理论和实践有机地结合,学校也没有给予及时有效的指导,我的课上得机械而无趣,课堂缺少吸引力,学生不守纪律,有时乱哄哄的,虽多次找一些学生谈话,可收效甚微。

每天放学后,我抓紧一切可利用的时间去学习,星期天也从不回家。可教学上的烦恼常常使我很难静下心来去读书。学校领导对我的学习精神虽欣赏,但更多的是置疑。他们认为我在教学上难以驾驭学生是因为我没有把全部心思放在教学上。

我对自己的工作能力表示深深的怀疑,对做好教学工作严重缺乏信心。只有当我拿起高中教材,幻想着考入理想中的大学时,我才获得一份与现实抗争的勇气。

第一学期在内心的左冲右突中结束了,我所教的四年级语文在全区乡中心小学的期末统考中接近倒数。

寒假到了,我决定暂不回家,留在学校学习。一位耿直善良的民师每天晚上来陪我,既巡视空荡荡的校园,又和我聊聊天。在那个寒意袭人的冬天,我几乎一个人待在校园里,心中并不平静。无意中读到师范毕业时才发给同学们的教材《文选与写作》上的一篇报告文学,我的心灵受到深深的震撼。一位优秀的小学教师,爱生如子,与学生建立了深厚的感情。由于教学成绩优异,她成为当地教育界的翘楚而被提拔。离开学校的那一天,她特意起了个大早,不想惊动她的学生。可孩子们还是比她更早地赶到车站为她送行。这是多么美好的师生关系,又是多么令人神往的人生境界!感动之余,想到自己目前遭遇的师生关系,不禁心中悲痛万分。我再也不能安心读书,觉得自己仿佛置身于一片苍凉萧瑟的荒漠之中,那么寂寞无助,周身是彻骨的寒冷。我把书收到一旁,决定回到家乡,回到父母身边,去寻求一份情感的慰藉,去治疗自己受伤的心灵。

第二学期开始了,我决定把更多的时间和精力放到教学上。学校教导主任也抽出时间去听我的课,给我以具体的指导,我在教学上做了一些积极改进,课上得要好一些,师生关系也得到了一定的改善。

后来,学校的几个老师和我承担了全区的公开教学课,我诚惶诚恐。精心备课后,教导主任带我去区中心小学上课,那里的教师听完我的课后并给予评议。给不同的学生上课,还有一些老师听课,我的心中很是紧张,课自然上得很不成功。当时区中心的两鬓斑白的谢老师和那些同期分到基层的年轻教师给我的课提了许多意见。我发觉自己与他们在教学水平上的巨大差异,心中非常自卑。但通过反复听课、评议与修改教案,我终于把《狼牙山五壮士》这篇课文上得风生水起,赢得了全体听课教师的一致好评。

公开课后,一切似乎都恢复到原先的样子,我的课又上得平平常常。学生们可能会在心中纳闷:我既然有能力把一堂课上得那么精彩,为什么平常的课却是那么不尽如人意?唯一的解释就是我没有尽心竭力地去忙教学。从他们的眼神中,我可以看出他们对我深深的失望。

麦子黄了,油菜也要成熟了,田野中随处可见那些忙碌的乡亲。在那个地广人稀的地方,收获时节,人们要不分昼夜地辛劳着。学校也放了一周忙假,特别是那些民师,一个月微薄的薪水是无法养家的,种田和教书一样重要。可忙假之后,班级居然有好几个学生没有返校。我深感自责,他们辍学,只是因为我没能把他们教好,使他们对读书失去了兴趣。于是,我让班级学生带着我,挨个找到那些辍学在家的学生,一一把他们劝回课堂。一个男孩把桌子带回去了,我甚至亲自把他的桌子扛了回来。

记得班上有个女孩,长得秀气而文静,就像五月乡村庭院盛开的栀子花。她成绩很好,不念书了,我感到非常惋惜。找到她家时,她正在猪圈旁喂猪。我告诉她女孩子读书是多么重要,也对她作出庄重的承诺:我会更投入地工作,把每一个孩子教育好。

可我没有兑现自己的承诺,我感受到现实中有一股无形的阻力约束着我,制约着我,使我无法丢下自己的高考复习资料。师生关系再度恶化,甚至那些班干都与我对着干。我很苦恼,可我也找不到解决问题的任何办法。

学校领导已经失去了对我的信心和耐心,一学年结束后,我被毫不留情地发配到条件更艰苦的乡村小学。我觉得自己罪有应得,只有逃离到一个全新的地方,我方可获得内心的安宁。

光阴荏苒,毕业至今一晃三十多年过去了。现在,我每每想到走上讲台的第一年,由于自己的简单幼稚,对那些农村孩子造成了伤害,心中依然是悔恨不已。也许,我的失败影响了一些孩子的前程;也许,我已经给那些孩子留下了终生难忘的恶劣印象。可我没有机会去弥补对他们造成的损失,我能做的只是对现在的学生负责,以求得良心上的自我救赎。

当年教过的那些学生现在都过了不惑之年。不知他们如今的日子过得怎么样。没有接受到良好的教育,他们的人生一定多了些艰难与坎坷,他们的脸上一定布满沧桑。

乡中七年

1988年8月,是我人生的一次重大转折,我被调入当时全县闻名遐迩的一所乡村初级中学,开始了我的中学教师的生涯。

踏入环境优美、房舍俨然的中学校园,我的心情好极了。天空那么蔚蓝,蓝天上的白云轻柔得如片片羽毛。看远处黛色的山,似乎有淡淡的雾岚升起。学校周围有熟稔的乡村与田园,与我儿时的记忆一模一样。骑车在乡村马路上飞驰,乡野的风扑面而来。啊,我终于成了一名中学教师。

乡中当时之所以出名,是因为每年初中专达线的人数在全县初级中学中首屈一指。20世纪80年代,许多农民家庭的孩子把全部的希望寄托在考取中专跳出"农门"上,这导致很多学生初三后复读一年两年,或者三年四年,甚至更多。殊不知这些初中专毕业的学生,如果进入效益不好的企业,在市场经济大潮的冲击下,以后的命运也是跌宕起伏的。乡中教学质量高,除了学校管理严格,教师队伍过硬,主要是庞大的复读群体支撑。复读生不光来自本乡,还来自邻乡与县内很远的乡镇。

学校教室分布在三栋平房与一幢二层楼房里,平行班为四个,每班有九十多人,非常庞大,维持课堂纪律非常不易。后来为了普九验收,在操场北边盖了两幢教学楼,平行班增至六个,班级规模控制在六七十人,上课感觉轻松多了。

跟广播电台扎实地学完了全部初高中英语教材后,我对自己的英语水平颇有点自信。由于乡村中学英语教师奇缺,我便有了教初中英语的机会。一开始学校安排我教初二英语,手足无措的我生搬硬套一种叫"对译法"的学习方法,即把英语对话、课文先译成汉语,再试着把汉语回译成英语。这种方法用于自学尚可,但用于教学很难为学生所接受。一些家长将不满的声音传到学校领导耳中,于是学校抽各班前十五名的学生组织一次测试,然后计算出各班学生的平均成绩。仅仅两个星期,我所带的班级优等学生的平均分就比另外三个班低了十分以上。学校校长找到我,语重心长地说:"中学英语教学上,你许多地方还没入门,你所带的班级给别人教吧,你多听课,多学习。"我心悦诚服地接受了学校的安排,一方面,我主动听课,学习有经验教师的教学方法;另一方面,我从省城买了一些初中英语教学方面的理论书籍,努力汲取一些有价值的实用的知识。

听课时,一位1984年毕业于黄麓师范英语班的田老师给我留下了深刻印象。他对初高中英语教材烂熟于心,上课时可以不带教材,逐句逐段组织学生朗读与背诵,适当讲解语言点,课堂气氛活跃而热烈。这个老师教学之余忙着考研,吃穿力求最简化,1989年终于考取西北农学院,毕业后被定向分配到新疆农科院从事长绒棉研究,并且取得了不俗的成就。那时的中师毕业生,考研是他们实现人生理想的一个途径,可只有少数人能走通这条陡峭的山路。

第一学年下学期,由于一个教初一的女教师生病,学校让我接她的课,我努力把听课与从书本上学到的教学方法用于实际教学中,逐步获得学生的认可。我把更多的热情投入英语教学上,并且呈现一种锐不可当之势。第二年与第三年我仍教初一英语,所带的两个班均分分别位列第一、第二。1990年9月,我开始当班主任,我的工作得到学校领导的充分肯定。新婚不久,我也是以校为家,一周才回家一趟与妻子团聚。1991年9月,我开始教初二英语,一个重点班,一个普通班。重点班英语教学成绩引人注目。我是普通班班主任,尽管学生分班时成绩要差许多,但我没有放弃他们。他们当中出现了一些好苗子,有的后来上了高中,考上了大学。

1992年9月,我继续教初二英语。学校领导终于对我们年轻教师放心了,开始设置平行班,这激发每一个老师的工作积极性,班级之间竞争激烈。纵使如此,我所带的班级在初二学年度考试中语文、英语、物理都是年级第一,学生辍学人数是最少的。

在班级管理上,我倾注了巨大的热情。日常加强常规管理,每学期期中、期末考试,我用班费与自己的部分工资买一些学习用品对优等生与突出进步的学生给予奖励,以激发他们学习上的积极性与主动性。这种激励对那些淳朴的乡下孩子特别奏效。学生某一学科薄弱,我会组织优等生给班级学生布置作业,然后再给同学们做讲解,学生互帮对他们成绩的提高也发挥了一定作用。当学生的桌椅损坏了,我会到街上五金商店买来钉子、锤子替他们修理。我的认真与执着,感动了许多学生,他们发自内心地尊重我,每当元旦和教师节来临时,他们纷纷给我送来祝福的贺卡。

有一个姓吴的男孩,初二时从附近的乡中转学到我所在的学校,并进入我的班级。他很聪明活泼,接受力很强。尽管初一英语期末只考五十多分,但在我的班级,一年后英语考到八十多分,总分进入班级前六名,进步神速。后来他上了普通高中,毕业后考取解放军南京政治学院,博士毕业后进入国家审计署。

这个男孩在他上初三时给我寄来一张教师节的贺卡,他在贺卡上深情地写道——

踏遍心田的每一角
踩透心灵的每一寸
满是对您的敬意
谨谢谢您
敬爱的老师
您像春天的轻风

抚慰我们稚嫩的心灵
您像夏日的透雨
滋润我们渴求的生命
您像秋夜的明月
照亮我们茫然的灵魂
您像冬季的瑞雪
预示我们来年的收获

学生纯真而热烈的语言,深深地感动着我,也让我进一步明确了自己工作的意义——为生活在社会底层的群体服务,努力为他们的孩子铺设向上的台阶。

工作之余,我继续刻苦自学。1992年12月,我通过自学考试拿到安徽师范大学颁发的本科文凭。记得领取毕业证书那天,天下着雪,我与妻子乘公交车辗转来到省城杏花公园附近的市招生考试办公室。当我从工作人员手中拿到深蓝色丝绒外壳的毕业证书时,心中真是激动不已,六年持之以恒的奋斗终于有了一个圆满的结果,我的生活充实而又收获丰硕。

1992年暑期,我将妻子与儿子接到乡中,开始真正融入学校的人际圈,与领导的关系日渐融洽,领导对我日趋信任,住房条件也一点点改善。

1993年9月开学,我终于教了初三年级,并担任一个班的班主任。学校实行平行班,我焕发出更旺盛的斗志,所教班级势不可当,第一学期期末考试,班级语文、英语、政治、化学皆为年级第一。1994年中考,4人达中专线,30多人达到普高线。1994年9月,我开始担任初三重点班班主任,所教班级在三个重点班中也是最优秀的。1995年中考,本班有3人考取县一中,近10人上中专,有一大批学生上了高中。英语成绩满分为100分,80分以上的有30多人,一个女孩考取安医护校,一个考取合肥幼儿师范学校,她俩英语几近满分。

乡中的北边有一条宽广的大路,大路紧邻一望无垠的稻田,稻田外是或远或近的稠密的村庄。傍晚时分,我常常一个人或带着几岁的儿子在那条路上散步,与熟悉的乡亲打着招呼,时而遇到那些放学回家的欢天喜地的孩子,呼吸着田园里散发的四季不同的味道,我的心中是愉快踏实的。我爱脚下的土地,更爱土地上生活的善良纯朴的人们。

　　回忆乡中生活,我常常心怀感激。在那里,我遇到了逐步赏识我的领导,认识了许多相互支持、令人尊重的同事,教到了一批渴求知识、伶俐诚实的学生,我也找到了当一名优秀教师的自信,我的工作热情得到了巨大的回报,我的人生价值得到了充分的体现。

　　1995年暑期,我依依不舍地与妻子、孩子一起离开我工作七年虽留下一些伤痛却有更多美好记忆的那所乡村初级中学。

怀念你，家乡的完中

著名歌手费翔的《故乡的云》，抒发了在外漂泊的游子对故乡深沉的思念之情，每每听之都让我怦然心动。1982年6月，我师范毕业已有十三个年头了，命途坎坷，历经磨难。1995年暑期，我终于回到家乡的怀抱。家乡的完中，你带给我的将会是怎样的人生？我会在你身边长相厮守，直到我职业生涯的尽头吗？

刚到那所完中，我非常希望能教高中语文，毕竟拥有一张通过高等教育自学考试获得的过硬的汉语言文学本科学历。可当年同时调入的有三个学中文，另两个教过初中语文。我没有初中语文的教学经历，学校领导怎么会放心让我教高中语文呢？他们让我继续教初中英语，接美术出身的吴老师的课，教初二英语，并且担任一个慢班班主任。学校初中一开始就分快慢班，我与另一个刚调进来的女老师教的是两个慢班，级部主任刘老师教两个快班英语。

慢班里有不少学生由于基础差不爱学习，上课纪律很乱。我继续沿袭乡中时的严厉管理方法，对那些调皮的学生教育加惩戒。一段时间下来，那些街上的学生对我是非常敬畏，上课也规矩多了，课堂纪律大为改观，一些有基础与天赋的学生成绩扶摇直上，英语均分与重点班曾经只有5分差距。

刘老师是个爱热闹且工作热情很高的中年妇女，有段时间，周六周日常带我们班主任到学生家去家访。骑着车带着人，在乡村道路上疾驰，阳光灿烂，微风拂面，每到一家，就受到孩子父母的热情接待。在长期相处中,我与学生建立了良好的关系,初二升初三,我们班学生居然无一人流失。

初中毕业后,班级有近20人考取本校高中。一个陈姓的男孩在读完三年高中后还考取了陆军指挥学院。而为了支持他读书,他的姐姐,一个说话时眼中带着盈盈笑意的女孩,同样考取高中,父母却中断了她的学业,这是多么可惜呀。

可以说,老师们的努力改变了许多孩子的命运。

1997年暑期,初中一届带到头后,我再次向学校领导提出教高中英语的要求,可再次被拒绝,理由是:虽然有丰富的初中英语教学经验,但没有任何英语专业的文凭。我依然到初二接王老师的课。王老师1996年6月毕业于阜阳师范学院英语专业,作为一名本科生,在乡镇完中是凤毛麟角的。他主动要求带高一一个班与初一两个班英语,可谓雄心勃勃。可他的教学效果并不好,学生对他意见很大。我接的是初二快班与慢班,尽管心中有许多不满与牢骚,但我还是尽力而为。快班学生中有许多成绩优秀的,后来上本校高中部,高考有考取安徽大学、安徽师范大学与安徽财经大学等省内名校的同学。

1998年5月,为了证明一下自己的英语实力,我报名参加了成人专升本考试,报考安徽教育学院英语教育专业,可因三分之差而未能达线。学校领导终于知道了我的英语真实水平。高中英语骨干教师张老师极力向分管高中教学的副校长推荐我,于是学校决定让我带一个普通班高中英语试试。

当时,我对教高中英语心中充满了向往。自己早年上中师而未读高中,那是自己人生中的一件最为遗憾的事。如果能教上高中,我就从很大程度上弥补了那份遗憾。高中教学是自己人生的一个新的阶段,而处于花季雨季的高中生对我来说,是一个全新的充满魅力的群体。我对工作投入了全部的热情,看了许多关于高中英语教学方面的理论书,听了全国、全省与全市的高中英语示范课,对自己的英语教学方法做了彻底的变革。同时根据自己的教学实践,撰写了两篇教学论文,参加合肥市中小学教师论文评比,获得了二等奖。

1999年9月,领导让我担任高一一个普通班的班主任,并且教两个普通班英语。我全力以赴去管好教好这些来自全县各地的年轻学子,所带的文科班级学风纯正,纪律良好,并在2002年高考中取得了良好的成绩,一个学生考取本科,一半以上的学生考取第一批次专科。而文科重点班只考了五个本科,连学校领导对我班的成绩都感到意外。

与此同时,我于1998年12月开始报名参加安师大主考的英语教育专业的自学考试,2001年12月取得本科学历。三年时间,跌跌撞撞,备尝艰辛。英语语言文化考了2次,英语写作考了2次,日语考了2次,英美文学考了3次。我对日语一窍不通,请教附近一所完中的一个老师,他曾经跟电视学过日语,有较好的基础。最后,我在一句不会读的情况下日语考了76分。英美文学学习方法不对,第一次考20多分,第二次考30多分,那时我真的有点绝望了。后来我在合肥三孝口一个考试书店碰到了一本英美文学课程的配套辅导书,对每篇英文作品作详细的分析,我大彻大悟,加之考试题型做了改变,更多考查对作品的理解而非死记硬背,我在第三次考试中获得了86分的高分。我还给那个帮助我学日语的老师买了一本这样的辅导书,结果他的英美文学也以高分通过,他非常感激我的帮助。

当初到这所完中,我的一个最大的愿望就是能住上一套福利房。刚开始,身边几无存款,我选择在老家住半年,妻子在一户人家做油漆工,每月有微薄的收入。半年后,我们在一条河旁租住一间房,妻子在旁边租门面房搞理发,生意日渐红火,我们终于有了自己的存款。

1997年6月,完中第二栋宿舍楼竣工,住旧楼的搬到新楼,住平房的搬到旧楼,我们搬到别人腾出的一间半的平房里,条件比较恶劣。前面街上的两层楼房将南来的风挡住,一点不透风。自家前面的走廊做厨房,也完全将阳光挡在窗外。东边是一家幼儿园,后面的平房是初一的教室,白天吵闹声与外面街市的喧哗声此起彼伏,我完全难以获得一个安静的环境。由于学校地势低凹,地面很是潮湿,梅雨时节与阴雨天尤其糟糕。有时雨势太猛,雨水会直接灌进家里。可在这样的住房里,我们一家人整整住了三年。住在这样的环境中,我努力去教好我的学生,并且顽强地坚持我的英语教育课程的自学考试。

2000年,千禧年的到来没有给我们带来多少喜悦,反而是更多的忧愁。学校要盖办公楼与教学楼,我们住的这排平房要拆迁,住在这里的五家要搬到由学校实验楼改建的宿舍楼里。宿舍楼前是一个废弃的水塘,据说与街上一些住户的下水道连通着。可我别无选择,默默地用平板车拉着小家庭有限的家具,一点点朝那临时改建的宿舍楼搬迁。

2002年3月,春暖花开的日子,经过笔试与上课,我被肥东一中正式录用了,一切都出乎意料地顺利。

如今,在全县强势崛起的私立中学的冲击下,家乡镇上的两所完中办学已是非常艰难。想想昔日的辉煌,一切都恍若隔世。感到庆幸的是,我选择更早离开,而未面对它们的衰落与凄凉。

回想往昔艰辛的奋斗历程,虽步履维艰,可我还是走出了那片人生的沼泽地,并让我的人生信念在一次次挫折中得到了进一步的淬炼与升华。

怀念你,家乡的完中。

水与火的变迁

水与火,像雨露和阳光一样萦绕着我们的生活。水,生命之源,日常饮用,烹饪食物,洗濯身体,浇灌植物;火,促使进化,驱逐黑暗,烹饪美食,煮沸茶水,点燃激情。

20世纪80年代初,在我的家乡,村民吃水都到村东头的水井里去挑。水井傍依小河,水量充沛,水质清洌。每每看到家里的水缸见底,我便主动到井坎处担水。二十岁左右的小伙子,身强力壮,很乐意在这种体力活中展示自己青春的力量。一根扁担,两副铁钩,钩起两个大的铁水桶,步履匆匆地赶到水井旁。常常有好几个村民也来挑水,我便与他们亲切地唠起了家常。轮到我了,我把长长的井绳系在铁桶半圆形的金属环上,放入狭长昏暗的水井里。落到水面,左右摇摆,铁桶浸入水中,很快装满井水,我再一点一点拽出井绳,将桶水倒入另一只桶中。两只桶水满后,挂上铁钩,将扁担放到肩上,猛地站起,从容地迈着坚实的脚步。走过许多人家门口,回到家里,将桶里的水倒入水缸里,我往返两三趟,挑满一缸水,成就感便油然而生。

那时,井是家,是根脉。喝同一井水长大的村民,音相通,气相凝。村风淳朴,村民关系融洽。

井水珍贵,人们倍加珍惜。平常洗脸、洗澡、洗脚、刷碗、烧猪食、洗衣服,大家都从房前屋后的沟渠池塘里取水。水也很干净,可挑到另一口水缸里贮存。

现如今,自来水已成为许多家庭生活的必备。拧开水龙头,洁净清亮的水便哗哗地流下来。这是多么方便呀!

　　生产队时期的农村,地里收的稻草主要用来养牛、养猪,而烧锅的柴草家家都很紧缺。农村的土灶放两口锅,大锅做饭,小锅炒菜,很耗柴火。深秋时节,寒风过后,地下落满了枯枝败叶,母亲吩咐我和妹妹放学后去捡拾那些枝杈。晒干后,它们被整捆地放到锅灶后泥砌的储藏室里,等锅灶烧旺火时才用上。星期天,我们又被支使到收获过的稻田里割稻茬儿。稻茬儿一束束用镰刀贴地割断,一点点堆积到一起,然后收拾到巨大的麻袋里。干累了,可顺势躺在鼓鼓囊囊的麻袋上,我看湛蓝湛蓝的天空上随风飘动的朵朵白云,心中禁不住浮想联翩。等装满了两大麻袋稻茬,妹妹拿着镰刀,我担着麻袋,心情愉快地往家里去。看到我们这么能干,母亲一定会夸奖我们的。

　　师范毕业后到村小任教,要自己料理生活。学校为我们配置了一个半人高的圆筒状煤炉。烧煤要从镇上的煤建公司购买,是碎煤。利用晴天,我们用脸盆装上煤,添水拌匀,再用勺子做成小小的块煤,晒干后收好放到墙角砖垒的存煤处。烧这种煤炉还是比较方便的,不用时盖上盖子,用时揭开盖子,火苗很快蹿上来。可晚上封炉是个技术活。上足煤,用铁钎在中间捅一个很深的眼,盖上盖子即可。如不小心,第二天早晨发现炉火全灭了,得重新起炉。掏净煤灰,最底层放点燃的稻草或废纸,迅速加劈好的碎柴,再放若干个煤块,拼命在底端炉口处用扇子扇风助燃,或把炉子放到风口,直到煤块燃烧为止。常常一通忙碌后,两眼被烟熏得泪水汪汪,双手沾满漆黑的煤灰,我的心中别提多沮丧。

　　成家后,我到了一所初级中学,终于用上了蜂窝煤。炉子构造简单,煤块整齐规则,生火快,不易熄。只是使用煤炉,四季都要敞开窗户,不然那丝丝缕缕的煤气会危害家人身体。长年使用煤炉,曾让我患上严重的过敏性鼻炎。许多年,鼻炎带来的自卑阴影始终笼罩着我的心,挥之不去。

　　当大街小巷传来销售燃气灶的吆喝声时,我们也及时换上了这种更健康高效的灶具。只是燃气太贵,为了节省,平时烧水、做饭仍然使用蜂窝煤炉,烧菜时才舍得使用燃气灶。这样节约着,一罐气可用三四个月。2003年春节前,全家终于搬到楼上,用电饭锅做饭,炒锅烧菜,电水壶烧开水,才终于彻底告别了煤炉。

天然气的使用是伴着国家西气东输工程推进而开始的。输气管道与县城许多商业小区连通,学校让每家交了一笔钱,燃气公司组织施工,家家户户又更换了燃气灶具,于是天然气正式走入我们的生活。拧开灶头,幽蓝活泼的火焰仿佛是可爱的精灵在翩翩起舞,烧菜做饭方便快捷极了。

水与火使用方式的变迁,见证了时代的进步,让我们在生活中享有如此多的自由与舒适。

音乐人生

生活中,人们有衣食住行等物质方面的需求,更有书籍、绘画、音乐与影视作品等精神层面的渴望。音乐,像夏日的浓荫、冬日的阳光、久旱的甘霖、枯黄大地上飘起的晶莹雪花,给我们的心灵以无限的温暖与慰藉。

正如食品的匮乏与文化的稀缺一样,儿时的乡村中小学,音乐资源是非常贫乏的。音乐课上老师教的几支流行歌曲也散发出红色的光芒,像《我的祖国》《游击队之歌》《洪湖水浪打浪》《红星照我去战斗》《春苗出土迎朝阳》。首首歌曲高亢、激昂,每每唱起总让人豪情满怀。

20世纪80年代初期的中等师范学校,音乐课是必修课。教音乐的穆艺老师刚从安师大音乐专业毕业,肤如凝脂,秀外慧中。她的工作热情感染着每一个学生,大家对音乐课都是兴趣盎然。同学们开始学简谱,并使用简谱唱会每一首流行歌曲,对许多流行歌星也非常推崇,李双江、李光羲、李谷一、朱逢博、朱明瑛、苏小明,他们像夜空中璀璨的星星照亮我们纯真的岁月。

一首首曲调悠扬的流行歌曲让我们如痴如醉:《乡恋》《啊,故乡》唤起我们对故乡的深深怀念;《金梭和银梭》《校园的早晨》激励我们珍惜青春时光,踏实努力地度过每一天;《我们的生活充满阳光》《年轻的朋友来相会》让我们倍加感激今天的美好生活,并对未来充满幻想;《太阳岛上》《洁白的羽毛寄深情》让我们对外面的大千世界充满憧憬与向往。

师范毕业后,我来到一所乡村小学当老师,理想与现实的巨大反差常常让我苦闷、忧郁。那时,排遣心中烦恼的最好办法就是收听收音机里播放的流行音乐,特别是中央人民广播电台《今晚八点半》的听众点播节目。那一首首旋律动人的歌曲像天空上那轮皎洁的明月洒下的银色光辉照进我迷惘的心房,让我的内心得到抚慰,让我获得与严酷生活抗争的勇气。

那时,当地的乡政府教育干事,一个姓雷的年轻人,检查学校工作时,特意到我们极其简陋的住房里聊天,鼓励我们克服困难,努力工作,积极进取。他还诚恳地邀请我们节假日去他家玩。

一次快要放寒假了,同乡与我带上一些水果来到雷干事在中学东北角的家,他与他的老母亲住在一起,他的母亲是一名校医。他们热情地接待了我俩。就在他家,我第一次听到录音机播放磁带传出的悦耳动听的音乐,我被深深地吸引了。

20世纪90年代初,我已调到一所乡村初级中学,我的小家庭终于购置了一部带音箱的双卡大型录音机。我从街市上买了许多流行歌星的歌曲磁带,有刘德华、张学友、费玉清、高胜美、毛宁、杨钰莹、董文华等,也有俞丽拿的小提琴曲与理查德·克莱德曼的钢琴曲。教学之余,特别是傍晚时分,我会往录音机里放上一盒磁带,按下播放键,然后坐在沙发上静静地聆听,让自己沉浸在音乐的氛围中。一向爱动的年仅三岁多的儿子,这时也安静了许多。

音乐让我们感受到生活的美好,忘却了生活的苦恼,并获得内心的一份安宁与对现实的一种超越。

世纪之交,各种音乐碟片横空出世。我即时购买了VCD,家里的橱柜也慢慢充斥许多歌星的专辑与合辑光盘,我可以在彩电与多媒体上播放与欣赏那些打动心灵的优美动听的歌曲。

电视中的MTV,优美的旋律配上精彩的画面,为观众带来了巨大的视听享受。与此同时,中央电视台有了《同一首歌》《星光大道》《歌声飘过三十年》等精心打造的音乐节目,CCTV-15是专门的音乐频道。打开电视,你的耳畔会随时充满音乐的旋律。

我最喜欢的还是一些陪伴我走过艰难青春岁月的许多老歌曲,无论是电影歌曲与草原歌曲,还是爱情歌曲和校园歌曲,总能引起我强烈的情感共鸣。

互联网与智能手机时代的到来,的确给我们欣赏歌曲带来巨大的便利与自由,选择一个音乐应用软件,就可以下载或收藏海量的歌曲。外出乘车,骑车在路上,躺在椅子上,与爱人一同散步,我都可以随心所欲地聆听自己喜欢的歌手的歌曲。韩磊的深沉、韩红的抒情、阿鲁阿卓的隽永、云朵云飞的高亢,还有腾格尔的撕心裂肺、黑鸭子组合的抵达心灵,都让我流连不已,百听不厌,仿佛置身于万紫千红、花团锦簇的百花园,周围灿若云霞,暗香浮动。

音乐,让无数个平凡的日子变得生机而丰盈,让每一条生命的生活中有了诗与远方。

第二辑　人物剪影

RENWU JIANYING

人 rén 物 wù

爱是陪伴

夕阳西下,校园里那些经冬的植物又迎来了生机勃发的春天,新生的柔嫩的叶片发出清新好闻的气息。沐浴着余晖,媚用轮椅推着她的爱人在林荫道上散步,不时与他说着家长里短,她的心中是轻松愉快的。

媚的爱人蔡老师于1982年6月中师毕业,进入家乡初级中学教数学。虽个头不高,平常不爱说话,可课上得生动有趣,课本里深奥的数学知识被他诠释得通俗易懂,学生们都很喜欢他。工作之余,蔡老师参加了大专函授课程学习,毕业后又报考了当时的安徽教育学院,脱产学习两年后,于1988年拿到本科文凭。几年后,蔡老师进入一所完中教高中数学,1996年调入肥东一中。正是蔡老师极强的上进心赢得了媚的芳心,两人于20世纪90年代初喜结连理。

正当蔡老师雄心勃勃想在一中数学讲坛上施展抱负有所作为时,一场突发的脑瘤袭击了他,情况极其危险,一度命悬一线。媚尽自己全部的力量去拯救爱人的生命,家里的钱用完了,便向亲朋好友去借,甚至借了高利贷。幸运的是,蔡老师终于逃过了生命的劫难,并在媚悉心照顾下身体慢慢恢复。为了减轻家庭经济压力,蔡老师主动要求学校给他安排工作,于是他成了学校图书馆的一名管理员。

生活似乎又恢复了往昔的平静与安宁。作为一个独立的女性,媚在沿街开了一个复印打字店,兼顾摄影业务。她给自己的店起了一个好听的名字,叫"清风吟"。顾客盈门时,她热情接待。没有顾客时,她就找时间读书,阅读各种文学期刊,时而也从网上购置一些流行的名家名作。她更喜欢读自己家里书柜里储存的经典作品,它们带着往昔时光的密码,承载豆蔻年华的记忆。除了阅读,她非常喜欢写作,在杂志上发表了许多作品,也参加不少文学大赛,赢得成摞的获奖证书。几年前媚加入了安徽省作家协会,并且担任县作家协会秘书长。

他们唯一的孩子从大学软件工程专业毕业,到上海拼搏了几年后,如今在合肥,进入一家著名的外资公司上班。找到了感兴趣的平台,孩子个人的潜能得到了充分的开发。事业有成的孩子恋爱了,成家了,一切似乎顺风顺水,日子像静静的河水慢慢地流淌着。

可不幸再次降临。2016年6月9日,端午节当天,他们夫妇俩回老家过节。刚刚坐上桌子的爱人忽患脑中风,媚立刻从身后抱住了他,没有让他摔倒。乡村医生建议媚尽快地把爱人送到大医院,二至四小时是最佳救治时间。于是她驾车疾驰,路上甚至闯了红灯也全然不顾,终于在第一时间到达合肥郎溪路上的市新二院急诊科。因出血点不佳,连续在市新二院住了三个多月,未曾中断一天治疗,可依然未能治愈。后来医保到期不得不转入其他医院,于9月27日转入省立医院南区分院继续治疗。转入省院没几天,本来稳定的病情不知什么原因再次发作,院方连续下达几次病重通知书,并要求转到上海或北京去。命运再次把她推到风口浪尖。北京、上海医疗条件虽好,但路途的颠簸、昂贵的费用以及床位的紧张,让她望而却步。最终媚把爱人转入安医接着治疗,一周后情况开始好转,她再一次把爱人从死神手里救了回来。2016年腊月,爱人病情平稳后,媚将他转入肥东县中医院,继续治疗。半年多过去了,媚没有得到好好休息。高度紧张,日夜寸步不离的守护,还坚持帮爱人锻炼身体,这些已经透支了她原来健康的身体,让她疲惫不堪,精力涣散。虽然经过全力救治,爱人的身体却仍然落下了二级残疾,每天只能靠坐在轮椅里度日。为了不让爱人腿部肌肉萎缩,媚每月要抽出半个月时间把爱人送到县中医院做针灸推拿治疗,剩下的半个月再开店挣钱以维持日常开支。

照顾一个人,短时间内,大家都可以做到,可难的是经年累月一年四季无微不至地去照顾一个失去行动自由的人。从大小便的处理到每天夜里需翻几次身,媚是心甘情愿无怨无悔的,这从她呈现给爱人的笑脸中可以看出,那笑容是温暖的,发自内心的。爱人常向她投去像孩子般单纯的目光,那目光,充满信赖,充满依恋。

为了给爱人创造一个更加舒适与安宁的生存环境,媚从中介机构淘到一处不需上楼的瓦房,稍加改造与装饰,于2019年冬季到来之前搬了进去。她要全身心照顾自己的爱人,同时生意也在勉力维持,毕竟房租、康复与各种药物费用是一笔不小的开支。

瓦房似乎让媚体味到文学上的春天已经到来。她兴趣盎然,从她朋友圈发的短文中知道,她基本上每天刷新短文。瓦房中的老迹、庭院里的雨雪、天空中的云朵与鸟雀,许多看似平淡的东西,在她的笔下都变成了美丽的文字。

她继续她的阅读与写作。文学可不受时间、空间的限制,让思想与情感如天上的白云自由地飘浮,可浸透阳光,可俯瞰大地。她认为,从某种角度看,文学的魅力就是让人类面对生活的艰辛与苦难时尚能始终保持一份尊严与平静。

槐树花香

　　河堤上、池塘边，生长着一株株乡村的刺槐。三月时节，枝丫上吐出片片新叶。四月到了，当树叶连成一片，使槐树丛变成一道绿色的屏障时，便有乳白色的槐树花点缀在绿色丛中。在故乡的土地上，这种生命力旺盛的槐树虽成长在边缘地带，可也在春天展现它们生命的绿意与美丽。

　　1990年的春天，春寒料峭，寒气逼人。二妹忽然多日发烧不退，还时常伴着咳嗽，感冒药吃了许多，也不见任何好转。母亲急了，吩咐我带她去镇上石油处医院做一次彻底检查。一个星期天，我骑自行车带她赶到医院。由于二妹是个哑巴，我向医生详细说明了她的病情，医生检查后建议化验血。来到抽血处，她的眼中露出畏惧的神情。我安慰她："不要害怕，只疼一会儿。"抽完血，我和她坐在医院走廊的长凳上等待取验血报告。拿到验血报告，看到上面居然写着"白血病"，我的头嗡地一下，身体差点失去平衡。我知道，白血病就是血癌，是很难治愈的。刚刚十八岁的二妹怎么会得上这种病？

　　回到家中，我向父母说明了二妹的病情，主张到省立医院做一次复查。他俩脸上愁云惨淡，好像大祸即将来临。

　　而此时，外面春光明媚，阳光灿烂，大地上的万物正在孕育着生机，准备展示它们生命的芳华。

　　向学校请了假，星期一清晨我就带着二妹赶往合肥。乘公交车辗转来到位于包河公园附近的安徽省立医院，我挂了血液科的专家号。我向医生呈交了石油处医院病历，医生要二妹接受穿刺以提取脊髓做进一步的检查。当二妹进入诊室进行穿刺时,坐在外面椅子上的我忍不住泪水长流。可怜的二妹,如果真的患了白血病,我们家庭是拿不出钱来为她做进一步治疗的,她的生命将很快走向终结,而她的人生才刚刚开始呀。

中午,我和二妹在一个小餐馆里吃了一顿丰盛的午餐,点了几样平常在家很少吃到的菜。下午,我惴惴不安地到医院去取脊髓化验报告,见上面清晰地写着:急性淋巴细胞白血病。看到这样的结果,我真是心如刀绞。可面对二妹,我仍强颜欢笑,安慰她说:"不要紧,没什么大病。我们既然来到省城,就去看一场电影吧。"

记得那天我带她到合肥江淮大戏院看了一场电影。从未读过书的二妹只能看到屏幕上的色彩纷呈的画面,无法理解画面上的内容。她的双眸闪着光亮,她对这个世界充满好奇。看着二妹的眼神,我的心中充满愧疚。这么多年来,作为长兄,我几乎没有给过她一些关爱。我忙着上学,师范毕业后分到外地工作,忙着教学,忙着自学考试拿文凭。因为她不会说话,我也很少与她交流,仿佛不知不觉间她已经长成一个亭亭玉立的大姑娘了。

傍晚回到家中,我向父母汇报了检查结果。也许不幸降临得太突然,他俩都显得手足无措。晚上,父母在房间里说了好久的话。第二天早上,母亲唉声叹气地对我说:"这样的病,治到最后都是人财两空,就不治了。"我心中沉甸甸的,我理解他们的苦衷,说不出任何反对意见。我刚刚成家,经济上非常拮据,也拿不出钱来让二妹到医院住院治疗。

其实,二妹来到人间就让母亲遭罪。母亲一心想要一个男孩,可偏偏连生了两个女孩,刚生下来,母亲怕养不活就让人狠心地终结她们的生命。这是多么残忍的抉择,既然让她们来到人间,为什么又要剥夺她们在世间生存的权利?二妹出生时,母亲大出血被送到医院,住了许多天后才得以出院。也许是付出的代价太大,母亲决定好好养活她。二妹一点点长大,会笑了,会走路了,可就是不会说话。原以为说话迟,可到了三四岁仍不会说话,父母彻底死心了。虽不会说话,可她并不缺乏灵性,许多家务活都能做,扫地、抹桌、喂猪、打猪草,还有烧锅做饭。不会说话,自然上不了学,十多岁时,开始帮助母亲做农活,插秧、薅草、施肥、割稻、种菜,原来以为是累赘的二妹却真正为父母减轻着生活的负担。村里许多年轻女孩都外出打工挣钱去了,包括我的大妹。我的父母始终把二妹留在身边,不愿让她去外面受苦遭罪,被人欺负。

  如今,二妹罹患重疾,这让父母悲痛欲绝。虽不能送她到大医院接受治疗,但他们仍找了一些民间土方去减轻她的痛苦。听说花生米外面的红皮能治白血病,父母剥了许多花生,一点点把红皮撕下来,让二妹泡水喝。可土方法终究没有多少疗效,二妹的脸色越来越差,浑身无力,有时痛苦极了,她就用失神的眼睛看着母亲。她无法倾诉,无法表达,只能任凭那无情的病魔对她年轻的生命进行肆意的吞噬。

  那时,我常常抽时间回去看望二妹。她先躺在卧室的床上,后来母亲把她移到堂屋的凉床上,身上盖着薄薄的一层棉被。我的妻子拉着她瘦弱的双手,说着一些她永远听不懂的话,眼中噙满泪水。

  我控制不了心中的悲伤,悄悄地走出家门。此时,外面如霞的桃花飘落了,似雪的梨花凋零了,连那浩浩荡荡、璀璨夺目的油菜花也变得零零星星。我的心中有许多的伤感,有许多的惆怅,难道青春的华章只能如此地短暂?

  一天早晨,在校园的宿舍里,我坐在桌前想着二妹的不幸,突然,听到窗边的挂钩无理由地响了一下。我感到很纳闷。大约半小时后,学校总务主任匆匆找到我,告诉我父亲打来电话,说我二妹今天早上已离开人世。

  急忙骑车带着妻子赶到家里,只见二妹安详地躺在铺着稻草的地面上,凹陷的双目已紧紧闭上了。父母失声痛哭,我和妻子也泪水涟涟。村里几个叔伯堂舅将二妹的遗体移入一副薄薄的棺材里,然后从后门抬了出去。他们无声地走过二妹熟悉的林荫,走过二妹熟悉的田埂,走过二妹熟悉的庄稼地旁,来到离家两三里地的渠坝上,挖了一个浅浅的墓穴,将二妹的灵柩轻轻地放了进去。

村旁的刺槐花正开得生机盎然,串串如风铃般的洁白的花儿在风中轻轻摇曳。近前,幽幽的清香如飞瀑般地向你奔涌而至。哦,那莫非是二妹早逝的幽灵在向人们哀怨地诉说?

父亲的人生

当生命走向老年,就像残阳渐入西山,余晖不再绚烂,暮色逐渐笼罩大地。父亲,拖着沉重而缓慢的步伐,向着菁菁校园走来,向着我们六楼的住房走来。他在行走中回忆什么呢?回忆他青年时代的朝气蓬勃,中年时期的顽强生存,还是垂暮老年的那份安逸和淡然?

20世纪50年代后期,初中毕业的父亲应征到南京军区某装甲部队当兵。在部队做文书时,他有条件读了许多书,特别是古代的历史小说,真是烂熟于心。退伍后回到农村,许多年轻人喜欢缠着他给他们讲古书中的故事,父亲绘声绘色的讲述常让他们流连忘返。我与妹妹小时候,父母从自留地里收获许多青豆,要连晚将豆米剥出来,第二天早晨去赶集能卖个好价钱。为了让我俩乐意做这个单调而枯燥的活计,父亲便给我们讲故事,讲那些民间的趣闻逸事,我们边听故事边剥青豆,不知不觉全部剥完,故事仍让我们意犹未尽。

在部队时,父亲还读了许多西方诗人的诗歌,像海涅、雪莱、拜伦,还有俄罗斯马雅可夫斯基的诗。他痴迷于那些浪漫主义色彩的诗歌,也写了许多抒情诗,有的还在军队报纸的文艺版上发表。小时候我看过他从部队带回的几本诗集,虽然那些抒情长诗让我满头雾水,无法理解,可诗集插图中青年男女缠绵悱恻的情景仍让我脸红心跳,浮想联翩。年轻的父亲,对爱情一定也有自己的幻想,他也有机会留在部队好好发展,继续追求他瑰丽的文学梦。可"文革"初期伯父的猝然离世让他对现实心灰意冷,他拒绝部队的再三挽留,执意回到农村,维持他与母亲在很小时订立的婚约,并在乡村这片热土上,踏上了一条艰难的生活道路。

因母亲及亲戚的反对,父亲最终放弃了部队派遣他去新疆乌鲁木齐市当中学教师的机会,短暂的乡中民办教师的经历后,他当上了生产队的会计。会计在生产队时期还是很有影响力的,他很细心,把生产队的账目管理得井然有序,算盘也打得非常娴熟。他心地善良,正直无私,与大队领导、生产队干部以及普通群众都处得比较好。对文字的热爱,让他在全公社基层会计培训会上作重点发言,声音通过小喇叭传遍全公社千家万户。盛夏抢种抢收时节,他的诗歌在大队油印的"双抢"战报上成为最精彩亮丽的报眼。

为了生存,父亲必须适应农村的生产与生活,他逐步学会了各种农活——犁田、耙地、栽秧、割稻、挑把、扬谷、种菜、施肥。每一项农活,都要付出相当多的体力与耐力,是备尝艰辛的。他是生产队几个使牛手之一,春寒料峭,伴着牛儿进入寒冷刺骨的水田里翻动沉睡一冬的土地,想起来都令人不寒而栗,可父亲总是含笑面对,顶多回到家里喝点白酒驱驱寒。

父亲想方设法增加家庭收入,努力把家庭生活调剂得丰富多彩。我上小学四年级时,父亲从邻村买了十只小鹅让我放养,那毛茸茸的小生命着实可爱,我瞬间就喜欢上它们。每天放学到家,把书包朝墙上一挂,第一件事就是去照料它们。剥生菜或芫荽叶子,切碎后加碎米喂小鹅。春阳醉人、花团锦簇时可用竹篮捧着它们到嫩草遍地的野外去放养。逐渐地,它们的绒毛变成了羽毛,从翅膀处到整个身体发生蜕变。头顶上开始凸起,有了野性,公鹅会叼人。由食草,到吃稻谷,甚至调教下会吃山芋,充足的乡野食物让鹅儿迅猛地成长。秋天来了,母鹅开始产蛋,腌制一些,出售一些。白雪飘落的寒冬时节,母鹅开始孵化小鹅,小鹅可以卖给那些也想养鹅的人家,于是村庄里放鹅的队伍开始壮大。养鹅的经历,是父亲带给我的早年乡村生活的最美好的记忆。

父亲还买来赶渔网,农闲时节,他会背着鱼篓,扛着渔网,到村前村后与附近村庄的各个水塘里去赶鱼。跑的次数多了,哪口塘鱼多,哪口塘收获不大,他心里是清楚的。最高兴的时候是下雨天,特别是春夏时节的暴雨之后,渠塘里的水都涨满了,水湍急地流动着,鱼儿都活跃起来,顺流游动着,逆流跃动着。父亲忙完农活,草草地吃上几口饭,兴冲冲地扛着赶渔网到外面池塘河渠去转上一圈,每每鱼篓里都快装满。往大盆里一倒,大小不一的鱼儿活蹦乱跳。把大鱼挑出,第二天到街上去卖;小鱼、泥鳅留着家里吃,吃不完的收拾后加盐腌好,在太阳下晒干,放到竹篮里储存起来慢慢吃。父亲很会烧鱼,新鲜的鱼加上大蒜、生姜或辣椒等作料,烧好后味道非常鲜美,全家大快朵颐,笑逐颜开。在那个物资贫乏的年代,美味的烧鱼成了补充我们营养的最好的佳肴。

20世纪80年代初,农村实行包产到户,闲暇时间多了,父亲开始养小牛,一年养一头,有时养两头。许多人家都要牛耕地,牛儿很有市场。父母轮流去放牛,天晴尚算轻松,阴雨天就不是一件愉快的事情,可父亲一直坚持了许多年,并最终积攒了一笔钱,将家里的四间平房翻盖成下面三间上面两间的两层楼房。农村盖房是一件浩大的工程,需要许多年的准备。每年有了一些存款,就购置一些建筑材料。买钢筋,找人买好后从大兴集二十多里路远的地方用平板车朝家里拉。找亲戚从镇上预制厂买回楼板,让妹夫用卡车运回砖块、水泥、砂石。经年累月,终于将材料筹备齐全,然后于1993年春季从村里村外雇了大量瓦工、木工和小工,耗时近一个月终于将房子盖好。弟弟结婚前,我们与妹夫一家又投资将房子进行了一次内外装修,使它俨然是个乡村别墅。只是后来由于合马公路的修建,凝聚父母无数心血的乡村楼房连同整个村庄一并从土地上抹去,永远消失。

父亲虽然勤劳、坚韧、乐观,可命运还是给他带来一些沉重的打击。1990年那个凄楚伤感的春天,我的可怜的二妹罹患急性细胞白血病。母亲考虑到家里的实际经济状况,加上二妹是哑巴,决定放弃治疗,只是用一些民间土方去对付一下,于是仅三个月二妹的生命就走向终结。当村里的几个热心人用一副薄薄的棺材把二妹抬到村后的渠坝上安葬时,我的父亲悲痛万分,热泪滂沱。苦命的孩子,她到这个世界匆匆走了一趟,默默地帮父母操持家务,经营农活,甚至到外面工地上当过短期小工,没有享受到多少人生乐趣,十八岁如花似玉的年龄就这么痛苦地撒手人间。

1998年5月12日,身患重病年仅58岁的母亲永远地离开了人间。母亲的离去给父亲的精神打击是巨大的,可他没有倒下去。他操持家务,做着几亩责任田的农活,并且在我与妹妹的帮助下让弟弟结婚成家。弟弟、弟媳有了孩子,他又帮他们带了几年孩子。村子人经常看到他用背带背着小孙子上集,给他买他喜欢吃的零食。2010年,老家房屋遭遇拆迁,父亲到县城和我们生活在一起,过了六年安详平静的晚年生活。

晚年的父亲疾病缠身,早年干农活带来了风湿性关节炎,发作起来非常痛苦。他依靠自己选定的一些药物与膏药,很大程度上缓解了这种痛苦。后来又脑梗发作,从合肥解放军105医院开了一些药长期服用。2015年春节患上带状疱疹,他病急乱吃药,身边存的一点钱自己几乎全买了药物,咳嗽药终年服用。对药物的过度依赖是出于对健康长寿的渴望,可事与愿违,种种药物的副作用加速了他身体各个器官功能的衰竭。在他生命的后期,已无法独立起床、穿衣与行走,体重急速下降,多次住院,医生也无法阻止他生命之火的渐渐熄灭。2016年5月30日,父亲带着满身的病痛离开了我们,离开了他无限留恋的这个美好人间,终年七十六岁。

父亲,愿您在天堂里不再有各种疾病的困扰,永远健康安详。

怀念你,父亲。

阳光下的追忆

　　天气晴好，阳光抚慰着初冬的城镇与乡村，也融入我的灵魂。寒意侵袭着肌肤，树叶刚开始飘落，在大地上洒下一片片温暖的金黄。

　　趁着好天气，我们夫妇决定去家乡的一个回迁小区看望年迈体衰的舅舅。走在路上，遍地灿烂的阳光也赶不走我们心中的那份沉重。

　　听舅妈说，半个月前的一个下午，阳光很温和，九十岁的舅舅颤巍巍地想出门去转转，舅妈盼咐他带上拐杖，可他居然不听。刚下一楼的台阶，就一脚踩空，重重地摔趴在地上。他努力想撑起身体站起来，可怎么都做不到。他大声呼唤着老伴来扶他一把，可腿部做过好几次手术不能长久站立的九十二岁的舅妈也无力扶起他，只好拿着一只凳子坐在身边陪着他，夫妻二人忍不住伤心落泪。一个熟悉的中年人从附近经过时，舅妈连忙呼喊着，让他过来帮帮他们。中年人疾步走来，轻松地扶起舅舅，把他送上台阶，送到回迁楼一楼套房的客厅里。

　　自从那次摔倒后，舅舅似乎元气大伤，再也不能自如地穿衣起床，他不分昼夜地躺在床上，一日三餐都要舅妈做好，送到床前喂他吃，吃得也不多。舅妈艰难地拖动她的双腿，尽心尽力地照顾着卧床不起的舅舅，儿子儿媳、孙子孙媳都有自己的工作，只有闲暇时抽点时间来看望他。

　　我们走进舅舅的卧室，他盖着两床被，瘦弱的身体似乎仍然感到寒意阵阵。看到我们，木然的脸上毫无表情。室内气味难闻，我们未逗留多久，便走了出来，听舅妈诉说照顾舅舅的种种不易。

　　舅舅，一个曾经身高近一米八〇的精壮汉子，如今身体变得如此虚弱,真令人唏嘘不已,令人感叹岁月改变人的无情!

年轻时,舅舅学得一手好的瓦工手艺。凭着精湛的技术,他在皖南郎溪县建筑公司谋到一份正式职业,每月有一份稳定的薪水,这让村里人以及所有亲友羡慕不已。优裕的处境、令人羡慕的社会地位让他在生活中总是踌躇满志。

舅妈仍在乡村种田,一个人带着几个孩子生活,虽经济上并不拮据,可每天都非常辛劳。好在娘家就位于南漪河对岸的东大圩,农活忙得焦头烂额时,家里的兄弟姐妹们总能及时相助。

一个家族三个弟兄成家后住在一个大屋子里,共用一个很大的堂屋,东南、西南、东北三侧各有一家另立门户。各家只有一间厨房与一个卧室,中间有一个过道。这样的房子不光拥挤不堪,而且通风通光条件极差。同一屋檐下住久了,家长里短的是是非非也易滋生。

舅舅家是村子里较早在圩堤上盖房的人家。四间砖墙瓦房,盖得秀气而结实。明净的玻璃窗户、精致的飞檐屋脊,引得过往者注目。当时南漪河还常跑客轮,一些旅客看到圩堤上这栋美观大方的房子,指点着,仿佛也在啧啧称赞。

在这栋房子里,大表哥迎娶了能干的大表嫂,小表弟娶回了漂亮的小弟媳,她们给舅舅生了两个可爱的孙子。如今两个孙子已经大学毕业,工作理想。大孙子十多年前成的家,他的儿子已经上了小学五年级,成绩优秀,兴趣广泛。舅舅已经是四世同堂的耄耋老人。

舅舅在郎溪上班时,每年春节前都要赶回来过年。先坐轮船到裕溪口,再从裕溪口乘火车到撮镇。那时天色已晚,舅舅先到我家留宿一晚,第二天吃过早饭再往自己家里赶。每次舅舅回来,我家就像过节一样认真准备。父亲从街上买回猪肉、鲜鱼、豆腐,打一瓶散装酒。母亲在家里杀了一只母鸡,又到菜地里弄回一些青菜、萝卜、菠菜等时令蔬菜。

当舅舅带着一身夜色赶到我们家时,父母亲兴奋不已地烹蒸煎炒,准备一桌丰盛的晚餐。一家人陪着舅舅坐在桌上,父亲与他喝着酒,聊着天,母亲也高兴地端起酒杯喝上一点。我们孩子只顾用筷子夹菜吃,吃到平常吃不到的菜肴,心中好不兴奋。第二天吃早饭前,舅舅总要给父母亲留下二十元钱。那时生产队的工分值是一天十分工,二三角钱,一家辛辛苦苦干一年分完粮食后,好的只能挣五六十元,孩子多的家庭还要向生产队支付几十元。二十元的确不是一笔小数字。舅舅还给我们留下了十几包郎溪酥糖,很好吃,百吃不厌,那是我们儿时最奢侈的美味。

  舅舅在郎溪干到了退休。那时是20世纪90年代初,面对市场经济大潮的冲击,公司已经很不景气,可每月从五六百元到两千元左右的退休工资还是如期寄来。这笔钱,足以让老夫妇俩在乡下维持体面的生活。舅舅的生活始终非常节俭,一日中晚餐两顿白酒,一顿只喝二三两,坚持喝廉价的散装白酒;一个星期抽一包香烟,十多元一包;时而与一些熟悉的老人打点麻将消磨时光。平常省吃俭用,可孙子们考上大学,他一下子赞助一万元,作为一种奖励,激励他们努力学习,积极向上。

  老家拆迁后,舅舅与舅妈告别南渑河畔,租房住两年后就搬到镇上,住上宽敞明亮的回迁房,生活方便多了。可伴着衰老,体质日益下降,外出活动反而越来越少,直到现在完全丧失自由行动的能力。

  躺在床上,舅舅会回想到过去的人生吗?早年的打拼、盖房的自豪、孩子的争气、亲情的眷顾,还有拆迁带来的阵痛和便利,一定常常在他的脑海中出现。一个平凡而好胜者的人生,艰难中总会铸造一份坚强与执着。

怀念老曹

车子驶出了县城,我又看到了那片熟悉的土地。碧绿的田园、葱茏树木掩映的村庄,以及在阳光下闪烁的河流与池塘,一切既使我感到亲切与新鲜,又让我觉得凝重而叹息。

老曹,刚刚踏上讲台时认识的一个老教师,因为罹患食道癌,主动放弃治疗,昨天刚刚离世。得知这个噩耗,不禁悲伤不已,我决定赶往三十公里外的他的老家去吊唁。

20世纪80年代初,农村小学教师主体是民办教师,而他们的工资待遇非常低,月薪不足二十元,年终村里给点提成,可必须上门去催要。老曹家里的田很多,农活沉重而繁忙,常常累得筋疲力尽。他爱人身体不好,几年后竟然半身不遂,长期卧床,需要人照顾。可老曹从未耽误学生一节课,一直教五年级毕业班数学,教学认真负责,教学效果良好。民师们平常在办公室少不了对现实的埋怨与牢骚,可老曹的怨言最少,上课铃响,他总是第一个走出办公室。

那时,我刚刚师范毕业,不谙世事,非常稚嫩。理想与现实的巨大反差使我渴望通过高考改变自身的命运,工作与学习的关系没有处理好,我和学生形成很强的情绪对立,为此感到异常苦闷。老曹那时晚上常来护校,陪我聊天,开导我要学会与同事相处,多关心学生,兼顾教学与学习。他还告诉我,当年他曾在北京上粮食中专学校,本来是可以完成中专课程,留在北京工作的,可考虑到家庭的实际困难,他还是主动退学回到农村。他说,既然选择了一种生活,就没有理由抱怨生活的不幸与命运的无常,必须学会积极地面对。

中秋节到了,我留在学校看书,老曹热情地邀请我去他家过节。我带着两筒月饼赶到他家,首先映入眼帘的是贴在墙上的许多张奖状,有优秀教师,也有优秀党员,看来老曹是一个视荣誉为生命的人。可看到这些奖状,我心中倍感酸楚——它们丝毫改变不了主人艰难的人生境遇。客厅的墙角居然躺着一头耕牛,正悠然地吃着稻草。

老曹告诉我,他有两个孩子,女儿初中毕业未考取高中,正在初三复读,儿子在念高中。只要孩子愿意读书,他和爱人会尽力培养他们。考取学校固然好,考不取多受点教育,将来做事情与过日子也会少犯错误、少走弯路。最终,他的两个孩子都只念到高中毕业,到外面闯荡,也闯出一片天地。

20 世纪 80 年代中后期,政府加快了民办教师转变身份的进程。通过文化考试和业务考核,老曹顺利转为公办教师。我们赶到老曹家祝贺,老曹热情地款待了我们,当我们一起站起来向他敬酒时,他的眼中涌出了激动的泪花。

后来我调回家乡,与老曹少了联系。通过自己的努力,几经周折,2002 年暑期,我调入肥东一中,一所闻名遐迩的省示范高中。

高二分班后,我教老曹孙子英语。可能是不适应我的教学方法,他的英语成绩始终在及格线上徘徊。我很着急,高二下学期,我要求他强化英语阅读训练,他的英语成绩终于达到全班平均线。我略感欣慰。高三下学期,老曹的孙子在合肥市第二次模考中成绩不够理想,我多次找他谈话,要他在自己薄弱的学科上多下功夫,相信自己,不要轻易放弃。我看到他始终在努力,尽管有时显得有点烦躁。2011 年高考成绩下来,他居然超出二本线二十多分,最终被安徽科技学院机械制造与自动化专业录取。听老曹儿子告诉我,录取通知书在他父亲去世前几天送到。当老曹用瘦骨嶙峋的双手摩挲着孙子的大学录取通知书时,他的脸上露出了久违的笑容。老曹,我没有辜负您的重托!

车子驶入老曹家乡的集镇,两个昔日的同事等候着我。我自责老曹患重病我竟然一点都不知晓,未能在他生前前去探望。他们说乡下人都是这样,遇事总不愿给人带去麻烦。

我们带着洁白的花圈,带着一颗沉重的心,赶到老曹的家。在悲伤的氛围中我不禁潸然泪下,我失去了一个耿直、热情的同事。

屋外,在盛夏的骄阳下是一片开阔的田野,田野中,庄稼正蓬勃地生长着,绿色的原野显得悠远而静谧。老曹,愿您的灵魂在这片宁静的土地上安息。

希望不灭

中师毕业后,我在一所村小教四年级语文。乡中心校每学期要搞两次教研活动,初识潘老师是在一次全乡五年级语文教研会上。听完一个年轻教师的讲读课后,大家例行要给予一番评议。潘老师说出了这堂课的两点不足:结构不够紧凑,板书不够精练,并给出了让人信服的分析。

我留神看了这个潘老师:他黑亮的短发,黧黑的脸庞,一副黑色边框的近视眼镜有着厚厚的镜片;身着洗得发白的中山装,上衣兜里插着两支钢笔,显得朴素而儒雅。

后来我向学校一个要好的同事打听潘老师的情况,他向我讲述了潘老师与众不同的人生经历。

作为老三届高中毕业生,20世纪60年代中期,大学考试招生制度的取缔对还是高中生的潘老师是一记沉重的打击。曾经无数次,年轻的他幻想通过高考进入梦寐以求的大学殿堂,在他感兴趣的物理学领域有所建树,将来成为专家。可现在,幻想只是空中楼阁,一切都无法成为现实。

心情沉重的他回到自己的家乡,那是位于长江与淮河分水岭的一片丘陵地带上的一个普通村庄。当年的潘老师像父母及众乡亲一样,辛勤地耕种着生产队并不肥沃的土地,有限的收成除了交给国家的,自己剩下的已经不多,甚至都难以维持温饱。不过,春荒时政府会及时发放一些救济粮。

可无论白天劳动多么艰辛,每天晚上,在昏暗的煤油灯下,当农民的潘老师都要看书到深夜,看他带回来的初高中数理化教材,看他感兴趣的

《中国通史》与《古文观止》。一个在大城市工作的叔叔借给他许多书。他读书是那样如饥似渴，废寝忘食。父母心疼快速耗尽的煤油，更心疼他不断下降的视力。高中时就配上眼镜，现在每年眼镜镜片都要更换一次，眼镜度数达到五百、六百、八百，最终达到一千多度。常常为了保护眼睛，他不得不放下手中的书。视力差，他做起农活来也越来越不得心应手。

父母背着他，乘着夜色敲开大队书记家的门，央求他让他们的儿子到村小当个民办教师。大队书记爽快地应允了他们。

教师职业真的非常适合他。潘老师教语文，对课文条缕分析，语言精练，生动有趣。他教历史，完全不依托教材，而是给孩子们讲历史故事，让他们听得如痴如醉，欣喜不已。潘老师成了孩子们最喜爱的老师，他也在孩子们的成长中获得巨大的喜悦与满足。

男大当婚，女大当嫁。二十四岁那年，经人介绍，他认识了邻村的一个叫芳的姑娘。芳只有初中文化，可心灵手巧，农活与家务都做得干净利落。劳碌之余，芳也喜欢看点书报，各种知识也懂一些。潘老师与芳很谈得来，半年后就按农村的习俗热热闹闹地举办了婚礼。

婚后，妻子非常体贴他，无论队里农活多么辛苦，回到家里，做饭、洗衣、喂猪、喂鸡的家务都不让潘老师插手。两年后，他们的大女儿来到这个虽艰难却充满温馨的家。

1977年下半年，废弃十年多的高考制度恢复了，同全国成千上万的青年一样，潘老师心中无比激动。根据上级政策，已婚的老三届允许报考，于是潘老师毅然报考了理工科。一番准备后，他乘车赶到五六十里外的县城中学参加高考。拿到试卷，题目比他想象的要简单得多。他奋笔疾书，从容答卷。当高考成绩揭晓时，他考分极高，可体检时他极差的视力让他被大学拒之门外。

潘老师认为理工科的专业对视力要求较高，第二年他改报文史类，同样取得骄人的成绩，可同样因视力问题未被大学录取。

此时，潘老师彻底死心了，他知道自己与向往中的大学彻底无缘，他欲哭无泪。晚上,坐在学校办公室的黑暗里,他痛悔自己只忙着看书而忽视对视力的保护。他在思考未来人生的出路在哪里。

月亮在东方天空升起,皎洁的月光洒满静谧的校园。妻子芳从家里赶到学校,推开关着的办公室门,看到静静地坐在办公桌前的丈夫。她拉亮了电灯,轻轻地走到丈夫身旁,将双手放在他的肩头上,柔声地说:"大学不要你,我与孩子永远需要你,跟我回家吧。"

妻子的柔情、亲情的温暖、学生的喜爱让潘老师逐渐走出内心绝望的阴影。他又像往常一样上课,引导孩子们吮吸知识的琼浆。回到家里,他常带着年幼的女儿到村头田间散步,田园旖旎风光与那些蓬勃生长的庄稼让他感到希望仍在眼前。

20世纪80年代初,县政府发起几次民师转正考试,那些民师中的优秀者通过一次文化考试顺利实现了身份的转正。潘老师在第一次考试中就以名列前茅的成绩成了公办教师,工资也跟着增长。

作为当地一名真正有水平的小学教师,潘老师在当地为许多人所知晓。人们对他被大学拒录心怀同情,对他的才识更多的是无限地敬佩。

沉潜在底层,当着一名受人尊敬的乡村教师,潘老师从中找到了自己的人生价值。后来他有了两个儿子,工作之余他重视对三个孩子的培养,希望孩子们将来能实现他未竟的大学梦。

一个风和日丽的星期天,我骑车带着礼品找到位于本县两区交界的潘老师的家。他们夫妇热情地接待了我,我与他谈人生,谈教学,谈自学,谈家庭。潘老师谈兴很高,并且告诉我这个涉世不深的年轻人许多人生的道理。

人生永没有绝境,命运为你关上一扇门,又会在不经意间为你打开一扇窗。我们可以规划人生,但更要适应充满变数的人生。

生活中处处留心皆学问。我们既要读有形的书,也要读世间万象这本无形的"书",学会观察与思考,并形成自己独特的见识,你的人生才会充满智慧。人生的逆境会让一个懦弱者一蹶不振,但一个坚强者会从逆境与苦难中学到很多,会增强对现实生活的理解力与判断力,所以苦难是一个人的巨大财富。

人生如果是一条河流,生活的细节便是河面上闪烁的浪花,只有关注细节,人生才会充满乐趣,生活才会熠熠生辉。

"听君一席话,胜读十年书。"那次与潘老师见面时的交流,他的真知灼见,如白昼头顶的太阳,又如夜晚一束束火把,照亮我顺境或逆境的人生之路,让我难忘。

那天返程时,已是晚霞满天。骑车疾驰在乡间平坦的土路上,我心中不再感到悲伤,夕阳下的乡间美景让我觉得未来可期。

最温馨的记忆

一个年轻人走向社会,就像一条小溪融入江河,他会感到迷茫、困惑、无助。可那些善良、正直的人的关心与帮助,就像冬日阳光,驱散他周身的寒意,让他感受到人间的温暖;又像宁静、皎洁的月光,常常被他忆起,抚慰他受伤的心灵。

中师毕业那年,十七八岁的我被分配到离家近五十里的一所乡中心小学。学校北边的一排砖瓦房,是三、四、五年级教室。南边更长的是一排茅草房,东边三间是教师办公室,中间有一、二年级教室,西边七八间是教师单间宿舍。学校是开放式的,没有围墙,校园里零星地种着几棵树,西北角的两间小屋是学校食堂。

刚到学校,住的单身宿舍里仅有一张条桌、一张凳子、一张大床,条件非常简陋。可当时的我全然没有理会这些,能有一个独立生活空间去读书、思考和休息,我觉得很满意。由于乘车不方便,星期天我很少回家,一个人守着冷清的空荡荡的校园,可以静下心来,争取更多时间去看书。

天气转凉时,我感到了床铺被褥的单薄。一天,学校孙老师走到我的房间,走到我身旁。她是一个像我母亲那般慈祥的中年妇女,中等身材,齐耳短发,脸上常含微笑。在我房间里,她翻看了一下我的床铺,提出要给我带来一些稻草,我连声说:"谢谢,非常感谢。"

第二天,床上铺上她从家带来的金黄的稻草,一下子感到温暖了许多。

她与我做了一些交谈,了解到我的老家也在农村,父母是地地道道的农民。她说我一个人在外面工作的确有许多不易,有什么需要帮助的尽管提出来。

可我遇事不太愿意麻烦别人,有困难更多依靠自己去解决。

孙老师接着又主动给我带来家里腌制的咸菜,有白菜、萝卜与雪里蕻,有的炒熟了,放了很多菜油,美味可口,百吃不厌。

对一个非亲非故、不谙世事的年轻人,孙老师给予亲人般的关怀,没有任何功利目的,让独在异乡的我感念不已。

有时周末,孙老师让我与当地的两个年轻教师一起去她家吃饭。她准备了一桌丰盛的中餐款待我们,有家养的土鸡、腌制的猪肉、黄灿灿的炒鸡蛋,还有自家菜园里种的各种新鲜蔬菜。精心烹制的菜肴让我们胃口大开,连声说"好吃"。

孙老师的爱人在县公交公司上班,平常难得回来。周末偶尔遇到我们,他总要与我们喝上几杯。他们有两个女儿,清秀而文静;两个儿子,憨厚而诚实。家里种了十几亩地,几乎是孙老师一个人在打理。教学之余,她必须要面对各种烦琐而沉重的家务和农活,可她任劳任怨,拼尽全力。她的吃苦耐劳精神,她的极其善良的品质,深深地影响着孩子们。他们勤快、懂事,做家务活,忙田里事,都是妈妈的好帮手。

寒冬来临,我读师范时双手起过冻疮,现在又复发了。一开始是肿胀,后来是溃烂,一不小心碰破了便会鲜血淋漓。见此情景,孙老师再次向我伸出援手,要我将换洗的衣服打包好,让她带回家去洗。每次拿到她带回的洗得干干净净、散发清香的衣服时,我的心中总是充溢着感动。是孙老师给了我母亲般的温暖,可我却无以回报。

在中心学校只待了一年,我因同乡的到来被排挤到下面的一所条件更差的村小,生活需要自理,尝尽酸甜苦辣。身在异地,没有任何可利用的人际关系,一切人生苦难只有自己默默承受。

有次全乡公开教学,孙老师来到我所在的村小听课。那时,为了有一个相对安静的学习环境,我执意搬到一个村民盖在学校东边的茅屋里。

茅屋三间，一堵墙壁将东边那间隔成了一间房，无门，南边有一扇常年敞开的简易窗户。东边山墙上面已经倾斜，而北边的墙壁下面有一些裂缝，下雨时，外面的雨水渗进来弄湿整个房间的地面。我知道那是危房，可为了通过自学考试的课程，我只得铤而走险了。当时我常常在心中对自己说，只要我最终竖着走出这间危房，我就一定可以走出低谷，走向成功。

孙老师那天来到我住的房间，看到房间的状况，心情很沉重。她委婉地建议我搬回学校为我安排的住房，虽隔壁有住家老师的干扰，但至少安全无忧。

可我那时太固执，没有采纳她的建议。一次去孙老师家，她告诉我，那天回来她难过了很久，对我的处境深表担忧。

后来，乡政府将一年的教育集资款全部用来帮助我们所在的村小盖了三间砖瓦房，并且给学校通了电。我与同乡搬进了新房，住房条件得到了很大改善，也不必四处为照明用的煤油而奔波，心情好了许多。我及时告诉了孙老师我们处境的改善，她感到非常欣慰。

孙老师，你的主动帮助，让身在外地的年轻人感受到了家的氛围；你的无私的关怀，我始终铭记在心，并且成了我的那些艰苦岁月里的最温馨的记忆。

烛照心灵的师长

读师范时期,记忆最为深刻的自然是王和生老师。他生于安徽和县,成长、求学、工作于家乡和县,他的名字表现出他对家乡深切的爱。

师范一年级政治课学的是辩证唯物主义基本原理。王老师走进课堂,中等身材,精神抖擞。头发向右侧梳去,理得纹丝不乱。一双会说话的大眼睛,明亮而有神。他的课,语言生动而有条理;适时的板书提纲挈领,简明扼要。他的肢体语言也是丰富多彩,常常让我们忍俊不禁。

在他的课堂上,我们知道世界是物质的,物质是变化发展的,变化发展是有规律的。正因为如此,我们凡事要从实际出发,对客观世界的认识要建立在认真观察的基础上,去伪存真,由表及里,由现象到本质,才能逐步把握事物的规律,由感性认识上升到理性认识,并用理性的东西去指导我们的实践。

事物的发展是遵循肯定到否定再到否定之否定的规律,所以事物总是呈螺旋式上升,社会发展与人生道路往往是曲折式前进,道路虽是坎坷的,可前途往往是光明的。

王老师每堂课都要求我们把他的板书认真记录下来,课后加以记忆,第二堂课前他要提问。

毕业考试复习,他又把讲述的内容加以整理,印制成复习讲义,帮助我们融会贯通地理解所学的基本原理。每每看着王老师精心印制出的讲义,整个知识体系在我们脑海中留下了深深的印记,随时呼之欲出。

出于对唯物辩证法的浓厚兴趣,我购买了《通俗哲学》,借阅了《中国古代哲学寓言故事集》等课外书去阅读,对抽象的道理有了更多形象的理解,并融入自己的思想与血液中。在以后备尝艰辛的人生历程中,这些唯物辩证法的原理有力地指导着我,让我对未来从不感到绝望。

师范二年级学的是政治经济学常识,师范三年级学的是中共党史。我投入热情去学习,每次考试都获得了很高的分数,王老师对我颇为赏识。

王老师毕业于和县师范学校,作为优秀毕业生留校当老师。为了胜任自己的教学,他利用学校与县图书馆的图书资源,借阅了大量与所教课程有关的书,并做了许多读书笔记。平常读报刊时,遇到有价值的,他随笔做一次知识卡片,卡片积累到一定数量,再将它们加以分类整理。

阅读极大丰富了他的知识储备,王老师灵活地将这些知识应用到课堂教学中。"问渠那得清如许?为有源头活水来。"他的课总是那么趣味盎然,引人入胜,因为他有不断累积的知识储备,他能高屋建瓴地把握教材。他关注的是根据学生的知识水平与理解能力,出神入化地使用教材,让自己的课堂深深地吸引学生、感染学生。

王老师的夫人是一个南京知青,漂亮而文弱。王老师对夫人非常体贴,全家的衣服基本上都是他洗,家里吃的水也是他到井坎上去挑。纵使有人有一些议论,王老师也依然我行我素,在他心中,爱妻永远是天使,需要他用心去呵护。

路遥娶北京知青林达,体现他对现代文明的向往与追求。林达支持他读完延安大学中文系,他们婚后也有了备受路遥宠爱的女儿,可二人由于生活习惯的巨大差异与各自宁折不弯的个性而分手。王老师对爱妻体贴入微,不愿她在生活中受苦,让妻子对他形成高度的依赖,他们始终情深意长。

除寒暑假外,每学期王老师总要请一个星期的假,陪夫人回到南京,回到她父母身边,享受大都市生活的便利、繁华。师范学校当时位于山脚下,位置偏僻,远离县城,远离都市,生活上有种种不便。王老师认为夫人嫁给他,为他生下可爱的儿子和女儿,已经做出了很大的牺牲。

回到学校,为了弥补耽误的课时,王老师让三个普师班的学生齐聚到学校大礼堂,连上三堂课。他一直站在上面,用麦克风滔滔不绝讲上两三个小时。那应该是我们对上大课的最初体验。

王老师担任普师一班的班主任,对学生既和蔼可亲,又严格要求。他每学期都要更换部分班干部,让更多朝气蓬勃的年轻人得到锻炼。班级日常,王老师充分放权让班干部去管理班级,适时给他们以方法上的指导。遇到解决不了的问题,他才出面去解决,有时要与学生作推心置腹的谈话,有时还要反映到学校领导那里,寻求他们的建议与支持。

王老师这种大胆放手的管理班级的方法,培养了一批优秀的学生干部,毕业后他们很有作为。有的改行做了行政领导,有的做了教育系统管理者。班级团支书崔学鸿在深圳某中学当校长,班长陈家传,即长啸,成了央视《新闻30分》节目的主播。

课外活动的篮球场上,看到学生们在打球,王老师也上来与学生们一起打打球,运动运动。投篮不中,他摇摇头,叹口气,接过同学传给他的球,再投。学生对他既敬畏,又亲近。

我们毕业后不久,师范学校终于从拦龙山下搬到了和县县城,后来成为巢湖地区幼儿师范,现已升格为马鞍山高等师范专科学校滨江学院。王老师一直生活在幼儿师范,为它的发展与兴旺而殚精竭虑,辛勤工作。二十年、三十年校友会时,我们两次都见到了王老师。他依然神采奕奕,风采不减当年。虽然学校今非昔比,名称也与从前不同,可看到了王老师,我们立刻找到了回家的感觉。

谢谢您,王老师,您引领我们成长,您的思想光芒烛照我们曾经稚嫩的心灵,让我们有了强大的精神力量去面对人生的风风雨雨。

邻居大哥

乡村的盛夏总是最美好的。村庄里所有的高高低低的树木都长得枝叶繁茂,生机盎然,并连成一道天然的绿色屏障,将村舍密密实实地遮挡着,仿佛要隐藏每家每户的甜蜜和忧伤。

村庄前,队里仓库西边,十多块连成一片的棉田里,棉苗已蓬勃地生长起来,高及半身,浅白、纯白、嫩黄或粉红的花朵艳丽地开放着,点缀在棉花树丛中,格外惹人注目。

邻居大哥背着农药桶在棉田边的田埂上缓缓地走着,看着长势喜人的棉花秧,他眼角深深的皱纹不禁舒展开来。

邻居大哥长年管理着队里的棉花地,从播种到移栽,从间苗除草到浇水灌溉,从打药除虫到采顶部助旁枝,他常年围着那一片棉花地,精心照顾,恪尽职守。

五月放忙假时,老师倡议我们帮队里做一些力所能及的事情。我找到邻居大哥,要到他负责的生产队的棉花田地帮忙干活,他高兴地答应了。

吃过早饭,我兴冲冲地来到棉花地边,要与大哥及另外一个老农一起拔地里的杂草。

初夏的风阵阵吹来,吹来了不远处田地里泥土与庄稼混合着的连绵而浓郁的芳香,缕缕芳香像一首首缥缈而迷人的民谣在人们耳畔萦绕着。棉苗,在阳光的抚慰下,正铆足劲儿迅猛地成长着。

大哥给我交代了做活的要领——除了清除田垄里棉苗周围的杂草

外,对恣意生长的棉苗也要有所取舍:拔歪苗,留正苗;拔细苗,留壮苗。按照他的吩咐去做真不是一件难事,我很快就做得得心应手了。

让我喜不自禁的是,邻居大哥居然热心地给我讲起一些我从未听说过的历史故事,什么薛仁贵征东、薛丁山征西,还有北宋抗辽名将杨家将的故事。他娓娓道来,妙趣横生,我听得津津有味,心中大呼过瘾,不知不觉一垄就到了尽头,又折身转向另一垄。

一个星期的忙假都在大哥田里帮忙,父母也不反对。开学后,大哥特意赶到学校,向我的班主任老师反映了我忙假帮队里做事的情况。老师在班级公开表扬了我,说我具有集体主义意识。其实,帮队里干活,完全出于一种好奇与新鲜,而我能坚持下来,又与大哥的历史故事分不开。

邻居大哥的确是个能说会道的人。那时农村娶新媳妇,晚上都要闹一闹。许多人兴致高,天一擦黑就拥到一对新人家。新郎此时满面春风,给大人们散烟,给小孩们散糖。人们期待新娘从新房里出来,好一睹新娘的芳容。可新娘总不会轻易露面,要人们千呼万唤。

呼唤新媳妇出来,得有一个会说好的人,邻居大哥自然当仁不让。他既能记住旧词,又能编出新词,说得既顺溜,又押韵。众人随着他的说好,齐声在后面大声附和道:"好!好!"一段不行,再来一段,直到新媳妇犹抱琵琶半遮面地姗姗来到正堂之上。

在白炽灯光下,新郎新娘应村民要求介绍他们相识与相爱的经过,并且即兴表演一些节目,唱首歌,说个笑话,让大家开心。如果新郎新娘在闹房的过程中不配合,大哥又会说一段好,众人又齐声附和,似在向一对新人发出热烈的邀请,直到他们让步与配合为止。

闹过新房,留到最后的人又能享受新郎父母提供的一顿宴席,大家推杯换盏,气氛和美,直到夜色阑珊时方才尽兴而归。

邻居大哥其实比我父亲年龄还大,只是我与他辈分相同,按辈分只能喊他大哥。我觉得自己占了很大的便宜。

大哥大嫂育有三个儿子和一个女儿。大儿子与小儿子在大嫂娘家安家落户。大嫂娘家紧邻河堤,在河堤上为两个儿子盖房成家。二儿子、幺女与他们生活在一起。

为了给二儿子成家,大哥要拆除旧屋盖新房。可由于新房打算盖得比东隔壁的屋脊高,两家发生了激烈的争吵。情急之下,我目睹大哥坐在屋前地面上,在村民们众目睽睽之中,捶胸顿足,号啕大哭。无可奈何,他只有让瓦匠降低屋脊高度,与东隔壁的老屋屋脊基本持平。那时,大哥的心中一定是憋屈与痛苦的。

后来,我家买了村东头的一家四间老屋,搬到那里,将两间老屋卖给大哥一家,他们才住得宽敞些。因此,大哥一家对我的父母真是感激不尽,我们两家关系一直处得很融洽。

邻居大哥家的院子里栽着一棵老柿子树,每年秋季,树上青里透红的累累果实是那么诱人。有两三枝正对着我家厨房的窗户,烧饭时看着那些压弯枝头的柿子,不禁手发痒。他家院子有高高的围墙,门上有铁将军把门,从自家厨房窗户去够柿子似乎是唯一摘到柿子的办法。于是一个星期天,趁大人都去田地干活,我与妹妹从隔壁的柿子树上偷摘柿子。将手臂伸过窗户,只能够到近处的三五个,不觉得过瘾。又拿来一根竹竿,将远一点的树枝够得近一些,这样摘得更多。可辛辛苦苦摘到手的柿子很生涩,一点也不好吃。

发觉靠近我家厨房窗户的柿子枝变得光秃秃,大哥一下猜出是我们偷了柿子。他来到我家,告诉了我们父母,劝我们不要再去摘那些未长好的柿子,等柿子完全成熟了,他会送过来一些让我们解馋。果然,过了十天半月,柿子红了,摘后生吃已经很甜。如果放在米缸里孵上几天,撕开外面的一层皮便可以吃到里面软绵绵的果肉,甜腻无比,直甜到你的心坎上开出鲜美的花。

于是,每当柿子将红时,我们不再偷摘邻居大哥家的柿子,静静地等待他们收获后的馈赠。

离开老家已有四十多年了,邻居大哥已经去了另一个世界。大哥,在那遥远的天国,会有连片郁郁葱葱的棉田需要你巡视与照顾吗?人家娶新媳妇时,会有一群村民簇拥着你听你说好吗?人们住上了宽敞明亮的房子,一定会和睦相处。秋天柿子红透时,你一定会开心地摘下柿子并与邻居分享。

堂　伯

烈日炎炎,在集镇通往乡村的大路上,堂伯头顶一顶旧草帽,脖子上围着一条被汗水浸湿的毛巾,拉着一辆平板车,车上装着几麻袋猪饲料。上坡时,他双臂按着车把,身体向前倾成一张弓,车体与地面几乎保持平行,脚步一点点艰难地向高处挪去。汗水顺着他的脸颊往下流淌,落到脚下地面的尘土上。

堂伯家养老母猪许多年了,从配种到照顾大腹便便的母猪,从下崽到精心守护着母猪与满栏嗷嗷待哺的猪崽,堂伯都做得得心应手。到了一定时候,可以喂食猪崽精饲料,于是他定期要到五六里路外的镇粮站购买猪饲料。家里少不了人,堂婶待在家里守护母猪与猪崽,定时给它们喂食,堂伯独自一人上街买猪饲料。堂婶盼咐他少买点,可他总尽可能一趟多买些,这样路上拉平板车就要辛苦许多。

养小猪是件辛苦的事,可小猪出栏时,数着大把的票子,堂伯感到所有的付出都是值得的。

为了广辟财路,发展多种经营,堂伯还把住宅东边的一块田地挖成鱼塘。堂伯从村里雇了一些劳动力,在春暖花开的季节里,把一筐筐土挑到田地四周,加宽加高原先的田埂,使其成为塘坝。当田地被挖得有一两米深时,再朝田地里投放一些淤泥,并用抽水泵从附近的灌溉渠中抽水注入水塘。水一开始只是浅浅的一层,后来逐渐增加水的深度。一切准备就绪后,堂伯从市场上买来许多鱼苗与藕节放入水塘之中。不长时间之后,水面上一张张如箭镞般的荷叶探出头来,在风吹日晒中,荷叶渐渐铺展开来,长高长壮,覆盖整个塘面。亭亭的荷叶间,一朵朵乳白色的荷花袅娜地开放,散发着阵阵清香。荷叶之下,鱼儿一点点长大,游弋于水塘中,在水面上泛起道道涟漪。

这个时节,每当太阳在东方冉冉升起,堂伯总喜欢沿着塘边走上几圈,呼吸着荷塘的清香,聆听鱼儿在水面嬉戏时发出的啪啪声响,他的心中有许多只蝴蝶扑啦啦地飞,满心都是花朵。

堂伯早年是省城某大型企业的工人,20世纪60年代初期响应党的号召回到家乡支援农村建设。生产队时期,他是队里的保管员,恪守职责,在群众中很有威信。堂婶是个非常温和善良的女人,对堂伯几乎言听计从。他们夫妇育有两个女儿、一个儿子。大女儿心比天高,命比纸薄。她高中毕业后回到农村,因不善农活常常受到堂伯的训斥。相恋多年的男友在部队提干后找借口抛弃了她,漂亮的堂姐立刻嫁到省城一个高干家庭。可男人是个残疾人,他的多疑与粗鲁让堂姐最终离开了他。堂姐只身一人去外面闯荡,虽历经磨难,可终究有所成就。

二女儿初中毕业后去省城打工,认识了一个男孩,二人结婚后在老家种植大棚樱桃,日子过得富足而安稳。

儿子很聪明,初中毕业后考取地区农校,走出农校后,到一个乡镇做团委书记,后来当了乡政法委书记,娶了一个省城女孩,有了一对双胞胎儿子,现定居省城。

虽然孩子们纷纷离开了他们老两口,但是堂伯仍种着自己圩心的几亩责任田,一年两季,早稻与晚稻。栽秧割稻时让孩子们回来帮忙,对于田间管理,亲力亲为。用平板车拉稻把,与儿子往返十几趟就能拉完。住宅的前面做打谷场,家里常备的电动打稻机脱粒时发出的轰鸣声,在他的耳畔就是最美妙的音乐。

堂伯对儿子的读书非常关心,总是督促他提高自己的学历,争取到党校进修。

堂伯在村里另一处有两间土墙瓦顶的房子,里面堆满了农具与一些杂物,长期不住人。走上工作岗位后,每每寒暑假回到老家,我都要求堂伯把那两间老屋的钥匙给我。白天我把一张长条桌放在大门旁,采光极佳。门外不远处是一个池塘,池塘那边是绕村而过的灌溉渠。岗地上的庄稼地密密匝匝,稼禾随季节的更替而荣枯着。灌溉渠的那边是一望无际的圩心田,如风光旖旎的湖面,而远远近近的村庄像点缀在湖心的一座座小岛。

在这个视野极其开阔而环境又极其静寂的地方,我全身心地投入书本中,累了乏了再抬头看看不远处的风景,心情好极了。我真是发自内心地感谢堂伯为我提供如此理想的读书场所。

几经周折,堂伯终于落实了他的退休工人的待遇,每月一两千元的工资在农村可以过着养尊处优的生活,但堂伯并没有停止自己的忙碌。勤劳,是融入他血液中的一种东西,也是中国普通民众最可贵的一种品质。

只是道别，却成永诀

立夏，阳光比三四月份热烈了许多，东头卧室里，光线也亮堂了几分。连日来，表哥因全身乏力一直躺在床上。那一天，他突然想到外面田地里去转转看看，于是他窸窸窣窣地穿好衣服，整理好床铺，脚步轻轻地走到门口。外面，五月的阳光灿烂，他用手挡在眼前，好慢慢适应这片光明。表嫂连忙关好后门，锁上前门，陪着他一起向那片熟悉的田地走去。

两年前老家拆迁，表哥、表嫂就在西边邻村租了一套四间砖瓦结构的平房。地面没有浇水泥，泥土的地面像涂了一层黑色的涂料，房里的光线暗淡了许多。房子主人早已搬到城里去住了，空着的老屋以相当便宜的价格租给了他们。住在这里，夫妇俩最感欣慰的是离老宅很近，平常在菜园里干活，一抬头就能看到老房前那两棵残存的泡桐树，还有田园上飘浮的轻纱般的雾气。

老两口缓缓地踏上了那条走过无数趟的田垄，旁边杂草丛生，深过脚踝。田地里，麦子已是金黄一片，快要收割了。油菜梗从青绿变成浅黄，枝杈上结着密密实实的菜籽壳，小小圆圆的菜籽正躺在籽壳里，享受着阳光的抚慰。午季时节，割油菜，割麦子，将田地犁好、耙好栽上秧，那些活对乡下人来说并不繁重。初夏的风吹拂着人们的面庞，人们的心中装着一份喜悦与期待，不知不觉中，田野就完成了色彩与样子的更替。

从小到大，做田间的农活，表哥都是不可或缺的。播种、收割、栽秧、挑把，样样活他都是一把好手。无数的汗水流淌到田地里，脚下带着生命气息的泥土总散发出好闻的味道。

走了大约半个小时,终于来到老屋的旧址前。那里只留下一些断垣残壁,还有那两棵高大挺拔的泡桐树。此时,泡桐阔大的绿叶在阳光照耀下闪烁着,一朵朵喇叭状的紫色的花灼灼其华。这两棵泡桐,是表哥结婚那年与妻子一同栽种的,一晃四十多年过去了,它们高耸着,树冠如盖。

表哥少年时期就出去学瓦工,家里的叔父当他的师父,一年后他就可以独当一面了。由于他眼中有活,手艺精湛,干活又不会偷奸耍滑,许多包工头都愿意雇他。靠一把瓦刀,他挣得翻盖新房的资金,二十多岁就和老父亲在村西头盖了四间砖瓦房,并迎娶了温和贤淑的表嫂。婚后育有一个儿子、两个女儿。儿子长大了,长年在新加坡打工,那儿活轻点,收入比国内高一些。

后来,村里条件好的人家都盖起楼房,表哥又用积攒的全部家底在老宅盖了四间二层楼房,并且进行了装修。

楼房盖好后,表哥、表嫂常常站在二楼的阳台上看不远处一望无垠的田地,田地里有胼手胝足的乡亲在忙碌。房前那两棵茁壮成长的泡桐树,茂盛葱绿的叶子在风中飒飒作响,似在表达它们愉悦的心声。

儿子娶了一个能干的农村姑娘,给他家生了孙女与孙子。两年前孙女考取大学,家里终于出了一个大学生,表哥欣喜不已,在镇上饭店设宴招待那些前来恭贺的亲友。两个女儿也嫁得不错,日子过得富足而舒心。

老屋拆迁了,政府安排了三套安置房。全村人都渴望住上功能齐全、干净舒适的安置房,过上城里人那样的生活。可分到安置房得有一个漫长的过程,必须耐心地等待。

那天,表哥在老宅与田地间逗留了很久很久,似乎在和它们做一次无声的深情的道别。

2019年春节后,六十七岁的表哥就感觉到身体不适,肺部像塞满东西,呼吸不畅,浑身无力。他不能像往常一样,骑辆三轮车去街上,给儿媳妇和孙子送去他们在租房前菜园里栽种的蔬菜。儿子、儿媳拆迁前花了近三十万元在街上买了一套二手房,常年住在那儿,孙子在附近中学上高中。

像以往生病那样,表哥只到附近私人诊所开点药,吊几次水,他相信多多休息病自然会痊愈的。可越来越差的气色以及时而撕心裂肺的咳嗽让表嫂与女儿们揪心,于是她们极力劝说他到大医院做一次彻底检查,如果需要就住院治疗。可表哥仍犹豫着。于是家人打电话唤回了在新加坡打工的儿子,让儿子回来劝他,陪他去省城医院。儿子乘飞机千里迢迢回来了,表哥终于接受了家人的劝说,来到省城安医附院。医生初步诊断后立刻让他住院,以做进一步检查。

当天晚上,表哥和儿子谈了许多,谈到儿子小时候的淘气,谈到孙女孙子的教育,谈到以后分到回迁房的好日子,父子二人似乎从来没有这么融洽过。

可第二天早晨风云突变,表哥突然口吐鲜血不止,医生与护士赶来了也无济于事。很快地,表哥就神志不清,在家人肝肠寸断的哭喊中生命体征渐弱,生命之火渐熄。

一切都猝不及防,一切都出乎意料。5月10日,当接到妹妹电话得知这个噩耗时,我简直不敢相信自己的耳朵。春节期间,我们一行六七人还到表哥表嫂租住的房子里看望他们夫妇俩。那时,他的儿子还在新加坡,没有回国。他俩叫来儿媳妇烧菜,用满满一桌子菜肴招待我们。表哥兴致很好,喝了一些白酒,一向不善言辞的他说了好多暖心的话。

大年初七,他去女儿家之前,特意来到我家拜年,给我们带来了白酒、饮料与乡下土鸡蛋,讲了一会儿话,连口面都没有吃。年年春节,乡下人总以他们特有的淳朴方式演绎着礼尚往来的习俗。

刚刚过去三个月,表哥和我们已是阴阳相隔。怀着无比悲痛的心情,我们来到表哥灵堂的遗像前跪拜,表哥的孩子们跪到一旁还礼。遗像来自表哥身份证上的照片,中年时期的表哥,正面带微笑,用他温和的目光看着我。看着他的相片,我不禁在心中发出一声沉重的哀叹——表哥,你走得太早,太过匆忙!

我的房东一家

1992年暑假,我将家搬到了我工作的乡中。由于学校单身宿舍很小,我决定将它作为厨房,而到学校东边一个村民家里租了一间房作为卧室。

这个村民家有两层楼房,上面是三间卧室,楼下两间是一个很大的客厅,房东是六十多岁的乡下老太,住在楼下西边的那间较小的卧室里。客厅南侧放着一张大的方桌、四条长凳。方桌上面有一条香案,供着一尊观音菩萨的半身铜塑。东边靠墙处的一张小桌上居然摆着一台彩色电视机,这在当时的乡村人家是鲜见的。电视机前面有几张小方凳。东北墙角处放着锄头、铁锹、铁耙等农具。

租住这家农户二楼最西边的一间卧室,一是离学校近,二是北边有大片田地,打开窗户可以看到春天青绿的秧苗与秋天金黄的稻田,视野非常开阔。

老太的丈夫已离开人间,两个儿子在皖南一带承包修路工程,很挣钱。家里的这栋楼房在村庄一众平房中真是鹤立鸡群,引人注目。大儿子儿媳有一个女儿,二儿子儿媳有一个儿子,都留给她照顾,老太倒也乐此不疲,一点也不觉得辛苦。

每天早晨,老太早早烧好早饭,喊孙子孙女起床,洗把脸,刷个牙,就开始吃早饭。老太总是把稀饭端到大方桌上,剥好鸡蛋,看着两个孩子吃。吃好后,大孙女就带着小孙子一同去上学。学校在街上,离家一里多路,很近。

然后老太吃早饭,上街买点猪肉、新鲜的鱼虾,好中午烧出营养丰富的家常菜给孙子孙女吃。

老太在村庄东北边有块菜地,她总是在上午去菜地里打理,去施肥,并带回一些新鲜的蔬菜,中午炒几样,荤素搭配着,孩子们很喜欢。

午饭后孩子们总是要看电视,小伙伴们也一起拥进来,热热闹闹地观看着喜爱的节目,从不睡午觉。老太在一旁看着他们,笑容满面。

孩子下午放学到家首先打开电视看动画片,一直看到吃晚饭时才关上,晚饭后很不情愿地拿出作业来处理。当我们夫妇带孩子住进来时,老太有时带孩子到我们房间问一些问题,我都热情地给予解答。

"唉,要是孩子父母在身边我就不会麻烦你了。父母不在身边,孙子孙女学习的事我实在管不了,只能听天由命,能怎么样就怎么样吧,儿子、媳妇也不能怪我。"老人在一旁说。

"你平常照顾孙子孙女的生活已经不容易了。父母不在身边,孙子孙女想他们吗?"我问。

"有时想。星期天他俩会坐在大门口,看着路上来来往往的行人,眼神痴痴的,像有心思,我就知道孩子们想爸爸妈妈了。"老人回应说。

"那么逢年过节他们的爸爸妈妈回来吗?"我又问。

"如果工程不太赶工期,儿子、媳妇平常过节,像清明节、端午节、中秋节肯定会回来。回来时,看到自己的孩子,又是亲又是搂,带孩子上街买衣服,买零食,买玩具,孩子高兴坏了。可节一过,他们又要离开孩子,孩子要伤心难过好几天呢。"老人滔滔不绝地说。

"是啊,父母对孩子爱的最好方式就是陪伴,特别当孩子处于童年期。"我说。

老太还种着三四亩地,种着水稻。栽秧、割稻时花钱雇人;平常施肥、除草等活计,老太还能应付过来。一辈子种田的农民,对土地是有感情的,种田是一种习惯,是一种情感皈依与精神寄托。只要体力允许,他们是不允许自己放弃土地的。

老太尊重老师。乡中那些年教学质量全县知名,乡亲们对乡中老师都是恭敬有加。可那时老师们收入并不高,我的每月两百多元的工资维持一家三口的生活,的确要精打细算。每月房租是三十元,房子住着舒适、安静,远胜于学校的住房。房租每月月底交付,有时迟几天,老太从来不催。我们友好和平相处着,时间伴着窗外变化的风景缓缓地流逝着。

寒假到了,我带爱人、孩子回老家过年。元宵节后,我们返校,我给老太带去一份拜年的礼品——几盒糕点,一些水果。老太感激不尽,坚持要我们一家和他们一家在一起吃顿饭。饭桌上,我终于见到老人的两个儿子与儿媳。

三十五六岁的大儿子身材魁梧,举止干练。他说他在皖南修县级公路,首先要招到工程技术人员,获得修路资格。工人多从皖北找,那里人干活不惜力,好安排。江南人不愿加班,家乡人不好管理。机械可以租,一个电话就会有人送来材料。他所做的就是维持好与政府方方面面的关系,制定好施工进程,督促按时完成,还有检查工程质量,保证验收合格。一般来说,半年左右就能修好一段路,验收过关,就可以拿到大部分工程款。付清工人工资、机械租赁费和材料费,剩余的就是自己挣到的,总是收获超过预期,挣钱似乎并不难。一条路修好,就可以转战下一条路。

他神采飞扬、意气风发地讲述着,他温柔贤淑的妻子含情脉脉地看着他。

他的妻子与弟媳在工地上给工人烧饭,几十号人吃饭问题不是一件小事,弟弟重点查收材料质量与工程质量。

我发现老太的二儿子真是玉树临风、英气逼人,二儿媳也是非常漂亮、时尚。后来老人悄悄告诉我,二儿子在皖北的一个偏远小镇招工时,二儿媳遇到他,一下子对他喜欢得不得了,可她的父母坚决不同意他们交往。于是二儿媳毅然背着父母,跑到老太的家乡,与她儿子完婚。她家没花一分钱彩礼,当然,二儿媳再也不敢回娘家了。只是这样做,会让二儿媳的父母伤心欲绝。

也许这么多年来,二儿媳与娘家的关系应该有所改善,并且能回去看望含辛茹苦把自己拉扯大的父母了吧?

在老人家里住了一年,乡中终于给我分了一间大房子,于是第二年暑假我搬离老太家的房子。老太给我们送来两条糕,表达了她的一份美好祝福。

幸福的晚景

生命是一条漫长的河,在下游汇入开阔的水域之际,水流会变得缓慢而平和。九十多岁的老岳母,辛苦操劳了大半生,晚年终于可以享受一份宁静安详的生活。

早年间,老岳母一直和内弟生活在一起。内弟忙着工程上的事,内弟媳在小学教书育人,老人替他们带着年幼的孩子。十年前,大内兄与嫂子相继退休,他们渴望回到老家,过一种悠闲自如的慢生活。于是,搞建筑工程的内弟将老家的三间平房改建成两层的楼房,增加厨房与洗手间,通上自来水,又进行一番精心的装饰,让这栋房子华丽转身,俨然成了一幢乡村别墅。兄嫂心想事成地离开喧闹的省城,住进这栋楼房里,陪伴着年迈苍老的岳母,过着一天天平静而舒心的日子。逢年过节,整个家族二三十人齐聚在这儿,看望着老人家,交流着各自人生历程中的收获、失落与感悟。老人开心地看着围拢在身边的晚辈们,静静地坐在客厅的一角,脸上是慈祥而温和的微笑。

兄嫂还在前面的长长的庭院里种了许多花,有玫瑰花、蔷薇花、月季花、桂花、金银花,每一次到那儿,哥哥总不无炫耀地领着我们去观赏那些含苞欲放或绽放吐蕊、色彩纷呈的花朵,引得我们啧啧称赞。

可三年前,老岳母居住的村庄同样遇到拆迁,乡间楼房连同许多家的房子在推土机毫不留情的劳作中化为一片废墟。于是哥嫂与岳母住到二姐镇上的一套回迁房内,在一楼,有六十多平方米,二姐与二姐夫重新搬回他们原预制厂破旧简陋的住房里,忍受着生活的种种不方便。

在那相对拥挤的套间里，七十多岁的哥嫂照顾着九十多岁的岳母，细致入微，长年累月，为弟妹们承担关爱老人的责任，令人动容与感激。

搬到回迁房不久，那应该是 2019 年下半年，老岳母两眼患严重的白内障，几近失明。看不见周围世界的她心中非常痛苦，整天只能枯坐在沙发上，咀嚼着往昔岁月的酸甜苦辣，好不寂寞。吃饭要人伺候，穿衣行走要人搀扶，睡觉整理床铺也离不了别人帮忙，行动自由被剥夺，生活质量大大降低。

内弟有一个好友，在一次省城医院送医下乡中，他的九十岁的老母亲，在当地镇上医院接受眼科大夫做的白内障切除手术，从此重见光明。内弟闻之非常兴奋，决定送老岳母去安医附院做一次同样的手术。

为了慎重起见，内弟给我打来电话，要我找一下在安医一附院上班的一个学生，她现在是那儿的一个资深护士。来自农村的她热情而善良，每次找到她，她总是有求必应，尽力帮忙，让我们因亲人患病而焦虑的心得到慰藉。接到我的电话后，她立即联系到安医一附院眼科主任医师汪永，决定让他给老岳母做白内障切除手术。

内弟将老人由镇上回迁房接到合肥宝业小区的家中，第二天打出租车来到位于绩溪路上的安医一附院门诊处眼科室。汪主任给老人双眼做了认真仔细的检查，认为有一只眼睛可以做手术，另一只已没有做的必要。于是安排老人住院，做心脏、血压等各项术前检查。老人十年前由于心衰曾在安医一附院心脑血管科进行十多天的住院治疗，以后一直坚持吃药，心脏功能挺好的，完全可以接受手术。

12 月 30 日上午做了左眼白内障切除手术，只用了半个多小时。三天后打开蒙着眼睛的纱布，老人的一只眼睛便能看见外面色彩缤纷的世界了，心中自然是非常欣喜，逢人便说："我这么大岁数，眼睛瞎了就瞎了，多亏好医生，多亏孩子们想得周全，我又能看见东西了。"

三天后回到恢复楼家中，我们全家人聚到一起，祝贺新年伊始老人重见光明，老人慈祥的脸上堆满笑容，那是发自内心的幸福的表达。

一个自行车摊位的守护者

在小汽车日趋流行的当下,街头骑自行车的人真是寥若晨星,路边排成一排的共享单车也常受冷落,修自行车人的生计可以想象会是多么艰难。许多昔日的修车者纷纷逃离这个夕阳西下的行业,可在县城主干路东北侧,老一中对面,有一个残疾的修车师傅,似乎是别无选择,仍固守着他的修车摊位。

师傅大约五十岁,双目明亮有神,脸庞皱纹如刻,身体瘦削,走起路来摇摇晃晃,向右侧严重倾斜,好像随时会倒下去。可你不必替他担心,他会来到你的自行车旁,动作敏捷地用他手上的工具排除你车子的故障,即使补胎、换胎这样的大修理,他也会麻利迅速地完成,与正常人不差分毫。而他修车的收费,价格合理得让你难以置信。光阴似箭,各种商品与服务的价格也上涨了许多倍,房子的价格更是涨得令人咋舌,可他的收费让人仿佛回到往昔的老时光,是那么低廉,透着温情!

因骑自行车上下班,车子有故障就会找到他,我和他也熟悉起来,聊了许多家长里短。老师傅于艰难中对这个职业的支撑,让我感佩不已。更让我惊叹的是他与他的妻子居然把两个女儿、一个儿子送入大学的殿堂,在一片贫瘠的土地上培植出绚烂的生命之花。

一场疾病带来的残疾让他的人生备尝艰辛。父母对他深感愧疚,含辛茹苦地将他拉扯大,并送他上学。学校里,同学与老师没有取笑与嫌弃他的残缺,而是给了他许多同情与帮助。上学路上,每逢雨雪天,总有人为他撑起雨伞。吃饭时分,食堂里总有人把热腾腾的米饭打好送到他手中。感受到人间的温暖,他虽然身体严重残疾,可心中充满阳光。在与生活各种困难的较量中,他也学会了一份坚韧与顽强。

初中毕业后,经亲戚介绍,他跟镇里的一个老师傅学习修车技术。作为一个十五六岁的年轻学徒,他要能忍受修车的脏与累,还要留心观察修车技术的细枝末节,在日常动手时,师傅会给予及时的指导。由于身体残疾,常人做起来不很费劲的事情对他来说是那么消耗力气,往往要练习许多遍才勉强把某个修车动作做到位。手磨破了,胳膊肘蹭出了血,膝关节也常常受到损伤,可他在所不惜。动作越来越娴熟,技术越来越精湛,一年后他顺利出师了。

出师后,他知道不能抢师傅的饭碗,于是在家人为他置办全套修车的工具后,只身一人来到县城,在一中对门设了一个修车摊位,并在附近租了一间房住了下来。

20世纪八九十年代真是自行车非常流行的黄金时期,大街上自行车川流不息,人们骑着车在街头巷尾自由穿行,好不潇洒,与此同时,修车行业也非常火爆。他早晨起床洗把脸,到早点店吃完早餐就开始忙碌,中午就着白开水吃几口大馍,就马不停蹄地工作着。修理、补胎、换胎,最麻烦的是车撞坏后整体大修,直到天擦黑看不见时才收拾好摊位,把工具推车推回到出租屋内,洗个澡,再到外面的小饭馆点两个菜,吃两碗饭,高兴起来还可以喝几杯小酒。那个时候,虽每天很辛苦,日子却过得有滋有味。

几年内,他有了相当可观的一笔存款,他用这笔钱帮父母翻盖了农村的旧屋,让父母住上宽敞明亮的房子。父母当初没有嫌弃这个残疾的儿子,呕心沥血地抚养他,为他四处求医问药,操碎了心,现在居然能够享到他的福了。

随着修车生意愈加红火,他忙不过来,也开始带起徒弟。徒弟为他增加了帮手,也让他的收入日益可观。他仔细地把每天挣的钱收藏好,每个月到银行存上两千元,他的心中也怀有一个梦想:娶上女人,养育自己的孩子。

可面对他身体的严重残疾,哪个姑娘愿意嫁给他呢?他的青春生命在相思中煎熬。那些年轻秀美的女孩到摊位前修车,每每都向他投去怜悯惋惜的目光,他挣钱获得的男人的自尊在这样的目光下瞬间土崩瓦解,他决定孑然一身度过他卑微的一生。

就在这时,有人给他介绍一个女孩。女孩因早年患过脑膜炎,虽治好可对外界反应有点迟缓。五官端正,性格温和,日常生活基本能料理。他别无选择,选择良辰吉日,简单地宴请了一些亲戚,两人就在老家的新房里结了婚。

婚后,他在摊位后面租了一间套房,添置了必备的家具,夫妻二人正式在县城定居了下来。

有了妻子的照顾,他的饮食起居有了很大改善,修起车来浑身是劲。他还学会了修锁配钥匙,扩大了自己的业务范围,挣钱的渠道更加宽广了。

一年后,大女儿出生,水汪汪的大眼睛煞是可爱。妻子除了打理家务,还要照顾孩子,很辛苦。他修车间隙也会抱抱孩子,健康活泼的孩子让他发觉了创造生命的神奇,后来几年他与妻子又生了一个儿子与一个女儿。计生干部找上门来要罚款,他拿出自己的一级残疾证,声色俱厉地说:"我们一家要是活不下去,你们必须要养活!"看着他们租住房里简陋的陈设,看着他的残疾的躯体,还有神情木讷的妻子带着三个年幼的孩子,计生干部也动了恻隐之心,对他们一家网开一面,不再追究罚款一事。

抚养三个孩子绝非一件轻松的事,不光要供他们吃的穿的,还要送他们上学。他决定将这么多年挣的钱全部用于孩子的教育,不去买房,长期租房。房主是个善心人,当县城房子租金随房价急速飙升时,他的租金始终维持在每月三百元。

在县城,三个孩子从幼儿园到小学再到初中,都能接受优质教育。勤奋的父亲与朴实的母亲不会满足孩子们物质上的奢求,可对他们的学习却有着严格的要求。孩子们在学习上都比较自觉刻苦,并顺利考入县一中。最终大女儿考取皖南医学院,儿子考取安徽建筑工业大学,小女儿考取中国药科大学。

21世纪以来,家庭小汽车日益普及,自行车修理行业日渐衰落,挣钱难了,存款如夏日的冰雪迅速消融,三个孩子的大学学费让他受不了。他让他们办理了助学贷款,自己毕业后再努力挣钱去还。寒暑假可去打工挣生活费,不够的他尽力提供。孩子们理解父母养育他们的不易,努力让自己学会坚强与独立。

孩子们的懂事与争气让他们夫妻俩颇感欣慰,他似乎并不为生存压力而感到焦虑,没有生意时他还会和一些熟人在摊位旁摆上象棋,杀上几局,让自己完全置于世事之外。

每每从他修车摊位前经过,我向他投去的不再是怜悯,而是由衷的钦佩。他,一个冷清的自行车修理摊位的坚守者,似乎为飞速发展的时代所遗弃,可他活在自己的世界里,自得其乐,宁静平和,而这不正是当今国人所缺乏的一种生活心态吗?

四个自考好友的沉浮人生

开始于 20 世纪 80 年代中期的高等教育自学考试,为那些失去上大学机会的人提供了一个接受高等教育的良好机遇。这种学习形式,不光经济,时间安排自由,而且边工作边读书,工龄与才识一同增长。1986 年下半年,身为小学教师的我受《中国青年报》一些自学考试成功者事迹的感召,毅然踏上了自学考试这条布满荆棘可沿途风光无限的求学之路,于 1992 年 12 月取得大学本科学历,并在次年获得安徽师范大学颁发的文学学士学位。

自学考试的历程中,我结识了一些志同道合者,我们相互鼓励,相互帮助,建立了纯真的友谊。他们的求学历程让我感同身受,而他们中有的人的精彩人生,让我钦佩不已;而另一些人的不幸遭遇,却令我喟然长叹。

一

孟老师,是我在原合肥一中考试时认识的好友。那次考《文学概论》《形式逻辑》与《中国革命史》。已经通过几门考试的我俩踌躇满志,对考试信心满满。住在同一宾馆里,来自同一个地方,都是小学老师,我俩很快谈到一起。他说他最擅长的还是逻辑性强的理论知识的记忆,所以在报考汉语言文学专业自学考试的同时,还在自学法律课程,准备拿到专科学历后改报法学硕士研究生。对他这样的雄心壮志,我真是敬佩不已。

我们也交流一些课程的学习方法,晚饭后一起去逛街,谈到各自师范时期的生活和同学,临别时留下了彼此的通讯地址。

后来我们有了书信往来,几次考试在考场上遇到,总会有许多寒暄与问候。1989年6月,我们同时专科毕业。拿毕业生登记表时,我翻看了他的成绩,十门课加一起780多分,而我才720多分,孟老弟果然比我厉害。

之后,我去了一趟他的学校,并去了他不远处的家。他的父亲是乡里干部,因此学校对他有许多照顾。

拿到专科文凭后,他迅速被调到一所中学。1990年参加硕士研究生考试,报考西南政法大学刑法专业,考了350多分,居然未被录取。1991年他改报北大法律专业,330多分被调剂到法制史专业读研,他高兴地接受了这样的安排。

他很快适应了燕园紧张有序的生活,常人眼中枯燥的课程在他看来甘之如饴。由于太刻苦用功,研二时他罹患重疾不得不休学半年。在家乡的怀抱里,在父母的照理下,他逐步康复并回到学校,顺利完成相关课程与论文答辩。毕业后回到安徽,进入某市中级人民法院,现已升任副院长。他用自己辉煌的人生经历证明了自己的优秀。

二

到乡中任教时,我遇到了刘老师,他也参加汉语言文学专业的自学考试。据说刘老师读师范时成绩极其优异,临毕业未能保送到安师大学习,他的班主任老师深表歉意。他家在巢湖附近的山区,极"左"政策让他的父母守着聚宝盆而不得不忍受着潦倒贫困的生活。他与他的弟弟都很聪颖勤奋,初中毕业后都顺利考取中等师范学校。

对于一个贫穷人家的孩子来说,自学考试是最理想的选择,每门课只要交点报名费与订购一下教材即可。由于我起步比他早,有些教材刘老师能从我这里借到,他就不再预订好省钱。可他学得如此认真,考前半个月更是手不释卷地强化记忆,每每都以很高的分数通过考试。

拿到专科学历后,他又参加了专升本的成人高考,结果以高分被安徽教育学院录取。学校不放,找关系疏通了学校校长,终于如愿到学院进修。

专业课既上学院的课程,又继续自学考试本科课程的学习,并且狂抓英语与政治两门公共课。1992年报考当时杭州大学的现代汉语硕士生,师范时的班主任为他引荐了导师。考了360多分,可还是被调剂到广西师范大学古代汉语专业读研。在西南边陲苦读三年毕业后,在暨南大学华文学院找到一份教职,并在教学与学术研究上很快有所建树,目前已是古汉语领域的知名教授。

刘老师在乡中当老师时喜欢上一个清纯漂亮的女学生。女学生初中毕业后上了中专,刘老师几次到学校看望她,昔日师生成了情投意合的恋人。可女孩父母竭力反对他们交往,一是二人年龄相差七八岁,二是刘老师家境太差。可当刘老师成了大学老师时,女孩的父母又尽力撮合他们,二人最终喜结连理。刘老师用自己持之以恒的努力赢得了自己的事业,成就了一桩超越世俗的美满姻缘。

三

在乡中时,金老师——一个乡村小学老师,通过学校的一个同事找到我,向我询问报名参加自学考试的细枝末节,我详细地给他以指导,并告诉他备考的技巧。他在6月底报了名,参加了10月下旬的两门课程的考试,12月上旬知道通过了考试,大喜过望,找到了学校,非要请我到街上饭馆吃一顿。自那以后,我更是不遗余力地帮助他,把我身边的辅导书借给他看。他如饥似渴地学习,一门门通过考试,两年内居然也拿到了专科证书,并且摩拳擦掌准备向本科文凭发起冲击。看到他的进步,我仿佛看到了自己的成功。他把我与当时一所完中的康老师看作他最信赖、最敬佩的朋友,我也深感欣慰。

可后来在金老师身上发生了一件令人感到匪夷所思的事情。有人给他介绍了一个女孩,高中毕业,很有文艺范儿。女孩经常到他家里与学校找他玩,可金老师一门心思忙着自学考试课程的学习,对她的频繁光临很不耐烦。女孩并不引以为戒,依然如此,热情似火。金老师忍无可忍,最终提出分手。羞愧与愤怒交加的女孩带着父母与哥嫂闹到金老师学校,非说金老师道德败坏,对她始乱终弃。在师生的围观与误解中,自尊心极强且性格偏于内向的金老师精神走向崩溃。

喧闹像潮汐一样退去,小学校园重回安宁。精神错乱的金老师被家人送到县精神病院进行治疗,半年后回到家里调养。父母伤心欲绝,精心照顾着自己的儿子,希望他早日恢复正常。

学业无法进行,熟悉的校园再也回不去了。后来金老师被调到邻乡的一所中心学校,学校让他教科学与历史等课程。他与街上一女孩成了家,有了自己活泼可爱的女儿,生活平静如水而波澜不惊。

有一次,我特意去那所小学看望了金老师及其家人,金老师全家热情地接待了我,并让康老师与学校校长作陪。酒桌上,他向校长表达了代语文学科的强烈愿望,我与康老师力劝他顺其自然,身体健康最重要,不要给自己增加任何心理压力。

学校毗邻巢湖。那天傍晚,我让金老师陪同我到巢湖岸边散步。他的话不多,神情有点落寞。我对他说,面对人生的不幸,好好地活下去就是一种坚强,并建议他读一读余华的长篇小说《活着》。

那时,夕阳正把它的余晖洒在湖面上,如鲜血般殷红的湖水正掀起层层波浪向岸边涌来,是那么凄美,又是那么让人感伤。

四

永远忘不了2010年春夏之交那个令人伤心欲绝的日子,我们师范时期的班长滕老师,以一种决绝的方式告别了人间。县城殡仪馆内苍松垂泪,哀乐低回,我们在灵堂内瞻仰了他的遗容,与他做最后的诀别。

我们真的不理解,正值中年的他为什么要悬梁自尽?是不堪生活之重负,还是对现实无限之失望?

滕老师,你知道吗,你的离去,让你年迈的父母、你的爱妻情何以堪?你的离去,让你的刚刚成年或未成年的孩子承受多大的打击?

滕老师生前在我成功范例的激励下也开启了自学考试的历程,并到我的学校向我借了三年的《中文自学指导》期刊。有了期刊的指导,他的自学如有神助,很短的时间里就斩获专科与本科文凭。不愧是一班班长,学霸一枚。有了学历后,他很快从小学调到县内一所很有名气的初级中学。

可由于县域内私立中学如雨后春笋般兴起,许多农村初级中学日薄西山,不再景气,这让他倍感郁闷。

由于超生受到处分,工资降级权作罚款,不多的薪水又少了一截,他心中是极不痛快的。

大女儿上二本已毕业,小女儿上高中,花钱的地方仍很多。最不争气的是儿子,上的三本,钱不知多花多少,出来工作挣钱勉强维持自己的生计。可要给他买房,高昂的房价掏空家底,还要为房子交按揭。为何当初要超生?多生一个孩子就多一个负担,生孩子容易,养孩子太难!

作为家中长子,对父母及弟妹有逃脱不了的责任,经济上的付出是逃脱不了的,生活中很难有雪中送炭,更多是雪上加霜。

爱人本是农村女人,没有稳定的工作与收入,生活的压力几乎全压在滕老师一人身上,他默默承受,很少向人倾诉。他选择离开人间,也许只是一种逃避。

可你的逃避,带给亲人多少痛苦,带给同学、朋友多少惋惜,葬送了你多少才华,你知道吗?

自学考试过程中遇到的那些熟悉与不熟悉的面孔,他们多样的人生生动地诠释了这样一个浅显的道理:学历的提升能改变许多人的命运,可面对生活中的狂风巨浪,学历有时又显得那么软弱无力。

迎风绽放

2017年暑期,三年前高中毕业的四个女孩相约来学校看望老师。我兴致很好,与她们即兴谈了许多,高中时的点滴回忆是那么亲切如初,大学里的趣闻逸事又令人饶有兴致。中午到一家连锁店虹泥小厨招待了她们,那里的美食让她们感到非常可口,吃得很开心。

那以后,我与这四个女孩一直保持着微信联系,她们大学期间和大学毕业后的人生际遇让我感慨颇多。

赵同学2014年高考由于时间没有分配好,文综政治部分没有写完,可英语考了140分,总分虽没有达到预期的高分,但仍然以580多分考取西北的一所985高校——兰州大学,学的是中文专业。

那时的兰州大学主体已搬到兰州市榆中县夏官营镇,距离兰州市本部有四五十公里。许多教师住在兰州,早出晚归,学生们学习更多依靠自觉。由于山东与河南的学生特别多,兰州大学又被同学们戏谑地称为"山南大学"。

大四那年终于回到兰州市,赵同学积极准备考研,打算报考上海复旦大学。我告诉她复旦排外性很强,可换一个稍弱一点的大学,确保录取。后来她选择了暑假参加联谊活动的华东师范大学,校园里丽娃河及沿岸风光真是美极了。尽管现代汉语研究方向考了360多分也未能被录取,她及时调剂到首都师范大学。兰州大学同班一个平常成绩不如她的同学报考复旦却被复旦录取,她的心中是有点后悔的。

在首都师范大学读研期间,赵同学的成绩是引人注目的,她连续三年获得国家励志奖学金,担任研究生院学生会党支部书记。毕业后,她顺利考取北京市丰台区公务员,一个文静不爱说话的女孩也变得格外开朗而乐观。

张同学高一时英语成绩并不好,到了高二,英语成绩突飞猛进,2014年高考英语考了128分。

她的一手字写得非常漂亮,她妈妈是小学语文老师,书法上似乎有过系统严格的训练。

高三时,张同学的成绩已经进入班级前十名。我好几次找到她,让她努力去考免费师范生,将来当个高中语文老师。她虽然没有多说,可她的眼神告诉我我的话她心领神会了。

那时学校一天开九节课,下午放学已是6点10分,如果赶回去吃晚饭再回来上7点的晚自习会非常匆忙,许多家长把晚餐送到学校,让孩子在校园一角吃完。我常看到张同学的妈妈送晚餐到学校给她吃。妈妈一边怜爱地看着女儿吃饭,一边与她聊着天。

张同学作为独生子女显然很有自己的个性。班主任老师动员班级学生在校外利用星期天上午补数学与地理。尽管张同学这两门课也不够好,可她拒绝参加。她认为自己主动补缺补差比被动的补课效果更好。

2014年高考,张同学考了570多分,作为免费师范生,被东北师范大学汉语言文学专业录取。老师对她的殷切期望真的变成了现实。

大四那年,张同学回母校听一中名师谢老师许多节课,虚心地向她学习。后来参加合肥市一些省示范高中招聘,落选后,她毫不气馁,最后被合肥八中录用。

在八中优质的平台上,她兢兢业业地工作,注重与学生们沟通,已成了学生们最喜欢的老师之一。

武同学高二时从县内一所知名的私立中学转学到肥东一中,成了我的学生。她漂亮、热情、开朗,很受老师与同学们的喜爱。

转学的原因是在那所学校,她的班级一个学期内竟然换了三个老师。

到一中,她的爸爸妈妈对她的升学有着很高的期望值,可她那年高考与二本录取线差几分,最后上了重庆大学下属的一个三本院校,学的是会计学专业。父母有点失望。

不少年轻人由于高中学得太辛苦,大学里放松了对自己的要求,沉湎于电子游戏,谈情说爱,游山玩水,不思进取。可武同学到了大学学习得更加自觉刻苦,甚至比高中时还要累。四年后他居然以370多分的高分考取西南大学应用心理学专业的硕士生。她的导师应学院要求给这些三本院校的学生做报告,特别提到了武同学,以她为榜样去激励那些年轻学子,让他们明白高考跑道上落后于同龄人,并不代表以后不会超越,而永不停歇的奋斗才是他们超越别人的前提。

今年,武同学已经硕士毕业,正在合肥联系一些高校,想到大学教心理学,或者做个高级心理咨询师。

卜同学当年上的是黄山学院对外汉语教育专业,毕业时考安徽大学对外汉语专业硕士研究生,因总分相差2分未被录取。我替她感到惋惜,敦促她认真准备,来年再考,可她放弃了。

她先在一些辅导中心上课,后考进肥东县境内的合肥理工学校,成了一名高中英语老师。她高中时是我的英语学科课代表,工作积极主动,英语成绩很好。大学时,为了适应英语为母语或工作语言的国家的学生学习汉语的要求,她既学中文,又学英语,特别是加强了英语口语的训练,完全可以胜任高中英语教学。

失之东隅,收之桑榆,英语的特长在对外汉语教育上没有发挥作用,却在高中英语教学上大显身手。她的不少同事都拥有硕士学历,她一点不后悔当初放弃考研的选择。

卜同学大学期间就与来自六安的一个小伙子相恋相爱。毕业后小伙子到浙江宁波一外贸公司工作,近期回到家乡六安,二人于2021年5月份领证结婚,国庆那天举行了婚礼。

不少大学时期的恋情毕业后就终结了,可卜同学与她的恋人将爱情进行到底。一些人因为房子不在心仪的城市而放弃爱情,可卜同学认可男孩父母在六安市买的房子,并打算将来回六安考教师编制。尽管父母、亲戚都在合肥,自己目前的工作也在省城附近,她还是没有要求男孩家在合肥买房,因为那超出男孩家的承受能力。在她心中,感情永远比房子来得重要。

  四个女孩,各自不同的人生诠释着高考对平民阶层改变命运的重要性。女孩如花,在时代阳光的照耀下,在生活和风的吹拂下,正绽放着她们青春的美丽与芳华。

情　殇

　　早晨,闹钟铃声一响,军从床上一跃而起,洗把脸,就拿起他刚买的一本《现代诗歌名篇选读》,来到老屋后的楝树下。5月,楝树上开着一串串紫色的花,散发出浓郁的馨香。花香袭来,军顿觉神清气爽,他举起诗集,大声念着徐志摩的诗:

　　最是那一低头的温柔,
　　像一朵水莲花不胜凉风的娇羞,
　　道一声珍重,道一声珍重,
　　那一声珍重里有蜜甜的忧愁——
　　沙扬娜拉!

　　这首诗描写了一个日本女子在与情人告别时的神态,作者将女子比作美丽的水莲花,那瞬间低头的样子真是优雅、迷人极了。军正细细品味诗中营造出的优美的意境,忽闻水塘边传来水桶提水的声响。他一抬头,就看到一个白色上装的女孩正在塘边,长发披肩,清秀的面庞纯净而生动。两只水桶装满水后,她弯腰担起水桶向家里走去,柔软妙曼的腰肢轻摆着,袅袅娜娜的。仔细辨认,军认出她是华,与自家只隔两户的邻家女孩。
　　虽两家相距很近,军与华并没有太多来往。十五岁到外县上师范,毕业后被分到离家很远的一所乡村小学当老师,只有放寒暑假才回到老家。

听说华初中毕业没有考上高中,学了缝纫手艺后在镇上开了一家缝纫店。记得她上初中时曾主动找军问过一些数学题,军都耐心详细地给她做了解答,她对军既感激又崇拜。

那次塘边偶然遇见,军看到那个小女生如今已长成亭亭玉立的大姑娘了,心中留下了一抹她靓丽温婉的身影。

7月初放暑假,军回到父母身边。读点书,文学类的总让他爱不释手;也帮父母做点地里的农活,把收割好的成熟的稻谷捆成把子,再用平板车从圩心往门口的晒谷坪上运,然后脱粒,晒谷。父母栽秧时,军也学着歪歪扭扭地插着秧,虽被落下一大截也没有什么难为情。父母四十多岁,年富力强,不指望儿子干太多地里的活,有这份孝心帮帮手已让他们感到很欣慰。

当农活比较清闲时,军决定骑车去镇上,到书店去转转,看有没有他喜欢的书。那天天气晴朗,碧空如洗,点缀着朵朵轻柔的白云。盛夏时节,村庄浓荫蔽日,蝉儿在树上不知疲倦地嘶鸣着。骑车刚出村庄,微风吹来,军倍感凉爽。到了村东头的河堤上,可见小河里的水在缓缓地流淌着,水还是那样清澈如许。

骑了一程,遇到了正去店里的华。军下了车,与她一同走着。她说她学缝纫手艺已经出师了,与一个师姐在临街处开了一家缝纫店,帮人做衣服,慢慢积攒着客源,已开始挣钱了。她不无羡慕地说:"还是你们当老师好呀,风吹不到,雨淋不了,每月有固定工资,衣食无忧。"

军忙说:"在远离家乡的地方当教师并不像你所说的那样轻松自在。当地的孩子中总有一些桀骜不驯的,不好对付。一日三餐还要自己料理,烦琐极了。你们做手艺相对比较单纯,街上离家不远,与父母能相互照应,多好呀。"

听了军的话,华粲然一笑地说:"听你这么说,我们个体职业还是相当不错的。"

军请她坐上自行车,可以带她一段。她很高兴。军骑上车,她纵身一跃,坐到车后座上,并且轻轻地用双手抓住军的衣服。这么近距离地与一个年轻女孩接触,军的心中有着莫名的激动。他稳稳地握紧车龙头,用力蹬着踏脚板,不知不觉已是大汗淋漓。

到了街上,华让军把车停下,她轻轻地跳下了车,笑着对军说:"谢谢你,快到我的店了,我还是走一段路吧。"

那天傍晚,华来到军家,向他借小说看。军连忙把身边两本长篇小说借给了她,一本是林海音的《城南旧事》,另一本是竹林的《生活的路》,华非常高兴地抱着两本书离开了。那以后,军的眼前总浮现华的音容笑貌,她的一颦一笑总让他觉得是那么可爱、亲切。

两个星期后,华来还书,军大着胆子邀请她晚上到河边去散散步,华羞得满脸绯红,可她还是轻轻地颔首应允了。

那晚,一轮晶莹的明月在遥远的天空升起,溶溶的月色让天地间皎洁光亮纤尘不染。洒满月光的河面闪烁着粼粼波光,像有无数条银鱼在河水上跃动。军在河堤水闸处等待,不久一个轻盈的影子向他飘来。月光下的女孩美丽绝伦,秀发披在肩头上,安静如猫,红衫在风中微微抖动。走到跟前,他俩并肩沿着河堤向前走着,晚风带着泥土的气息轻拂着他们的面颊,周围的田野在朦胧的夜色中显得苍茫而神秘。

华与军谈着他们读过的《生活的路》,女主人承受不了大队书记崔海赢的淫威而投河自尽,给深爱她的梁子哥带来无法弥补的伤痛,那些高喊革命口号的人却干着最龌龊的伤天害理的勾当。《城南旧事》中靠偷窃为生的哥哥却培养出品学兼优的弟弟,在罪恶的土地上也能开出绚丽的花。他俩一路走着,一路谈着,华不时发出开心的笑声,让军完全沉醉了。

两天后的傍晚,军借故到同学家玩,骑车来到镇上。他先到电影院,看到那晚要放映一部欧洲经典影片《魂断蓝桥》,心中不禁喜出望外。忙买了两张票,然后赶到华的缝纫店,把她喊了出来,将一张电影票塞到她手中,并且介绍说这是一部非常好看的外国爱情片,一定会让她落泪。可华面露为难的神色,她说回去迟了母亲会担心。军忙说她可以回去后再向母亲解释,说她去师姐家吃晚饭逗留了几个小时。她勉强接受了军的建议。在一家小饭馆,军与华吃了简餐,早早来到电影院落座。里面人声嘈杂,座无虚席。当灯光熄灭,放映机的光束打到洁白的银屏上时,全场立刻安静了下来。

芭蕾舞演员玛拉与军官罗伊在一座铁路桥上相遇,二人一见钟情。可当他们准备结婚时,罗伊要奔赴战场,玛拉因给他送行耽误了演出而失去了工作,生活一下子陷入困顿之中。不久,罗伊被误登上阵亡名单,玛拉几欲崩溃,沦为妓女。再次遇到生还的罗伊,玛拉对生活又有了希望,可是面对罗伊家族的荣誉及其家人的信任,善良的玛拉不愿欺骗他,于是在婚礼前一天悄然离去,在两人初次见面的大桥上结束了自己年轻的生命。

电影的故事催人泪下,华不禁低声抽泣,头轻轻地靠在军的肩膀上,军悄悄地牵住她的柔嫩的手。

电影结束,灯光突然照亮全场,军匆忙放开华的手。两人默默地走出电影院,军骑车带着华向家的方向驶去。电影主题歌《友谊地久天长》在军的耳畔萦绕,那是他上师范时就非常喜爱的一首歌。华紧紧抱着军的腰,脸庞贴在他的身上,似乎很享受这月光如水的静谧的夜晚。

那天晚上回到家,母亲就质问军:"晚上到底干什么去了?有人看到你与华在一起,这是真的吗?"

"是的,我喜欢她。"军承认道。

"喜欢别人我们不管,喜欢华不行!"母亲口气严厉地说。

"那是为什么?"军大声地问。

母亲坐到军的身旁,情绪激动地向他说出两家在 20 世纪 60 年代结下的深仇大恨。

声泪俱下的母亲向军倾诉道:"在 60 年代初期,你大伯是生产队的保管员。他耿直、无私,不偏袒生产队队长的自私行为,这让队长对他十分恼火。生产队队长,也就是华的父亲,仇恨你大伯,挑唆生产队的其他干部孤立他。你大伯忍无可忍,接受了他大内兄的建议,与他一起到西北宁夏石嘴山某矿业单位当工人。你大伯有文化,工作踏实肯干,单位领导很赏识他,准备发展他入党,然后提拔他当干部。当政审材料寄回家乡时,华的父亲连同生产队的几个干部联名向你大伯所在的单位寄去了一封诬告信,告发他当生产队保管员时把生产队的财物据为己有,大队要调查他,他是畏罪潜逃到宁夏去的。你大伯单位领导信以为真,把他关在一个小屋子里,要他写反省材料,交代自己在老家的罪行。蒙受不白之冤的你大伯焦躁不宁,寝食难安,几天后居然肝胆破裂,猝然离世。此时此刻,你大伯单位领导才觉察他们错怪了好人,非常自责。安葬了你大伯后,还给他的妻子女儿送去了一笔丰厚的赔偿金。"

"伯父也死得太冤枉了。后来又发生了什么?"军急切地问道。

"那时,你父亲在部队当文书,因文笔好、才艺多,部队准备给他提干,连长都找过他谈话。可你大伯的去世,让你父亲备受打击,心灰意冷的他不顾部队的挽留,执意要复员,回到农村老家。那时,你大伯的妻子带着女儿已经改嫁到合肥郊区,家中的老屋已被华的父亲当作牛屋,令人痛心。华的父亲当年的行为生生葬送了你大伯与你父亲的大好前程,怎么能够原谅?那是个永远解不开的死结。你怎么能这么不识大体,要和华去处对象?"

母亲的话让军如觉五雷轰顶,他站立不稳,跟跟跄跄地回到自己的房间,一下子扑在床上。他觉得面对父母的强烈反对,他与华的恋爱关系将会举步维艰。第二天,军简单收拾好一些书籍与换洗的衣服,匆匆乘车回到自己上班的学校,空无一人的宁静的校园可以让他静下心来思考一些事情,也让他远离华。

那个夏天短暂相处之后,军与华各自走着自己生活的道路,像两条平行线,再也没有了人生的交集。

三十多年过去了,军与华都有了自己的爱人与家庭。军有时想起那条与华走过的河堤,那些月色如水的夜晚,还有那些惬意的谈话与欢笑,内心深处总有一些忧伤,一些迷惘。

第三辑　大千世界

DAQIAN SHIJIE

春游岱山湖

又是南风吹来,又是春暖花开。

趁着春天带给我们的好心情,一个阳光灿烂的星期六,我带着爱人和孩子前往位于县城东北五十公里远的岱山湖。

一路上,可见马路两旁的树木已抽出碧绿柔嫩的新叶,叶片在微风的吹拂下飒飒作响。田野里一块块金黄的油菜花地散发浓郁的芬芳,令人痴迷陶醉。麦田一片葱绿,在阳光的照耀下焕发旺盛的生命力。春天带来的大自然的勃勃生机的景致与我们随时随地不期而遇。

一踏进岱山湖公园,我们顿有神清气爽、别有洞天的感觉。但见一泓碧水,数峰环立,山水交融,自成一体。湖水清澈,碧波荡漾,山树葱茏,芳草萋萋。岸边欧式建筑,造型别致,掩映在绿荫丛中,更显轻盈鲜明。路面洁净平整,往返游人如织。

随着一队游客,排队登上游艇。坐满二十人,游艇缓缓离开岸边,游弋于湖面之上。年轻的向导兴致勃勃地开始向人们介绍起岱山湖。

岱山湖约九千平方米,略大于杭州西湖,在天然形成的基础上,如今有了许多人工雕琢的痕迹。泛舟湖上,山随水变,景随境移,一步一景,气象万千。

刚行不久,向导便指着岸边的一片茂密的竹林向我们讲述了一个美丽的传说。相传元朝末年,朱元璋攻打南京、滁州,屯兵于岱山湖附近。由于长途跋涉,朱元璋的夫人马娘娘得了眼疾。她见岱山湖水清见底,便弃车抄水洗眼,眼疾顿除。后来朱元璋称帝,为还马娘娘心愿,在岱山湖边兴建了演法禅寺。多年来,这里晨钟暮鼓,佛烟缭绕,引来八方香客,曾经盛极一时。后经多年战乱,演法禅寺辉煌不再,仅留一座残碑,陪伴这汪湖水度过无数个春夏秋冬。

游艇先开往东湖区。沿途只见一个小岛,与岸边的山丘水中相连。岛上有十几棵形状奇异的松树,无顶,枝丫向两侧延伸,状如一只只展翅欲飞的仙鹤。东湖水位较浅,水色浅绿,岸边有大片的滩涂。每年冬天有成千上万只候鸟来此过冬,白天鸟儿嬉戏于碧波绿水之间,晚上栖息于树丛湖滩之上,无忧无虑,悠然自得。此时,也可见绿树丛中一只只洁白如雪的精灵显露于绿丛之间,身姿优雅。它们的出现使整个湖区顿时有了生机。

从东湖折返向西,经过了龟行岛,一山丘状如神龟,龟背仿佛随游船的前行而缓缓移动,人们的想象使神龟也富有灵气。穿过一个峡谷,来到西湖区,湖水深绿。向导告诉我们,这是整个湖区最深的地方,有五六十米深。不远处的人工大坝很有气势,彰显人类改造湖区的惊人伟力。船在湖中行驶,我们的心灵正感受来自这一汪碧水的洗礼,变得纯净、透明而宁静。

当你从天空俯瞰的时候,天鹅岛便像一只正在碧天翱翔的天鹅。上面修建了一些简易的游戏设施,如依据中国古代八卦原理建造的迷宫。湖区正处在开发时期,一些工程正处于起步阶段。

翡翠岛得名于岛心有一汪清澈的池水,它像一块碧绿的玉石镶嵌在岛上。池水边修有凉亭、石桌、石椅,你到这里,可傍依清水,静下心来,聆听湖水的细语、鸟儿的呢喃,还有阵风过后的浪涛声和松涛声。

草木有情,山水有灵,宁谧的岱山湖,为游人远离尘嚣、回归自然、修身养性,提供了一个绝佳去处。

梦幻太平湖

4月中旬,草长莺飞,春意盎然。我们夫妇俩终于来到了向往已久的黄山太平湖旁,那狭长的一碧万顷的湖泊在我们面前展现,碧波荡漾,风光潋滟,柔若凝脂,绿似翡翠。

随一队游客上了一艘中型游轮,坐到底舱里,穿上救生衣。游轮在湖面上疾驶,可感受到游轮的劈波斩浪与轻轻摇曳。看舷窗外如玻璃般光洁明亮的湖水,似乎一伸手就可以触碰到它的柔滑与深情。湖岸是连绵不断的起落有致的山丘,在湖岸边形成曲折起伏、风姿绰约的优美弧线,令人赏心悦目,目不暇接。

兴之所至,我们来到外面,站到船尾。视野极其开阔,湖面烟波浩渺。游艇驶过,平静的湖面泛起银色的浪涛,浪涛向两侧扩展开来。湖面吹来凉爽的风,吹动着我们的衣衫,也拂过我们波光粼粼的心湖。我们的身心与这汪碧水完全融为一体,不觉心旷神怡,荣辱皆忘。

太平湖主体位于黄山市黄山区西北部。黄山区中心区域就是原太平县城,即今天的甘棠镇。太平湖介于黄山与九华山之间,两山一湖是安徽旅游的黄金地带,每年吸引大量中外游客,游客在欣赏大自然钟灵毓秀的杰作之时,也给当地居民与政府财政带来滚滚财富。

太平湖风景区总面积为312.9平方千米,水域面积为88.6平方千米,黄山市占78.73平方千米,其余在宣城市泾县境内,最大储水量为24亿立方米。

太平湖水域宽广绵长,水质极其优良。沿岸有一些居民靠打鱼、种茶为生,日子也过得惬意而富足。

有这样一个视频让我记忆深刻:太平湖畔的曙光村,三面环水,村民逐水而居,住房都有清一色的排排黛黑瓦脊,马头墙白色的墙壁隐映在茂密的绿树之中,端庄而典雅。房子周围是大片的茶园,春天来临,茶树郁郁葱葱,一派生机。清晨,乳白色的水雾从开阔的湖面上飘来,渺渺茫茫,如梦似幻。太阳升起了,晨雾渐渐散去,一个身着红衣裳的女孩娉娉袅袅地走过茶园,乘一叶渔舟来到湖中垂钓。一会儿,鱼儿上钩,悠然起钓,一条如碧螺般青青的鲫鱼被拉出水面。这样的画面是多么宁静、安详、优雅与迷人。

太平湖上的岛屿上还有一些原先住在那里的居民留下的生活痕迹,观之让人浮想联翩。

在龙窑寨,我们看到许多低矮的茅屋与茅屋前制作各种陶器的手工作坊。一些简单的流水线与一些古朴的工具,可用来制作坛坛罐罐与其他粗糙的生活器皿,以满足人们的日常生活所需。

游轮在龙窑寨、太平岛与猴魁岛旁都会停留一段时间,好让游客们在岛上尽情地逗留,也让旅途不再那么单一,不会产生审美疲劳。

站在高耸的太平岛沿岸砖砌的墙垛旁,注视着我们刚刚经过的波光粼粼的湖面。此时此刻,在阳光照耀下,湖面水天一色,金光闪闪,而沿岸蜿蜒的山丘上绿树葱郁,生机勃勃,湖光山色,美不胜收。

不远处,又一座跨湖而过的大桥正在修建,它连接着不远处的动车站——黄山西站。想到未来,我不禁心潮起伏,思绪万千。太平湖是美丽的,随着黄山北门的进一步开发,黄山西站的建成通车,全国各地乃至世界各地的游客会纷至沓来,黄山与太平湖摄人心魄的美丽将会为更多的人所欣赏,并让他们流连忘返。

新安江上画中游

带着一颗朝圣的心,炎炎夏日,我们夫妇俩从黄山市太平甘棠镇乘定制专车走高速到屯溪市,再转乘公交车到歙县县城,然后乘中巴来到歙县千年古渡口——深渡,历时三个多小时,魂牵梦萦的新安江山水画廊风景区终于呈现在我们面前。

新安江发源于徽州地区的崇山峻岭,延绵一百里到浙江的千岛湖,从那里流向富春江,经过杭州时,为著名的西湖提供源源不断的活水。流水不腐,户枢不蠹,正因为新安江水不断更新,西湖才保持它的新鲜活力与美丽容颜。之后,江水经过钱塘江流向杭州湾,最终汇入东海。

新安江畔,有青山、绿野、村庄、城镇,也有其他支流的河水汇入其中。清澈的江水,滋润沿途蓬勃的树林、灌木、花丛、庄稼,给万千可爱的生灵提供栖息的地方,为人类提供理想的生存家园。

新安江四时风景如画。春和景明,菜花金黄,绿意盎然。夏季幽静,水流湍急,清爽宜人。秋日灿烂,庄稼成熟,层林尽染。冬时凛冽,雪花纷飞,晶莹剔透。唐代诗人有许多讴歌新安江的清丽诗句。李白的《宣州清溪》称"清溪清我心,水色异诸水"。刘长卿在《送杜越江佐觐省往新安江》中这样描述它:"清流数千丈,底下看白石。色混元气深,波连洞庭碧。"孟云卿在《新安江上寄处士》中这样说它:"深潭与浅滩,万转出新安。人远禽鱼静,山空水木寒。"章八元在《新安江行》中描绘了雪中风景绝美的新安江:"江源南去永,野渡暂维梢。古戍悬渔网,空林露鸟巢。雪晴山脊见,沙浅浪痕交。自笑无媒者,逢人作解嘲。"

伴随一二十个游客,我们登上一只画舫。顶层是包厢,下面是宽敞明亮的客舱。硬木沙发,坐在上面非常舒适,视野也很开阔。稍等片刻,游船缓缓驶离码头。在导游娓娓生动的讲解中,我们贪婪地观赏着沿途的绝美风景。微风吹来,宽阔的河面波光粼粼,水质清澈。江水映照着两岸的青山,凝碧流彩;水汽滋润着山上的绿树,葱翠欲滴。景随船移,每一处都是风景如画,让人目不暇接,如痴如醉。船先是逆流而上,回来时顺流而下,全程仅有十余里。船行速度适宜,我们可以尽情饱览沿途如画的风景,似乎不愿意放过每一处美丽诱人的风景。船行江面,暑天的炙热早已被我们抛到九霄云外。

山上以松林为主,树丛间不时可以看到片片葱绿的茶园。生长在新安江的青山绿水之间,茶树的品质一定不同凡响。时而见到一间或几间房子,山民的生活虽寂寞却充满诗情画意。由许多房子构成的一座村庄,房屋在山坡上错落有致,蜿蜒曲折的水泥路连接各家各户,而村旁总有一条柏油马路将村庄与外面的大千世界紧紧相连。

走入漳潭村,在蓊郁的枇杷林可采摘橘红色的果实,剥开果皮,果肉绵甜甘醇。捕鱼实景表演,限定范围内鱼儿成群,叉鱼、鲶鱼、鸬鹚捕鱼、拉网捕鱼,这些场景都能唤起我们对儿时乡村周围水清鱼肥的美好记忆。

绵潭村,红装馆里陈列着古代婚嫁时的各种用品。一顶顶造型各异的轿子,曾装满那时女孩对未来生活的向往;一张张雕龙画凤的婚床,曾目睹恩爱夫妻缱绻缠绵的甜蜜与温馨。可无数徽州女人婚后独守空房,操持家业,扶老携幼,备尝艰辛。她们视贞节为生命,甘于寂寞,只是在月上枝头时,常瞭望远方,思念着在异乡打拼的丈夫。徽州人曾经富甲一方,他们财富的积累,既靠男人的拼搏与智慧,也靠女人的付出与贞洁。

在红装馆旁,我们看到了千年古樟树,它栉风沐雨,经历漫长岁月仍然郁郁葱葱,枝繁叶茂。古樟树见证了当今徽州人对历史的沿袭,并抓住时代给予的机遇,努力让家乡变得繁荣与富裕。

返程时,我们游览了九砂村。据说九砂古村落的晒秋景致非常美,那些从山上田地里采摘下来的玉米铺满古屋的晒场,一片金黄;菜地里收获的红辣椒挂在屋檐下,串串嫣红;屋后,片片经霜的枫林掩映在绿丛之中,如霞光般璀璨夺目。可惜,现在离深秋还早,我们只能头顶盛夏的烈日,从古屋前匆匆走过。

当游船驶近深渡码头时,我们看到了江心中的凤凰岛。岛上,村落依水而建,粉墙黛瓦,环绕的是青山绿水,水光山色,美不胜收。此时此刻,我们心中都渴望着踏上岛屿,好近距离领略那岛上的旖旎风光。

西 安 行

西安,一个有着悠久历史的文明古城,在一些文学作品中读到它浓重的历史痕迹——古城墙上那幽咽哀婉的埙声,不时映入眼帘的墙体斑驳的老屋,还有巷道里那些清晰可见的车辙,让人耳畔似乎响起了从遥远地方传来的辚辚的马车声。可2017年的盛夏,当我们一行人走出西安动车站时,看到的是一个巨大开阔、坦荡如砥的站前广场,还有远处林立的高楼大厦,我顿觉西安又是个包容的并且处处散发现代气息的城市。

五日西安之旅正值高温酷热的时候,炎炎烈日与烈日炙烤下热浪滚滚的街道并不能阻遏我们前行的脚步,也不能让我们游览心中向往之地的兴致减弱半分。所到之处,西安及其周边地区都给我们留下了难以磨灭的印象和与众不同的体验。

到达西安,住上宾馆,休息调整了半天。翌日,当晨光熹微时,大巴就载着我们一行人去西安西部的咸阳市,游览唐朝女皇武则天与唐高宗合葬的乾陵景区。当年武则天派大臣遍访许多地方,最终把这里作为她未来安葬的风水宝地。仰望着前方高高耸立的乾陵,我们带着一份崇敬之情踏上通向它的一个长长的高坡。水泥路面不时有几十个台阶,路两旁绿树葱茏,繁花点点。离坟墓不远处,排列着几十个巨大的石雕,它们是唐代前来参加高宗李治葬礼的异域首领的雕像,显示了鼎盛时期的中国唐朝对世界的影响力。遗憾的是,这些石像从明代中后期开始遭受损毁,到清朝末年,这些石像的头部已完全消失。

乾陵至今未被发掘,留给人们太多的想象与好奇。

武则天的孙子懿德太子李重润因私下里与永泰公主李仙蕙、李仙蕙的丈夫武廷基等人议论武皇的私生活，十九岁时就被武皇下令处死在东都洛阳，许多年后才魂归故里，与一大臣女儿完成了冥婚，合葬在太子懿德墓里。穿过长长的墓内隧道，我们来到深埋地底的太子夫妇的棺椁旁，不禁为太子早逝的人生哀叹不已。平生第一次见识权贵者宏大墓地内部的样子，除了最底层的棺椁，长长的隧道旁有一些小房子样的隐秘的空间，里面堆放着各种随葬品。

这座离乾陵不远的她孙子的墓地，昭示着武则天的残忍与冷酷。虽登上权力的顶峰，可她晚年却是亲情疏离，倍感寂寞。

下午，导游带领我们来到了位于宝鸡市扶风县的法门寺文化景区。由于佛祖释迦牟尼真身指骨舍利子的发现，佛教徒对法门寺非常向往，寺庙香火异常旺盛。多层高塔耸入云霄，塔下的地宫收藏宝物更是无数。信奉佛教的唐朝皇帝定期率众臣到此地朝拜，给这里的寺庙献上宝物。当今，为了推动当地旅游业的发展，政府投资25亿元兴建了法门寺文化园林，从广场到高厦，从佛塔到地宫，规模宏大，蔚为壮观。纷至沓来的游客有力促进了小镇经济的发展，酒馆遍地，旅店满目，佛教产品商铺随处可见，缕缕香火味弥漫在小镇的大街小巷。

第三天，我们怀着无比激动的心情赶往举世闻名的位于西安东部临潼境内的兵马俑遗址与华清池。

秦始皇统一中国，功高盖世。可对来世的深信不疑让他即位不久就开始修建秦陵。兵马俑规模庞大，但只是其陵墓整个面积的五分之一，你能想象到秦陵规模是多么庞大，它的修建又耗费了多少人力和财力吗？秦始皇即位时，做了许多彪炳千古的事情，如建立中央集权制与郡县制，统一文字，统一度量衡，修筑长城阻挡外敌的入侵。可他不惜民力，兴建了一些劳民伤财、穷奢极侈的浩大工程，如秦陵与阿房宫。还有他丧心病狂地焚书坑儒，既毁灭了秦以前长期积累起来的璀璨文化，又杀害了许多精神财富的创造者。结果呢，秦朝社稷江山只维持到秦二世，区区十五年。

　　许多年前一个农民的偶然发现，开启了对兵马俑的发掘，目前对游客展示的只是其中一部分。站在这些栩栩如生的兵马俑前，他们坚毅的目光，他们身上沉重的铠甲，让我们感受到他们代表的骁勇善战的武士对开拓疆域和保卫王权的执着。而那些制作兵马俑的普通工匠，他们又付出了多少劳动与心血呀！在兵马俑的坑围环绕，欣赏着那些神态各异的雕像，我感受到历史风云的凝重与文明古国的底蕴。

　　华清池，一个氤氲浪漫气息的地方，真是游人如织，摩肩接踵，我们全部戴上耳麦，才能勉强跟上导游的脚步。

　　我们看到了唐玄宗与杨玉环沐浴过的浴池，那些曾盛满温泉与他俩浓情蜜意的地方，一个又一个，过道与亭子相连。那温馨宜人的场面，不禁使我想起白居易《长恨歌》的诗句来：

　　　　汉皇重色思倾国，
　　　　御宇多年求不得。
　　　　杨家有女初长成，
　　　　养在深闺人未识。
　　　　天生丽质难自弃，
　　　　一朝选在君王侧。
　　　　回眸一笑百媚生，
　　　　六宫粉黛无颜色。
　　　　春寒赐浴华清池，
　　　　温泉水滑洗凝脂。
　　　　侍儿扶起娇无力，
　　　　始是新承恩泽时。
　　　　云鬓花颜金步摇，
　　　　芙蓉帐暖度春宵。

春宵苦短日高起,

从此君王不早朝。

华清池目睹着唐明皇与杨贵妃的情爱与享乐。可由于唐明皇的懒政与姑息,突发的安史之乱让唐朝迅速由盛转衰,马嵬坡上,杨玉环也被迫终结她如花似玉的生命。现在,成千上万的中外游客蜂拥而至,游历华清池,并且思考那段发人深省的历史。

华清池内,有一尊杨玉环刚刚出浴的汉白玉雕塑。她的绾起的鬓发,她的姣好的面容,她的优雅丰腴的身姿,自然吸引许多游客注目。

当夜幕降临时,华清池内彩灯绽放,夏天怒放的鲜花送来阵阵袭人的芳香。在华清池东南角水榭亭台上,将有一场依据《长恨歌》改编的大型歌舞表演。可是,当天傍晚我们要赶回西安,与那场表演擦肩而过,甚是可惜。

第四天,我们一行人赶往西安东部华阴市境内,去攀登西岳华山。儿时看过一部电影《智取华山》,我对华山的险峻与奇伟印象深刻,可现代的索道已让登山变得不再艰难。我们从西峰乘索道很快到达华山的莲花峰,海拔2082.6米。西峰为一块完整巨石,浑然天成。西北绝崖千丈,似刀削锯截,其陡峭巍峨、阳刚挺拔之势是华山之代表。

我们由西峰赶往北峰,沿途可见雄奇的山峦、陡峭的石阶、苍翠的山林,许多游人与我们相向而行。在一个几乎呈九十度的陡直的山崖上,一些游人正手脚并用勇敢地攀登。

听说南峰的东侧有长空玻璃栈道,非常惊险,非常刺激,许多游客正是奔着它来,可我们当中没有人去挑战。毕竟多是中年人,有几个年轻妈妈带着孩子也是格外谨慎。

从华山回到西安,我们首先来到中山门旁永兴坊美食城。在那里,我品尝了正宗的羊肉泡馍,那羊肉汤的鲜美至今让我唇齿留香。然后我们赶到阳光丽都大剧院,欣赏到一场具有盛世气象的歌舞表演,视听盛宴让所有观众激动不已。当晚的节目名字听起来都让人情不自禁,心向往之,有《大唐盛世》《破阵》《梨园》《绿腰》《水袖》《春江花月夜》《霓裳羽衣舞》。从那晚的艺术欣赏中,我还知道曾经登上央视春晚并且风靡全球的节目《千手观音》,它的原名是《法门佛光》。

西安主城区为厚重的城墙包围,城墙上挂着许多营造喜庆氛围的红灯笼,城墙下有许多城门,进出自由。第一天下午到西安,我就与一个邻居登上城墙。看到两旁鳞次栉比的高楼、绿树成荫的街道、川流不息的车辆,还有与城墙如影随形的护城河,我俩觉得西安真是一个把传统的厚重与现代的时尚结合得非常好的城市,而且经济发展与文化教育在西部地区举足轻重。虽然位居中国大西北,水资源并不丰沛,可护城河让城市有了灵气,有了生机。

城墙之上有许多爱好骑行的年轻人骑车从我们身旁疾驰而过,这让我俩也饶有兴致,在城墙上走了很远。在另一处下城墙时,我们在一个展览馆里看到古城墙最初的风貌。原来古代的城墙并不很高,也很破旧,所有现在看到的西安城墙都是政府组织工人匠心打造的结果。我们不禁为西安市为打造旅游名片付出的巨大心血而感动。

最后一天,我们参观了闻名遐迩的大雁塔,从导游口中才得知它是中国境内唯一保存的唐代建筑。历经一千六百多年的风雨,大雁塔依旧巍然屹立在那儿,见证历史古都的沧桑变迁。大雁塔是由唐代圣僧玄奘自行设计、组织建造的一座古塔,建好后他将从古印度带回的经书收藏在那儿,并且居住在塔里,潜心翻译那些经书。

之后又去了陕西省博物馆。它是可以与故宫博物院比肩的历史博物馆,里面有价值的藏品不计其数,展现在人们面前的只是一小部分。

博物馆前人们早已排成长长的队列,队列缓缓向前移动。进入室内,人们边走边看身旁的展品,容不得太久停留。到了大一点的厅里,终于可以自由走动,近距离地欣赏那些陈列在钢化玻璃柜里的琳琅满目的展品,并不时给它们拍照。一件玉佩、一只碗盏、一个碟盘、一件瓷器或金属器皿,在柜子里灯光的映衬下,都熠熠生辉,光彩照人,赏心悦目,让人们享受巨大的视觉盛宴。

西安五日,走进这个充满魅力的城市,为它痴迷,为它兴奋。作为陕西关中地区的核心区域,曾经的十三朝都城,西安有着太多的历史积淀,其中周、秦、汉、唐四个朝代最为著名,而汉唐时期既是中国古代文明的巅峰,也是当时世界上文明最发达的年代。游历西安,重温往昔记忆与辉煌,可以增强我们的民族自信心,让我们收获颇丰、感悟颇多。

难忘的新疆之旅

一成不变的生活让人心生厌倦,于是我的内心深处发出一声强烈的呼唤——走出去,到一个完全陌生的地方,获得一种完全不同的体验。于是,2018年盛夏,我偕爱妻从合肥新桥机场出发,经过近五个小时的飞行,着陆于新疆乌鲁木齐地窝堡国际机场,开启了为期一周的新疆之旅。

新疆地域广阔,占全国面积的六分之一,因而旅途极其漫长,游览目的地相距遥远,六天行程三千多公里。可每到一处,都会有往昔难以寻觅到的景物,于新鲜、兴奋中看得也非常仔细,就像欣赏千辛万苦寻到的宝物。

长绒棉与胡杨林

从乌鲁木齐去乌尔禾小镇的路上,可看到成片的开阔的长绒棉地,一望无际,郁郁葱葱。停车靠近看,长绒棉植株远比家乡的棉花植株矮,一列列整齐地排列着,在夏日的阳光下旺盛地生长着,叶片散发出闪亮的光泽。长绒棉棉质优良,可用于制作军队里手榴弹与炸药包的引芯,也是制造人民币纸币的材料之一,因此长绒棉是非常珍贵的。长绒棉多为白色,可南疆有彩色的,色彩斑斓,非常漂亮。

在乌尔禾镇附近,见到万亩胡杨林。深秋时节,沙漠上千姿百态的胡杨林呈现出异常绚烂的色彩,摄人心魄。可这个时节的胡杨林是青色的,生机勃勃。听导游说,胡杨树又叫异叶树,下端是柳叶尖尖状,中间叶片呈椭圆形,顶端是枫叶样。树干中空而不成材,能够贮存大量水分,因而在缺水少雨的地方,它们可以站立千年不死,倒下千年不朽,生命力极其顽强。

沿胡杨林向前走,可以看到一片干涸的河滩,铺满五光十色、奇形怪状的石子,踩在上面,可以发现心仪的石块,捡拾起可反复观赏。

但是我要问,这里的河水为什么会消失呢?

克拉玛依与魔鬼城

坐在旅游中巴上,透过窗户放眼望去,看到最多的是戈壁与荒漠,水资源真是严重缺乏。由于缺水,植物很难生存,动物也难寻踪迹,许多地方无比萧瑟与寂寞。

可寸草不生的戈壁与荒漠下面也许蕴藏着丰富的资源。在去克拉玛依的路上,我们看到连绵数公里的马路旁,许多俗称"磕头机"的采油机正在不舍昼夜地忙碌着,从地底深处把石油采出,再经过一条条粗大的输油管道将石油运送到庞大的储油库里,然后用油罐车将石油运往全国各地。

克拉玛依,戈壁滩上的明珠,那里楼房林立,马路纵横,绿树葱郁,环境优美,不多的车辆与行人让城市静谧而祥和。

为了更多更快地开采地下的石油,中国在唯一流向北冰洋的额尔齐斯河上游修建了一个深深的水库,然后让水库的水通过引渠源源不断地流向油田,注入地下,让深层的石油升到水面上,从而易于开采,可截流也导致流域内水资源分布严重不均。

克拉玛依市不远处的魔鬼城也位于戈壁之上。在景区大门处,可以见到面目狰狞的魔鬼图腾。进入景区,坐上小火车,欣赏沿途怪石嶙峋的山丘。山丘上那些奇形怪状的石头让人浮想联翩,像狮子,像虎豹,像云翳,像火焰,像蘑菇,像魔鬼。如果狂风怒号,黄沙漫天,你仿佛听到了魔鬼的吼叫,那情景一定会让你毛骨悚然。

魔鬼城属于典型的雅丹地貌,也是一些电影拍摄的取景地。

戈壁滩上有许多常年刮风的地方,一根根如擎天巨柱一样的风力发电机在或紧或慢地旋转。车上有人说,每转一圈就会产生一度电,不知是否准确。

七彩滩与 185 农场

在风力发电机的陪伴下,我们来到了位于阿勒泰地区布尔津县境内的七彩滩,它紧邻额尔齐斯河。由于长期受风蚀、水蚀以及淋溶等自然作用的影响,这里的岩石危峰耸立,沟壑纵横,属于典型的雅丹地貌。地表主要呈现暗红色,夹杂着其他各种颜色。大小不一的高坡上,游客们正在努力追寻七彩滩的新奇与美丽。

站在高坡上,可看见河对岸有一片绿洲,林木葱绿,似有长满庄稼的田地,田地深处还有村庄与人烟。河道里的水没有奔腾的激流,显得柔弱无力,人们仿佛随时可以涉水过去,与那边的绿洲来一个亲密的接触。

为了吸引游客,定时有当地少数民族的俊男靓女们进行的舞蹈表演。那灵动的身段、那妙曼的舞姿、那张扬的青春,让游客们陶醉不已,回味无穷。

从哈巴河县出发,我们一行人赶往中国与塔吉克斯坦交界处的 185 农场。路上可见村庄、田园、河渠、树木,可见这里的气候条件与生存环境在新疆是相当不错的。

看到路边成片的白桦林,导游给我们讲述了与林子相关的凄美的爱情故事,故事让我们陷入沉默与思考。

当年兵团人在戈壁滩上开垦土地,种植粮食,筚路蓝缕,备尝艰辛。农场里保存的一个地窝铺就是当年拓荒人生活的地方,它的简陋与位于地面之下便可以折射出那些岁月里人们生存环境的恶劣。在极其艰苦的条件下，兵团人生产出的粮食，不光养活了自己，还用来支援边疆建设。

进入林场，我们看到了许多整齐划一的居民住房、平坦宽广的沥青马路，还有不远处一望无垠的庄稼地。兵团人的后代，虽远在天涯，但也能享受到现代生活带给他们的种种便利，自来水、电网、电视、网络无一缺席。

我们来到一个人的哨所。一个农场工人，一个人在高高的瞭望塔上长期坚守，升国旗，注视着边界的风吹草动。旁边是一块菜园、三间平房，他与他的爱人长年累月驻扎在这儿，虽经历生活的风霜雪雨但始终矢志不渝。

农场毗邻沙漠处有一个叫"沙漠之眼"的白沙湖。大自然精心呵护着这汪湖水，湖里与湖岸植物葳蕤繁茂，边上巨大的沙丘居然也不愿朝湖边挪动半步。

农场西北有一个巨大的沙丘形成的高坡，踏着一个个台阶，我们来到高坡之巅。在那里，一个写着"中国"二字的界碑傲然矗立。我们在那儿留影，在那儿眺望着邻国的土地，想象邻国的人们会过着怎样的日子。

喀纳斯与天池

经过布满星星点点草丛的改良中的沙漠地，经过有羊群与马群点缀着的开阔起伏的高山草甸，在路况极好的马路上行驶两个多小时后，我们终于来到准噶尔盆地西端的喀纳斯国家公园。

进入公园内，只见芳草如茵，绿树遍地。蜿蜒曲折的盘山公路两侧，风景如画，美不胜收。线条柔和的山峦上森林密布，绿意如泼。山巅之上，蓝天白云，飘逸悠然。山麓之旁，草地、树丛、河流、湖泊，随处可见。沿途水流不息，滋润着万千生灵。

终于来到公园深处的喀纳斯湖，这是一个水质极佳、水流湍急的天然湖泊，接纳来自高山融雪与地下暗河的水流，形成一个流动着的巨大的湖面,并源源不断地流向公园内的河流与湖泊,让众多生命生生不息、生机无限。

喀纳斯湖上有游轮载着游客在游弋,他们感受着湖面的阵阵凉意以及湖水深处的声声问候,也许还企图与水底神秘的怪物来个不期而遇。

喀纳斯湖不远处住着图瓦人,他们是蒙古族的后裔。在战乱纷争的岁月里,他们颠沛流离,来到这个几乎与世隔绝的地方,水丰草美的环境让他们得以在这里生存。他们的木屋造型别致,松木垒成,有尖尖的屋顶,虽不高大宽敞,但让人感到非常温馨。

在一个图瓦人之家,我们喝着酥油茶,欣赏着原汁原味的蒙古族歌舞,马头琴琴声悠扬。一个年轻小伙子弹着吉他唱着刀郎的《西海情歌》,让我们似乎看到一个男人在高山之上极目远眺,他盼望着心爱的姑娘从遥远的红尘中归来,可这种无望的期盼又多么让人肝肠寸断。表演的高潮是部分游客与图瓦人的歌者在一起舞动着,那种热烈的气氛似乎要掀翻小屋的屋顶。

穿越准噶尔盆地上的古尔班通古特大沙漠,耗时十二个小时,我们终于回到了乌鲁木齐市,疲惫不堪,单调至极。经过一个曾经有黄羊出没的地方,看到的仍然是一片苍黄干燥、寂静无趣的土地。一条曾经水流澎湃的河流,水痕细弱,几近消失。这是一个水资源严重缺乏的地方,大自然对水资源的渴望几乎变成绝望。

天山,把新疆分为南疆、北疆的巨大山脉,也不是我想象中的草木葱绿和各种生物在绿色中诗意地栖息着的地方。我看到的更多是赭色的缺少绿色的山体,心中不禁倍感失落。

我们终于来到一片森林旁,感到无比欣喜。在森林旁的道路上前行,一泓碧蓝的湖水扑面而来。天池,波澜不惊,水平如镜,周围山川的倒影清晰可见。游船驶过,水面上泛起道道长长的涟漪。远方有重峦叠嶂的雪山,为天池提供永不枯竭的水源。游人如织,徜徉于天池旁,流连于亭阁间,在手机上留下自己的倩影,嬉笑中挥霍着无忧无虑的美好时光。

吐鲁番与火焰山

从乌鲁木齐出发,车行两百多公里便到了吐鲁番。曾经觉得漫长难熬的距离此时变得如此短暂。

吐鲁番,因海拔极低,光照充足,昼夜温差大,盛产葡萄与瓜果。葡萄架随处可见,采天然之阳光与雪水,各种如珍珠玛瑙般的葡萄晶莹透亮,收获后贮存到特制的建筑中晾一段时间,便成了可长期保存食用的葡萄干,味道的确与众不同。

坎儿井,凝聚着古人智慧的灌溉工程,引天山来的地下水浇灌千亩良田,可种植葡萄、西瓜、棉花与杏树。

考虑到坎儿井有望成为联合国教科文组织认定的世界遗产,中国政府已投入 4500 万元保护这个古代的灌溉系统。自 2009 年以来,逾 600 公里的水渠的淤泥得到清理,许多破败的水井得到恢复。

进入一个坎儿井内,水渠的水在淙淙流淌,纯净、清凉,必须在地面经过一段距离、日光照耀后才可以用来浇灌果林与作物。

火焰山离吐鲁番不远。山体通红,像刚被熊熊大火炙烤一般,周围气温极高,热浪袭人。下车在山旁待的时长不足十五分钟,游客们便大汗淋漓,口干舌燥,于是纷纷逃跑似的钻入空调车内。在车里,我们方可静下心来,看阳光下鲜明夺目的火焰山,感叹大自然的奇观真是鬼斧神工,名不虚传。

新疆六日,我们观看了别样的景致,体验到异域的风情,虽奔波辛苦劳碌,可心中还是欣喜不断、兴奋不已。记忆中的新疆美景,如同新疆晚间迟迟不愿落下的太阳,照耀着我们人生的行程,温暖着我们平凡的世界。

田野的色彩

一个普普通通的村庄,那是我心中永远的家乡。伫立于高岗上,既可以环顾周围平整的田地,也可以俯瞰赵州圩开阔的田野。一条小河从村边缓缓流过,河水浇灌着岗上圩心的肥沃的土地,给人们带来生活的希望和丰收的喜悦。

家乡的田野,在我的记忆中是宁静而美丽的。

初春,南风伴着温柔的雨丝将大地轻拂,那些沉寂一冬的土地便渐渐有了一些绿意,有了无数生灵的跃动。在蛙鸣与鱼游中,在银亮的犁铧的闪烁中,土地便萌发出播种与生长的渴望。三四月间,春意盎然的时节,金黄而热烈的油菜花,连天接地,动人心魄,空气中弥漫着它们浓郁的芳香。人在花海中徜徉,也有了一种心醉神迷的感觉。还有三三两两的红花草地,也不甘寂寞,一块块像片片粉红色的祥云飘落到田间,走近时,可听到蜜蜂柔声的歌唱,可看到彩蝶绚丽的舞姿。

在农田改造运动中,所有的田地都被修得整齐划一,状如棋盘。旁边有流水潺潺的小溪,便于排灌。梅子黄时,广阔的田地早已覆盖上一片碧绿的禾苗。连绵的阴雨很适合秧苗生长,很快地,禾苗之间不见了水的样子。禾苗由嫩绿到深绿,阵风吹过,便有了凝碧的痕迹。在流萤飞舞的仲夏的夜晚,静坐田头,可听到禾苗拔节的声响。原以为稻穗是不开花的,可仔细看,仍见那纤细的乳白色的串串花蕊。夏日的风伴着声声蝉鸣拂过田野的时候,也是稻花飞扬的日子。响晴是非常有益的,于是水稻灌浆成熟。当田野的绿色在夏天的烈日与暴雨中变为一片金黄时,稻田中便是无数沉甸甸的稻穗,像待嫁的村姑,丰满而羞涩。

那时为了多打粮食支援国家建设,江淮之间的乡村普遍种的是双季稻。盛夏燠热难耐的日子,村民们挥汗如雨忙着收获与栽秧,于是整个田地又经历了生命的轮回,由一汪水田到碧绿的秧田,再到金色的稻浪。那金色的稻浪催动着金色的秋天的到来,湛蓝高远的天空中可见那人字形嘹唳而过的雁阵。在秋的阵阵凉意中,村民们迎来了又一次丰收的喜悦,还收获着用以调剂人们清贫生活并给全家人带来无穷乐趣与满足的山芋、花生、黄豆等农家土特产。

收获后的田野显得空旷而宁静,就像忙碌了很长时间的农民需要一段日子静下心来好好休息。

冬天是寒冷的,田地的水面上常常结上厚厚的冰,冰面上有时可见到一些被冻住而不能起飞的奇异的鸟儿。当雪花漫天飞舞时,皑皑白雪覆盖的田野成了一片粉妆玉砌的童话世界。冬日的阳光洒在一片开阔洁净的原野上,银装素裹的大地被抹上一层胭红,一层光亮,显得分外妖娆。兴之所至,可到原野中去驰骋,说不定会寻觅到野兔的踪迹。

哦,记忆中的田野永远是令人心驰神往,永远色彩纷呈。

乡村农事琐忆

在城市化、工业化的洪流中,几年前,我的家乡消失了,乡村生活已成为一种不可磨灭的记忆。清澈流淌着的河水、蔽日浓荫里的蝉鸣、秋天长空中的雁阵、大雪覆盖下的草垛,还有田野间四时忙碌的乡亲时常在我的脑海中闪现,引领着我一次次用恳切深情的双眸回望着我的家乡那些鲜明的生活画面。

捶草与搓绳

正月过后,大地上仍是春寒料峭,寒风刺骨。可突然有一天,天放晴了,温煦的太阳挂在嫩蓝的天空上。生产队队长拉响铃声将村民们召集到队里的会议室里,分配开春的活计——捶草搓绳。两人一组拿着去年秋收时特意留下的一捆捆稻草把,到一些人家门前的碌碡旁,并将它们竖起来。一人用生产队的木槌反复捶打稻草,另一人不停地翻动。约莫半个时辰,两人交换一下。休息了近一个正月,村民们都显得有点慵懒,没干一会儿,就全身出汗了,于是脱掉穿在身上的棉袄,露出里面色彩或明艳或灰暗的棉夹、毛衣或者是卫生衣。村前阵阵捶草的铿锵声与人们重新焕发的旺盛的劳动热情搅动着暖融融的春意。等整个草把都被捶得烂熟时,便可以用来搓绳了。从烂熟的草中取出一部分,分成三股,系在屋前粗树的树干上,像大姑娘编辫子一样编绳子。一截快编完时,再抽草续上,直到将绳子编得很长很长,再仔细地盘起来,收到生产队的仓库里。

这些绳子可用来掠过开始扬花的稻田,捆绑装满稻谷的粮囤,还可系牢生产队的高高的草堆。

而负责使唤耕牛的几个精壮的汉子将一团团柔软洁白的棉花絮从仓库带到自己家里,先将棉花撕成一条条,用双手搓得匀称。再将棉条拽出一点捻紧系在一根猪骨中端的铁钩上,转动猪骨,棉条随着旋转的猪骨被捻得越来越紧,棉条不断吐出一缕缕棉絮,最后捻成一根很长很长的棉线。接着,三根棉线像编草绳一样被编成一根非常结实耐用的绳子,可用来做拴在牛鼻子上的缰绳,也可用来做使牛的牛鞭。父亲是生产队的牛把式,每年年后编牛绳的时光是他心中最快乐的时候,哼着小调,在堂屋来来回回地溜达着,憧憬着新的一年的开始。

使牛、养牛与放牛

当田里水面上还结着一层薄冰时,村里七八个庄稼汉就开始下水犁田了。将铁犁或木犁与膘肥体壮的耕牛联系在一起,牛儿吃力地拉着犁在水田或旱地里跋涉。犁铧翻开闲置一冬的土地,春天也唤醒土地上沉睡的生灵。

犁完之后再用巨耙去平整土地,使牛人可立在耙上,让牛儿拉动前行,人就不那么辛苦了。

田中的鱼儿、泥鳅、黄鳝很多,父亲有时也会逮到一些,用一根长长的野草穿在一起,中午一家人便可以尝到春天的鲜味了。

牛是庄稼人忠诚的仆人。干完活后,要给牛喂食包有黄豆的草料。每年秋季收获晚稻,都要垒起高高的草垛,负责养牛的可从草垛中间拽出一抱金黄的稻草放到拴在牛屋里的耕牛前,让它们嚼食。中午一顿,将泡好的黄豆用稻草包好,送到牛的嘴里。牛儿受到人们的厚爱,眼中散发出柔柔的光泽,似乎要对主人说一声谢谢。当然,它们更享受的是特制的大餐。将圆盘状厚厚的菜籽饼烀熟,用小圆木桶盛到它们的前面,菜籽饼已被剁成碎块,发出诱人的香味,牛儿低下头,尽情地嚼食着,心中是欣喜不已的。

当田间地头的草木变得葱绿旺盛时,生产队要派那些伺候耕牛的人拉着它们去野外吃青草。对遍地新鲜的青草牛似乎很感兴趣,低着头贪婪地吃着,腹部凹陷处渐渐饱满充盈起来,不久就吃饱了,这时可牵着它们到河塘边喝水,然后耕牛便惬意地和主人往回赶。

冬闲时,生产队要派两个责任心强的人晚上住到牛屋照顾生产队的七八头耕牛,定时引尿,清理牛粪,带它们到塘边饮水,防止有人偷盗耕牛。晚上睡在牛屋里热气大,一点也不冷,可牛屋灰尘多,空气不清新,年轻人不愿干。

插秧、薅草、施肥与灌溉

阳春三月,万物已显露出勃勃生机。柳树抽出嫩叶,池塘水涨满了,燕子归来了,油菜花开始用金黄的色彩涂抹整个田畴的景致。此时,生产队开始派深谙育秧技术的张大伯负责泡种育苗。

先把收获时特意留下的稻种放在一个很大的水缸里,放水浸泡。若干天后,稻种冒出了白色的嫩芽。找一两块靠近仓库的岗地,放水,翻耕,平整,分成三五垄,打好基肥,借着温和的春阳将出芽的稻种撒在田地里。没几天,嫩嫩的秧苗长出了,一开始还稀稀朗朗的,很快就密不透风了,长得有两三指那么长。

布谷鸟声声啼鸣,乡亲们便开始拔秧、栽秧了。将秧苗三五根一起从地里连根拔起,成捆地用一两根浸水的稻草捆绑好,放在水田一旁。体力好的男人们趁早用特制的秧架或一般的化肥袋做成的兜包,将秧把挑到待栽的平整水田边,再均匀地撂到田地里。早饭后姑娘、村妇们进入田中,解开秧把开始栽插,双手上下翻飞,一撮撮秧苗立于水田中,身体不断向后移动着,很快地,秧苗为水田铺上了绿色的毯子。那以后,在阳光雨露下,秧苗像呱呱坠地的婴孩,迅速地生长着,由浅绿到碧绿到深绿,健康而茁壮。

为了让秧苗不受干扰长得更加强壮,社员们定期到秧田地去薅除杂草。那时还没有使用除草剂,清除杂草全靠人的双手。人们的体力是用之不竭的,而生产队的每分钱都不会乱花,能不用的农药绝对不用,这不光让粮食更加安全,也客观上保护了田地里的万千柔弱的生灵,所以田地与池塘里到处可见鱼儿、泥鳅、黄鳝,稻花飘扬时蛙鸣一片。

"庄稼一枝花,全靠肥当家。"农田里的肥料有多种来源。春天积绿肥,发动家家户户去打秧草,交给生产队可兑换成工分,地里种的紫云英也可以收割后撒播到田地里。那紫云英开花时就像一片片紫色的祥云降落到田野中,引来蜜蜂嗡嗡,引来蝴蝶纷飞。

家家养猪,猪圈与厕所是建在一起的,猪粪与人粪储存在一个很深的粪窖里,生产队定期将这些粪便收集到队里晒场与草垛旁的粪池里,按斤两折合成工分;或需要向田地施肥时,挨家逐户挑出他们粪窖里的肥料,按担数计工分。用粪桶朝地里送肥很脏很辛苦,空气中弥漫的气味也很不好闻,可很快地,这些味道会随风飘散。

生产队也会从队里有限的经费里拿出一笔钱到供销社或化肥厂购买化肥,像尿素、磷肥、钾肥等。那时化肥厂生意红火,所有的化肥都是按计划生产与分配,没有计划,队里想多买也不行。有一年,队里找关系从合肥市肉联厂搞到一批猪内脏做肥料,虽气味难闻,可这些腐烂的猪肠、猪肚、猪心肺,肥效特好,让队里当年水稻产量增加不少,工分值也上去了。

那些岁月里,虽没有太多交通尾气与工业污染,生产队巨大的粪池与各家的粪窖也是严重的污染源,还有各家各户的生活垃圾也随处可见。但由于池塘、沟渠以及河流的水是流动的,连通着的,水体自我净化能力非常强大,水质没有多少污染,水渠与塘堰的水总体是清冽的、干净的,水草摇曳,鱼群嬉戏,人们在水塘沟渠中洗菜、洗衣、洗澡、洗脚,无须任何防范。

田间庄稼的灌溉也不那么费事。如果久雨天涝,在田埂处放开缺口,人们就可以将水放到旁边的沟渠里,小渠的水汇入大渠里,然后大渠里恣意奔腾的水又流向店埠河里,最后流入南淝河,流入巢湖,流入长江。

遇到天旱,电灌站会从南淝河里抽水,沿灌溉渠分级向不同地区送水,生产队队长会将河坝上的水闸打开,水就会源源不断地流到水渠里,再浇灌圩心里的几千亩良田沃土。岗上的地可从旁边的水塘里提水,村子周围大大小小的池塘有七八口,可调剂田地用水,也丰富我们儿时五彩缤纷的乡村生活。

双抢与秋收

农村最忙的时节便是三伏天的双抢——抢收与抢种。

放暑假时,早稻成熟了。妇女们在田里挥汗如雨地收割金黄的稻穗,捆成一个个稻把。男人们将稻把从田里抱上来,放到架子上,再一担担从田头将稻把挑到村前的晒谷坪上。圩田岗上全是一望无垠的金黄的稻田,人们高强度地割稻与挑把要持续半个多月。

将稻把挑到晒谷坪上,堆放好后就要用打稻机或脱粒机将稻谷打下来。打稻机一开始是双人脚踩式的,后来是多人电动式的,飞旋的滚筒将刚贴到上面的稻把上的谷粒迅速带出飞到打稻机前。脱粒机要将稻把解开塞入机内,稻粒落在近处,稻草却飞得很远。人们将稻草挪走,下面就是不断堆积的沉甸甸的稻谷。用木锨将谷子推到一起,形成由小到大的一个个谷堆。风起来时,有经验的老农用方木锨将稻谷一下下扬到空中,细微的稻草与瘪谷被风吹到较远的地方,石子泥块落到身旁,饱满的谷粒就完全被分离开来,再稳稳地堆起,摊开,晒上几次太阳,就可以成为农民最后收获的粮食了。

刚刚收割完的稻田很快又要犁过来,平整好,放上水,开始栽插晚季稻。于是整个田地又经历一次生命的轮回,水田里绿色的秧苗在夏日阳光的照耀下,在初秋和风的吹拂下,逐步成长、分蘖、扬花、结实,嬗变为金色的稻浪,又带来人们秋天收获的繁忙。

秋天的收获是丰富多彩的。花生是人们的最爱,无论是水起还是旱收,队里收获后的花生地总有许多遗漏。于是大人孩子,上到白发苍苍的老人,下到乳臭未干的孩童,都会欢天喜地地带着铲子、锄头到花生地里去刨挖他们的希望与收获。将晒干的花生送到油厂压榨出花生油,花生油远比初夏的菜籽油香得多。每家也会分几十斤花生,收藏好,冬闲时生吃或炒熟着吃都让人百吃不厌。春节,炒花生是必不可少的,条件好的人家还可以做出令人垂涎的花生糖。

山芋很好吃。先把山芋秧铲除,用铁锹挖开山芋垄,便可见藏在里面的一个个如胖娃娃般可爱的山芋。收上来的山芋就在地头分给各户,于是人们欢天喜地地带着筐子、竹篮到田间将分到的山芋带回家。山芋洗净可煮稀饭吃,绵甜的山芋很可口。奢侈点的可整锅烀着吃,很解馋。也可把山芋削成片,在阳光下晒干,收藏好,山芋干可以煮稀饭吃很久。最让人唇齿生香的是过年时油炸的山芋圆子,不过如何将山芋储存到春节而不烂倒是件不易办到的事。

生产队也种植大片的黄豆。黄豆地里要定期锄草,苗儿便呼呼往上长。黄豆可喂牛,也可分给各户。黄豆可以炒着吃,煮着吃,或储存在瓦罐中。到了寒冷的冬天,黄豆里放点咸猪肉或咸鸡、咸鸭、咸鹅肉,不需放任何油盐,烧出来那绝对是上乘美味。用黄豆去磨豆腐或换豆腐,那是只有到春节时才会有的味觉享受。平常想吃,只有花钱到街上购买,许多人家可没有这个闲钱。

棉花种植耗时最漫长。暮春时分,农民们会将前一年留存的棉籽下在一块上足底肥的柔软的泥地里,适宜的气候蕴含着充足的阳光与水分,无数的幼苗很快从浅浅的土层里钻了出来,并展开两片嫩嫩的叶片。接着,村民小心翼翼地把棉苗移栽到村前一大片肥沃的旱地里。幼苗长到约莫一指长时,两个经验丰富的老农会在土垄上拔除细苗,留下壮苗;拔除歪苗,留下正苗。在夏天的烈日与风雨中,棉苗一寸寸往上生长,棉田里葳蕤一片,看着喜人。适当时候,要切除棉秧的顶端,抑制它向上生长的势头,让棉秧多长枝,多向两侧生长。当棉苗开花时,可见白色的、黄色的、粉红色的花朵点缀在碧绿的枝叶丛中,煞是好看。入秋时,花儿变成了一个个青色的橄榄球状的果实,随着时间的推移,青果颜色变暗,变成柴秸色,并且最终裂开,露出洁白的棉絮。采摘棉絮在农活中是轻松愉快的,妇女们一边干活,一边说着家长里短,不知不觉地,一块地的棉花就摘完了。棉花要完成上缴的任务,队里也要留下许多,到镇上轧花厂制成棉皮分给社员,他们还指望这点棉絮做一床棉被,给家人做棉衣、棉裤、棉鞋。棉籽全部留下,存放到生产队的仓库里,来年再播种棉花,循环往复,生生不息。

收麦,分粮与送粮

我的家乡位于毗邻巢湖的圩区,麦子种得不多,五月收麦也是两三天就完成的事。麦子收上来直接分给各家,大概每家只分到几十斤。到大队加工厂加工成面粉,可以做成面疙瘩、面粑粑,发出大馍。物以稀为贵,大家似乎都很喜欢面食,所以麦子收获的日子里,村庄周围都氤氲着一种欢乐的氛围。

夏收、秋收后,晒谷坪上的巨大的谷堆吸引着全村人的眼球。大人们最关注的事情莫过于什么时候分口粮,兴许许多家庭已是青黄不接,或粮囤快要见底了。白天活计多,分粮一般在晚上,五百瓦的大灯泡把谷场照得如同白昼。当队长发布分粮号令时,欢欣不已的人们拿着箩筐奔赴谷场上排队。会计报出每家的口粮数,两个社员就朝这家的箩筐里装稻谷,保管员掌秤。队伍缓缓地向前移动着,人们耐心地等待,心中充满期待。

各家将储粮的地方早已备好,有的是大木柜,有的是土粮囤。清理出去年的陈粮,将新分的稻谷装入柜里或倒入粮囤,然后盖上盖子,反复检查,不留任何缝隙,严防老鼠偷吃。家中有粮,心中不慌,人们一年到头辛勤劳作的终极目的就是吃饱肚子,毕竟民以食为天。分到稻谷,许多人家迫不及待地担着两箩筐稻子到附近的加工厂加工出新米,而新米做的饭松软喷香,吃到口中,每个人都似乎焕发出新的活力。

那时生产队要承担的一个重要使命就是向国家粮站交粮,备战备荒,满足城市人对粮食的需求。送粮那天往往晴空万里,姑娘、小伙、伯伯、婶婶,几乎全体出动,肩挑着装满箩筐的稻谷,兴致勃勃地朝着街镇粮站赶去,你追我赶,争先恐后。也许在农民的意识中,觉得用自己的劳动成果支援国家、养活他人是件令人自豪的事情。他们羡慕城市人的生活,羡慕那些吃公家饭的人,因为那些人不必像他们这样胼手胝足在田地辛苦劳作,可他们很少心存嫉恨。他们付出太多,可收获太少。

现今,城市化与工业化让许多农民离开土地,他们生活在城市或集镇,他们到工厂打工或到工地上干活,他们的劳动以每月的收入来衡量,他们过上了他们过去从来不敢想象的生活。面对时代的进步,我们不必总是沉湎于往日田园牧歌式的静态生活状态中而一味抱怨现实。可当我们被当下快节奏、多变化、高压力的生活挤压得心身俱疲时,我们多么希望自己的心灵能回归乡村,那里环境优美,民风淳朴,生活舒缓放松而张弛有度,四时的节气带给人们以精神气节,人们虽艰难清贫却有滋有味地过着自己富有烟火气、富有人情味的平凡的日子。

守护净土

7月,在烈日与骤雨中万物正疯狂生长。

7月,人们的心中充溢着对未来的期待与渴望。

也是在这个时节,全县招录中小学教师的考试与考核在美丽的肥东一中校园里悄然而有序地进行着。作为一个一中人,我有幸经历了考试与考核的前前后后,心中感慨颇多。

许多年前,作为一名中等师范学校的毕业生,我曾在偏远的乡村小学任过教,学校校舍的残破与条件的简陋远远超出我的想象。教师的主体是民办教师,在学校,他们要承担繁重的教学任务;在家里,还有许多农田要耕种。因工资太低,有过几多的抱怨,可他们并没有放弃自己坚守的岗位。后来,许多民办教师陆续转为公办教师,如今,他们已经退休或即将退休。近年来,由于中等师范停招,大专生未能及时分配,加之部分中青年教师的流失或调离,相当多的农村中小学目前缺员严重,急需补充一批新鲜血液。

为了真正把那些文化水平高、业务能力强的年轻人选拔出来,必须要确保整个考试考核工作的客观公正。为此,主持这项工作的县教育局运筹帷幄,精心安排。由于这项工作涉及千家万户,稍有疏忽,将造成无法挽回的负面影响,一段时间里,负责这项工作的主要领导殚精竭虑,食不甘味。

7月17日上午,进行第一轮文化课考试。近千名考生冒着酷暑,如期赶到肥东一中,分学科在三十四个考场展开角逐。考生来自全省各所师范类高校,试卷由南京师范大学制作。每个考场有三名监考教师,两人在前,一人坐后严格监控,以防作弊。

7月22日上午进行第二轮业务考核。通过文化课考试的近五百名考生云集肥东一中,年轻而生动的面庞带着自信与兴奋的神情。他们中将有三百四十人被正式录用。从上午七点半到八点半,考生根据提供的材料编写一份教案。材料由巢湖市教育局提供。接着,每位考生临场抽号,十分钟准备后,进行十分钟说课。听课的老师五人一组,现场打分,去掉一个最高分与一个最低分,另外三个人的平均分便是这位考生的最后考核得分,并且当场告知考生。

在整个考试与考核期间,不少考生通过各种渠道找到县教育局的某些领导,希望能得到关照。在一中监考教师培训会上,教育局的主要领导明确表示:这次全县大范围地招录中小学教师,将严格按照考试与考核的成绩进行考核。只有把那些真正有水平的年轻人招录进教师队伍,才能在某种程度上保证基础教育的质量。愿全体工作人员恪尽职守,用自己的责任心守护教育的这片净土。

水晶般的童心

在乡中时期,同事中有一个学富五车的语文老师,人们都尊称他为老李。老李五十多岁,戴着深度近视眼镜,清癯的面庞常浮现慈祥的微笑。他在教学上极其严谨,课堂上,讲述生动,声如洪钟;批改作业,尤其是作文,真是一丝不苟。学生们爱上他的课,成绩也相当不错。妻子虽是没有多少文化的农民,但老李与她感情甚笃。他们有两个女儿,老李执意要她俩上师范当老师。20世纪90年代初,随着市场经济的全面推进,集体企业面临改制与重组,许多工人失去了原先可以依靠的铁饭碗,下岗、失业与再就业。老李认为,教师的职业不受市场冲击,收入与生活是有保障的,可以做到衣食无忧。

三十多年过去了,老李的二女儿李老师已四十多岁。作为女儿,她安排身体依然硬朗的老母亲与他们生活在一起,精心地照顾她的饮食起居;作为妻子,和在乡镇当公务员的爱人经常外出旅游,爱人是忠实的司机和导游,在风景如画或文化丰蕴的地方游历,让他俩的爱情得以保鲜;作为母亲,对儿子的教育显然是成功的,2018年,孩子以优异的成绩考取沿海的一所名校。

李老师是县实验小学的一名语文老师。作为一个人到中年的老师,她关心与欣赏着每一个学生,也受到了孩子们的尊敬与喜爱。一天中午,李老师正趴在办公室桌子上发呆,门被轻轻地推开,一个小小的瘦瘦的女孩子蝴蝶一样轻盈地飞落到她身边,微笑着把一个剥好皮的橘子放到她桌子上,轻声地说:"老师,你吃。"不等她回答,小小的身影又飞快地飘了出去……

　　李老师举起这个橘子看着,发现底下被小心地留下一圈橘皮。对面的小邵老师不无羡慕地说:"你看你们班孩子,给你送吃的就算了,还剥好皮。剥好皮就算了,还特地留了个底,怕放桌上弄脏了。怎么这么细心?"李老师看着,舍不得吃,心里觉得又温暖又内疚。她在心中对孩子说:"你们给予我的爱和关怀多过我给予你们的,我只是多给你们几个微笑,你们就把甜蜜全给了我。"

　　李老师翻开教参,突然发现里面夹着一个小小的手工卡片,打开一看,原来是教师节那天孩子送的,悄悄夹在她的教参里了,到今天才被她发现。她的心,又像被一双暖暖的小手捂住了一样,感到无比温馨。

　　几天前的一个中午,李老师负责看班。她刚走进教室,孩子们就对她笑,七嘴八舌地和她说个不停。她搞了半天才明白过来,原来好几个孩子在班级里议论,说想做她的孩子,李老师忍不住笑了。一个叫谭儒辉的男生大声对着她说:"老师,我好喜欢你,我想做你儿子!"全班哄堂大笑。她认真地看着他,笑着对他说:"我也很喜欢你,谭儒辉!"紧接着,李老师又对全班孩子说,"不过,我们班孩子我都很喜欢,都是好孩子!"午休时,谭儒辉蹲着身子溜到她身边,塞给她半瓣柚子,说:"老师,给你一半。"原来,他只有一瓣柚子,还特地分了其中一半给李老师。孩子纯真的爱如琴师的纤指一样,时时在不经意间拨动着李老师的心弦。

　　发自水晶般晶莹童心的小小的爱啊,让李老师的世界璀璨了。她觉得远在天国的父亲如果能看到这些温馨的场景,一定会露出欣慰的笑容。

骑车上班

　　学校搬到离县城近十里的新校区,可苦了我们这些住在老校区的普通教师,使用什么方式上下班成了我们首先要面对的问题。尽管有公交车,途经老校区,终点站在新校区,等车有时还真的让人感到不耐烦。

　　住在县城与老校区的许多同事纷纷开始学习驾驶。报名后,像跨越激流险滩似的通过各项科目的考试,拿到了驾驶证比当年拿到学位证还兴奋。于是选车,买车,上路。车在宽敞通畅的马路上疾驰,自由得如天空飞翔的小鸟,也似广袤草原上奔腾的骏马,那叫一个爽。

　　在同事们情绪的感染下,年过半百的我也来到驾校报名。可体检时,我的左眼视力极其糟糕,不适宜学驾驶。想找人通融一下,妻子阻止了我,让我不要拿自己的生命安全作赌注。我心中寻思,如果有了车,我很难浇灭驱车去外面世界看看的渴望。新旧校区间行车安全也许是可以掌控的,可外面路上的安全自己是没有信心的。再说自己的方向感不是很强,到了省城一个不熟悉的地方都会晕头转向,开车肯定会迷路。

　　现在经济条件好了,但买车、用车依然是一件费钱的事。一辆好点的车要一二十万,加上各种保险、保养维修、油耗,每年养一辆车没有一两万是万万不行的。由于私家车太多,路上拥堵,目的地泊车,都让人倍感头疼。私家车尾气排放,严重降低了空气的质量。人人都在抱怨环境变差了,蓝天碧水、清新空气,小时候自自然然的东西,如今似乎都变成了一种需要我们尽力去维护、去重新拾起的奢侈品。但日常生活中,大家又为环境向好做过多少努力呢?随意让不再使用的电灯亮着、电脑开着;天气稍热、稍冷,马上就打开空调。要知道,我们许多电力来自燃煤发电,省电可以减少对煤电的依赖,从而减少碳排放。政府提倡不用或少用塑料袋多少年了,可生活中的白色污染仍然比比皆是。人们对私家车也形成一种极度的依赖,因为它不光给人们出行带来了快捷、方便与舒适,还维护了主人的体面和尊贵。想到这些,我偃旗息鼓,打消了学习驾驶的念头。

可以骑电瓶车上班。电瓶车好学,价格也不贵。可眼下电瓶车遍地都是,车速太快,对我这个视力不好的人也存在着安全隐患。路上车辆川流不息,小汽车、大卡车、摩托车、电瓶车,如过江之鲫,加上路口多,红绿灯多,略有不慎,发生事故也是分分秒秒的事情。

现在,唯一的选择便是骑自行车上班。四五十岁的人,对自行车是富有感情的。20世纪七八十年代,拥有一辆自行车是许多年轻人梦寐以求的。穿着风衣,在乡村公路上飞驰,风衣在身后随风飘起,那青春飞扬的样子帅极了。可现今,随着私家车的流行,骑自行车上下班在世人眼中成了落魄、寒酸的象征,因此,选择自行车出行要勇于顶着世俗偏见的压力。

我沐浴着朝阳,骑着自行车上班,心中感到很舒畅。柏油马路宽广平整,自行车专用道标识清晰。相伴左右有越来越多年轻的面孔,我才想起城市的共享单车也悄然进入县城。骑车二十多分钟到了新校区,我精神焕发,似乎重新回到了充满朝气与活力的青年时代。这么多年在老校区,有时一两个月都难出校园,运动得太少,不知不觉,体重严重超标,血压、血糖、血脂也飙升了不少。上下班骑车,早晨跑步,晚饭后与妻子外出散步,或许真能帮我减去赘肉,阻击"三高"。

周末,心情好的时候,可以骑车到附近的乡村、集镇去感受淳朴的乡情,欣赏美丽的田园风光,还可到家乡的丘陵边、湖岸旁去留恋那片湖光山色。有一次,我骑车到长临,经环湖大道,到滨湖新区,游览了森林湿地公园,参观了名人馆和渡江战役纪念馆,累而快乐着。

一天,在一片葱茏的草地边,我给心爱的自行车拍了一张照片,还发到微信朋友圈,并留言:绿色出行,引领时尚,健身环保,自由经济。

亲近阳光

初冬时分，天气晴好。深蓝的天空，明晃晃的太阳散发着它无穷无尽的光芒，照耀着苍茫厚重的大地，带给人们温暖与一派和煦如春的景致。

我在教室里监考。作为升入高中以来进行的第一次大型考试，期中考试备受学校与家长重视。那些平常活跃如雀的少男少女此时都一脸凝重地答着题，而老师目光巡睃着教室，有时真有点百无聊赖。看到外面阳光灿烂，而教室四排十六盏日光灯也大放光明，我觉得真是一种奢侈，更是一种无奈。

新一中总体是灰色调的徽派建筑，显得庄重而大气，可由于走廊过宽，白天教室采光不足，不开灯的话，中间的学生会发觉光线昏暗，甚至黑板都看不清晰。所以，教室里除了没有学生时，日光灯总是长明不熄。

近来读了两篇英文材料，我受到很大启发。

一篇材料说的是印度。印度全国每年餐馆浪费的水可达到一千四百多万升。面对如此惊人的数字，许多人习以为常，可一个二十三岁的年轻女孩向餐馆老板提出了一个非常切实可行的建议：客人入座后，只往他们的杯子里倒一半的开水，如果喝完了再续半杯水。有的客人并不渴，半杯水也许都喝不完，剩下的水只有倒掉。因开始只倒半杯水，浪费可大大减少。

一开始，许多餐馆老板担心这有违热情待客之道，一杯水都不愿倒满，饭店是不是太抠门呢？可是只要略作解释，顾客完全能接受这样的安排，因为你的水喝完了，侍者可以马上为你再续上半杯水。

当这个建议被全国八万家餐馆采纳时,一年就可节省数百万升水,饭店老板都很高兴,毕竟那庞大的用水量是要用真金白银去换呀。

那么,如果我们教室里在晴天时只开中间两排八盏日光灯,这种减半的做法能否达到同样的节约效果呢?

我试着将靠近南北窗户的两排日光灯关掉,中间两排仍亮着。我发觉中间学生能享受到充足的采光,同时南北两旁因靠近窗户,阳光虽不能直接照进,可自然的光线仍带来一片光亮。

在新加坡,当国人抱怨他们没有太多的自然资源时,已逝前任总统李光耀大声辩解道,在他们的国家,一年四季人们都能享有到充足的阳光,那已经足够了。

阳光,大自然的无私馈赠,让我们这个世界生灵跃动,万物生长,四季更替,色彩斑斓。到大自然的怀抱中,亲近阳光,享受阳光带给我们的生机勃勃的自然世界,我们会心情愉悦,荣辱皆忘,我们会感到自己只是大自然赤诚的孩子,享受大自然阳光的无私馈赠,我们永远做不了主宰大自然的主人。

另一篇材料说的是一所绿色学校。这是一所充分利用自然资源的学校,不光白天利用阳光去照亮整个教室,而且利用太阳能光板去发电以满足用电需求。这样做,不光能减少能耗成本,更能让广大师生心情愉悦,压力缓解,注意力集中,从而提高阅读与数学的测试成绩,并让孩子们从小就培养节约意识与环保意识,获益多多。

肥东一中新校区每年水电消耗数量惊人,节约用电,节约用水,广大师生都可以有所作为。从日常生活的点点滴滴做起,长期坚持,积少成多,聚沙成塔。

在无数个晴天丽日,让我们的教室享受到更多阳光的抚慰,让充实紧张的校园生活拥有更多的欢声笑语,让每一个青春的生命都能够沐浴着四时的阳光并健康快乐地成长。

享受自由

随着时代的发展、经济的增长、科技的进步,每个中国人的生活都发生了许多质的变化。我们拥有了更多的选择,更多的自由,更多的舒适与更高的生活品质。

遥忆20世纪六七十年代,农村实行生产队制度,集体的力量没有显示出来,人们的劳动积极性却受到抑制。虽长年忙碌,仍然是食不果腹,穿着朴素无华,式样单一。许多人常去的地方就是离家四五里路的街上,要去县城或省城都是在做一件大事,得起得很早,步行去赶趟数不多的公交车。有的还带上干粮,中午草草应付一下。毕竟手头都不宽裕,能省钱的地方绝不多花一分钱。住的多为土坯茅草屋。茅草经风吹日晒,下雨天容易漏雨,几年后便要翻新屋顶。屋内陈设极其简陋,堂屋内一张方桌、四条板凳,那是逢年过节与来客人时吃饭的地方,平常吃饭是端着碗站着或坐在小凳上。主卧室内一张床,一个半截立柜,两只箱子,一张条桌。次卧室内没有一张像样的床铺,就随便用竹笆、粮柜支撑起一张床铺。劳作之余,听听收音机便是一种高级享受。人们日出而作,日落而息,虽然单调无趣,但只能默默承受。家里有事要告诉亲戚朋友,远点写信或发电报、近处就要走到他们住处传话,效率是非常低下的。

现如今,人们的生活与昔日真有云泥之别,时代赋予了我们太多的自由与舒适。

温饱早不成问题的今天,人们更关注的是吃得营养与健康。想尝遍天下美食,可到超市,可上网。人们食不厌精,脍不厌细,如果厌烦了自家的厨艺,或遇到重大日子,可以到饭馆去品味大厨烧制的美味佳肴。

伴着四季风景的变化,不同式样、不同色泽的服装会在乡村的房前屋后与城镇的街头巷尾出现,与自然界的景物相映成趣,相得益彰,让这个世界变得如此斑斓多彩。

私家车的数量在急剧增加,过去极其罕见的轿车变得稀松平常,真是"昔日王谢堂前燕,飞入寻常百姓家"。小汽车让人们出行变得非常方便,任何陌生的地方,手机上的高德地图都可以提供导航。

没有私家车也不碍事,公交车已延伸到城市和乡村的每个角落,且车费低。到市里怕堵车,想快点,城市地铁是个很好的选择。进入地铁站,里面庞大的工程让你惊叹人类改造世界的伟力;坐上地铁,风驰电掣的速度让你触摸到时代跳动的脉搏。如果公交车与地铁都不方便,打车软件让出租车、顺风车或豪华专车很快来到你的身旁,让你获得一种主人般的礼遇。要出远门,飞机、高铁任你选,即使目的地在千里之外,几个小时后你也可以来到你向往的地方。

乡村绿丛中一幢幢如乡间别墅般的洋房在阳光下闪烁着夺目的光亮,那些是农民用自己辛苦挣得的收入请工匠们精心打造而成。村村通的乡村公路让他们驱车去街上、县城或省城购物、办事、打工变得非常便捷。更多从乡村走出去的人定居在城镇,商品房造型合理,面积适宜,功能齐全。住房内空调、冰箱、电视机、洗衣机等家用电器一应俱全,住起来非常舒适。小区环境优美,林荫花丛遍布,道路洁净如洗。

住在自己家里,可读书,可听手机音乐,可通过电视、电脑追逐自己中意的电影与电视剧,虽生活空间有限,可每一个人都可以通过书籍、手机、电视、网络让自己心灵空间得到无限拓展,并获得巨大的精神愉悦。

手机的广泛使用,让人与人之间的联系可在瞬间完成,不光能通话,而且能视频,中国古代神话中的千里眼和顺风耳的本领为每一个普通的人所拥有,人与人沟通变得频繁而通畅。

革命导师马克思在他的辩证唯物主义与历史唯物主义原理中提出人

类社会要从必然王国走向自由王国,人类将摆脱各种客观条件的束缚,在掌握社会发展规律的基础上,尊重规律,加速人类社会的发展,让每一个生活在这个社会中的人在最大限度上获得自己生活的自由,达到自我的充分发展,并且享受着社会发展与自我发展带给自己的舒适、自由与快乐。

　　生活在当今中国,难道我们不正越来越强烈地感受到这份舒适、自由与快乐吗?

拯救灵魂

当代著名作家余华在他的小说《兄弟》后记中写道:"一个西方人活四百年才能经历这样两个天壤之别的年代,一个中国人只需四十年就经历了。四百年的动荡万变浓缩在四十年之中,这是弥足珍贵的经历。"

今天,我们面对的是物质极其丰富的时代,丰富程度远超我们的预期。衣食住行等物质生活发生了质的飞跃,书籍、电视、电脑及手机使我们获取精神享受的途径丰富多样。网络的普及让我们的生活变得异常方便快捷,现代生活也是高度的虚拟化,金融、交际、购物、娱乐,许多都可以在网络上完成,网络世界已经是我们生活中必不可少的构成要素。

应对生活中日新月异的种种变化与越来越快的节奏,我们的心灵不堪重负,而我们的灵魂却变得越来越轻,成了在城市高楼间飘荡的轻雾,无法找到它皈依的理想场地,我们常陷于焦灼、虚无、伤感与无所适从中。

为了拯救自己的灵魂,我们该向何处去?为了安抚自己的灵魂,我们又应借助何种力量?

让自己氤氲在书香之中。在一个特定的历史时期,许多优秀的书被禁锢,被毁灭。像跋涉于沙漠中的人渴望绿洲中甘醇的泉水一般,那些渴求知识的人渴望得到书籍去阅读、去欣赏,可现实总是让人失望,一本好书真是太难得到了。

当今,书籍汗牛充栋,可人们读书更多是为了升学与升职,为了自己实用主义的需求。这样的一种社会现象越发稀缺——为了丰盈自己的内心世界、提升知识见解与陶冶道德情操,人们进行非功利性的阅读,包括各种微刊中优秀文学作品的阅读。在享受阅读的过程中,他们常常不自觉地陷入思考,心领神会之间增长了自己的见识。

现在,手机占据了人们大把时间,各种浏览器上的文章与视频让人们对国内外发生的大事能够随时了解。可种种视觉与听觉的瞬间刺激,以及层出不穷的各抒己见的良莠不齐的文章,容易停留在相对浅薄破碎的层面上。在急于求成的社会氛围中,已经出现了一批万事遍、万事晓、不查核、不分辨、不概括、不回溯、无推敲斟酌、绝无任何解析能力,更无创意的平面信息能人。

让我们拿起书本吧,与智者对话,上下五千年,纵横几万里,书本可以给我们带来丰富的知识、阅读的乐趣、思考的力量,并让我们的灵魂获得一块芳草葳蕤的理想的栖息地。

让自己回归到大自然的怀抱之中。生命来自海洋,生命成长于自然,大自然与人的生命是休戚相关的。大自然有山川河流,人体有骨骼血脉;大自然有春夏秋冬,人类有喜怒哀乐;大自然由金、木、水、火、土构成,人类对外面世界的感知要靠眼、耳、鼻、舌、身;大自然亘古永恒,人类生命源远流长。

到大自然的怀抱中去吧,感受山川的挺拔巍峨、高原的气势磅礴、平原的一望无垠、河流的奔腾不息、湖泊的碧波荡漾与大海的波澜壮阔。纵使是身旁朝夕相处的田野,也散发着让你倍感亲切的庄稼与泥土的气息。

经常到原野中去,沐浴着自然的光辉,敏锐的生命直觉会慢慢苏醒——当大雁飞过我们的头顶时,当细雨窸窸飘在眼际时,当瀑布的哗哗之声从山谷远远传来时,当山毛榉一夜枯黄下去时,当秋虫止声于霜露时,当金盏花诉说着凋谢时,当雏斑鸠第一次飞出鸟巢时,所有这些大自然的美妙时刻,都会让我们的心中慢慢涌起原始情愫的白色浪花,并且由衷地发出生命多么可贵的感慨。

在我们成长的过程中,小学、中学,甚至大学的同学见证了我们生命的过往,我们曾在同一地平线上同悲同喜。现在,虽然我们处境不同,社会地位不同,岁月也冲淡了我们对往昔的记忆,可同学的情谊仍在。一旦聚到一起,我们会抛却许多外在差异,在同学这一焦点上让彼此的感情一次次涂抹上阳光般温暖的颜色。

如果继续严格推行计划生育政策,我们自儿时就耳熟能详的称呼,像舅舅、舅妈、姑父、姑妈、姨父、姨妈将会像不断消失的村庄一样逐渐在我们日常生活中销声匿迹。

追寻这些亲切的称呼,我们可以见到那一张张布满皱纹的面孔,在一起倾谈,往事会像汩汩溢出的泉水在心间冒出,生命的记忆会回到往昔那些让人无比怀念的旧时光,那时虽缺吃少穿,可人与人之间相互关怀,相互帮助。

偶尔在乡间小路上穿行,看到在门槛处、菜地里或田地中的老人,虽阅尽岁月沧桑,但仍步履从容稳健。他们守着浸透他们汗水的土地,故土难离,不愿到城里子女家中生活。他们习惯于守望着门前老椿树枝头上的寒月与鸟巢,在寒风中裹紧他们的棉袄,咀嚼着往昔岁月的酸甜苦辣,期待着春的到来,椿树长出新芽,鸟巢中的幼鸟再次嗷嗷待哺。

友情、亲情与乡情,永远是滋润我们生命的心灵鸡汤,在你烦恼与忧郁时,它们永远能给你带来无限的心灵慰藉。

人们喜欢在春日听鸟鸣,在夏日听蝉唱,在秋日听虫吟,在冬日听雪响。春日的鸟声是清脆的,会拨动许多人心中那根温暖的琴弦。夏日的蝉唱是激越的,会触发许多人的内心激情。秋日的虫吟是从容而淡定的,一唱三叹,张弛有度,不紧不慢,韵味十足。冬日落雪的响声是清远的,会让人的心绪轻轻摇曳。

超越大自然天籁的便是人间美妙的音乐。当你停下奔波的脚步,在家里沙发上停泊你疲惫的身躯时,你可以通过电视机或录音机或手机的音乐应用软件,聆听一首首散发出往昔生活气息的老歌,也可以是一支钢琴曲或小提琴曲,你的身心会完全放松下来,你的思绪会随着或喜悦或悲伤或激越或舒缓的旋律,回到你的无忧无虑的童年、朝气蓬勃的少年和昂扬奋进的青年,你回味着往昔的亲情、友情与爱情,你会觉得生活是那么美好,纵使平常的日子有时也会阴云浮动,风雨交加。

音乐是我们寄托心灵的最美好的东西,它与大自然的风声、雨声、鸟啼、虫鸣一起装饰着我们的世间,让我们在生活中永远不会感到寂寞而无趣。

在急速发展的时代,放缓行走的脚步,让我们沉浸于书香之中,走进自然怀抱,眷顾友情、亲情、乡情,并让音乐始终伴随着我们,这样就会让我们的身体等到我们漂泊的灵魂,我们才有机会去拯救我们的灵魂。

手机啊，手机

6月是中学的考试季，高考、中考和高中学业水平考试接踵而至。考试是学生最紧张的时候，可对于一个老师来说，他感到最无聊的时候应当是监考的日子。待在教室前面，面对三十个一人一个座位奋笔疾书的学生，老师目光巡睃着，严防着他们任何作弊的行为。其实，学生已将随身携带的书籍放在外面的桌子上，金属探测仪杜绝了他们把手机带入考场的可能，还有电子屏蔽仪将可能漏网的手机信号挡在外面，种种防范措施让学生作弊的概率几乎降到零，这样一来，老师的监考压力自然小得多。

学校明确规定：监考时不准玩手机，不准看书报，不准聊天，不准看外面的蓝天白云与飞翔的小鸟。无聊至极，时间是那么难熬，时钟的脚步似乎变得异常沉重而缓慢。

百无聊赖的时候，我常想，如果我获得自由支配的时间，我一定让每时每刻都过得非常有价值，非常有意义。我可以读有品位的书，欣赏好看的影视节目，去有着旖旎风光与历史积淀的地方游历，拿起笔来记录下对生活的观察与感悟。

可真有了大把自由支配的时间，消耗在手机上的时光不知不觉又是非常多，情不自禁，难以约束。

在没有手机与其他电子产品干扰的时代，我可以静下心来读三四个小时的书，只是偶尔到外面去看看远处的风景，心静如水，全神贯注，读书效率自然也是非常高。可现在，读书的过程常常被浏览手机内容所打断。有时，我真是怀念那些少有干扰、思想单纯的年代。

手机上铺天盖地的信息吸引着我的注意力,来自"百度"与"今日头条"上的文字与视频总让我满怀好奇地拿起手机,一旦手机在握,时间就飞逝得令我全然不知。可过后我又感到后悔,泥沙俱下的信息有多少是真实而有价值的呢?

科学表明:如果午睡前或者晚上入睡前使用手机,屏幕发出的幽幽蓝光会影响褪黑激素的分泌,让人久久难以入睡;纵使睡着了,也很难进入深度睡眠状态。所以说,过分依赖手机会严重影响一个人睡眠的时间和质量,那样他在白天与夜晚都会受到过度使用手机的困扰。

微信成了人们最重要的社交平台,群聊与朋友圈,新的信息源源不断,时时更新。每个人都可以成为信息的发布者,每个人都出于一种善意要与他人分享着自己生活的情景和自己满意的文章与视频,可这往往让接受者感到应接不暇,心生倦怠。

手机最初的功能是通话与发送信息,可现在手机已是无所不能。手机可以用来听音乐,看影视剧,获取各种信息。下载不同手机应用软件,可以订快餐、订宾馆、订车票、机票,还能帮你打车、理财、购物、交朋友、预约挂号、看直播。啊,生活让人们须臾难以离开手机,它像你忠实的仆人,更像主宰你生活的神通广大的主人。

从某个角度来说,人类已成了手机的囚徒,因为手机在给予你许多自由的同时,也剥夺了你的自由安排生活的时间。冲破手机牢笼,做自己生活的主人,应该成为现代人内心的最强烈的诉求。

第四辑　艺术长廊

YISHU CHANGLANG

小姨的命运
——散文《一个非主流文艺女性的大半生》读后感

捧读散文《一个非主流文艺女性的大半生》，小姨坎坷多艰的人生命运让我唏嘘不已。

由于外婆的宠爱，养尊处优的小姨倍有文艺范儿。一部袖珍收音机可收听自己喜欢的节目，美文、广播剧、流行歌曲不绝于耳。书柜里排列着许多中外文学名著，一卷在手常让她废寝忘食，并与书中人物同喜同悲。受电视剧《红楼梦》影响，小姨凑齐金陵十二钗的画报，张贴在卧室里的墙壁上，每天与她们会面，并在心中与她们对话。放在小匣子里的闹钟提醒着她掌握每天的时间，读书、上学、散步、休息，生活规律而有条理。一辆二六款的女式自行车，骑着它每每从街头飘然而过，又引来多少人的注目与羡慕。

高中时期，青春绽放的小姨对未来怀有许多梦想：考上大学，做城市人等。为了这个梦想她在高中居然读了六年，最后仍以几分之差未能实现身份的转变。当她的房间里传来撕心裂肺的痛哭声以及东西被砸碎的声音时，我们知道她心中是多么绝望，她以一种近乎惨烈的方式向自己高中的读书生涯彻底告别！

20世纪80年代的高考竞争是异常激烈的。人们更多关注的是挤过独木桥的成功者脸上的欢笑，而忽略了更多落榜者寂寞无奈的身影。当时，那些落榜生的选择并不多，到城市里去打工成了他们的首选。小姨告别家乡的小镇，来到了省城，大学毕业在省城事业单位上班的大表哥只能为她提供一些边缘性的工作，像做打字员或当服务员。小姨虽在家里娇生惯养,出来工作却很能吃苦,曾在公司的办公室打地铺,度过一个个寂寞难耐的漫漫长夜。她的吃苦耐劳与诚实守信的工作精神赢得了别人对她的好感,有的甚至成为她的朋友,在她人生倍感失落时给了她许多安慰。

在城市打工期间,小姨曾到大学里听过文学课。漫步于菁菁校园,呼吸着新鲜而浪漫的气息,看到那些命运的宠儿,她真是艳羡极了。回到家中,小姨曾向自己的侄女描述大学校园美好的样子,鼓励她好好学习,将来考入大学。

小姨还学习了缝纫与烹饪技术,期待自己将来也靠手艺生存,至少对以后的家庭生活会有帮助。

小姨也想到南方改革开放的前沿地带去打拼,可受到外婆的极力阻挠。一个女孩子离家那么远,父母怎么能放心?如果当初外婆同意她去南方,凭她的认真与执着,也许真的会在职场上有所作为,会闯出一番属于自己的天地。

为了拴住她的心,在亲友的极力撮合下,小姨与当中学老师的小姨父结合了。相爱的他们婚后生活是幸福而甜美的,人们常看见他俩在夕阳下散步。住房虽简陋但布置得整洁而温馨:布艺沙发,葱绿植物,还有彩电与流行的音响设备,继续彰显她的文艺范儿。然而,几年后小姨父突然患上重病,十二年的治疗不光掏空了全部家底,也让小姨心力交瘁,疲惫不堪。小姨父最终撒手人间,留下她一人形单影孤地在世间。这时,深爱她的外婆也以九十岁高龄离她而去,小姨虽悲痛万分,可没有倒下。她经营一家文具店,卖个性化文具,卖时尚的青春杂志,也卖好看的明星贴纸。而那些前来商店的女孩子,每一个都有明媚动人的脸庞,她们飞扬的青春常让小姨想到年轻时的自己。

虽在求学、求职与婚姻上都遭遇许多的坎坷,可小姨并没有泯灭她对生活的热情。在接二连三的打击面前,小姨一直都在拼尽自己的全力努力着,只是似乎怎么都逃脱不了人生的低谷。真实的生活中往往并不是低谷之后的绝地反弹,反而是一而再再而三的低谷,然而也因此,生活中的惊涛骇浪或者生离死别,终究只能归于沉寂。小姨在磨平了包括文艺范儿在内的各种棱角和锋芒后,以质朴卑微的方式挣扎在平凡庸常的人生里,凭借这个,她将一直挣扎下去。

  在这个纷繁复杂的人世间,成功者身上炫目的光环会引人注目,他们的奋斗历程与人生经验受到人们推崇。可许多的人生失意者,在他们一次次遭遇人生的不幸而黯然神伤时,人们往往只会向他们投去同情的目光。其实,他们的人生命运与人生悲剧更值得我们去思考:为什么他们那么努力,人生却接二连三地遭到重创?人生的天宇有时只出现一丝阳光,为何转眼间又是愁云惨淡?

  高考制度是公平合理的,可当时太低的录取率与薄弱的农村乡镇中学教学质量让更多的来自基层的年轻人梦碎考场。改革开放初期,升学无望的年轻人由于没有一技之长,无论在乡镇还是在城市,适合他们发展的机会并不多。靠勤奋,靠外出打工,靠后来学得的手艺可以在社会上挣得一份收入,但那些简单重复的劳动也迅速消耗他们的青春。年轻女孩的婚姻更是生命的第二次投胎,一个忠诚能干的爱人可保证她们的终身的幸福,可猝不及防的家庭变故又往往让她们的人生再次步入艰难。

  小姨的命运值得人们的同情,可相信她绝不接受人们的怜悯,她虽卑微却自尊地活出自己的人生。

无爱婚姻之痛
——中篇小说《给你一颗杏》读后感

建立在爱情基础上的婚姻是幸福和道德的；或者先结婚后恋爱，婚姻也可以逐步走向美满，毕竟朝夕相处中相濡以沫，感情是可以培养的。可有一种婚姻，婚前缺少感情基础，婚后又不能相互欣赏，他们的婚姻肯定是不幸的。

那么这种不幸的婚姻会给夫妻双方以及他们的孩子带来一种怎样的伤害呢？2021年第2期《安徽文学》上何荣芳的中篇小说《给你一颗杏》，会让你入木三分地感受到一种无爱婚姻之痛。

朱松键是河西湾村办中学的老师，出身于没落的书香门第，对读书的酷爱让他成为村里公认的有学问的才子，可不善交际加上微薄的民师收入让他迟迟未能结婚。没有上过学的邻村村姑侯兰珍偏偏看上了他，托媒婆去说合，心高气傲的朱松键一口拒绝了她。她不光相貌平平，还没有文化。也许在他心中，理想的姑娘应当从文学作品中款款走来，仪态端庄，贤淑漂亮。

但朱母不答应了，她声色俱厉地数落儿子："你好不容易遇到一块肉，还挑肥拣瘦。村里同龄的小六子都要做老子了，你还是庙前的旗杆——光棍儿一条，女孩看中了你，知足吧。"

无奈之中，朱松键只有向现实屈服，娶了侯兰珍。侯兰珍虽然大字不识一个，可她是个做田的好手，家务活也干得麻利。随着两个女儿来到人间，贫困与劳碌剥夺了侯兰珍身上那一点点的美好。在朱松键眼中，她变得泼悍而不知羞耻，经常大声粗俗地骂孩子，在参加人家宴席时无所顾忌地放屁,与朱母的关系也因一些利益之争而变得形同水火。

最让朱松键感到恼火的是她的目光短浅,缺乏起码的远见。朱松键想考师范进修,好由民办教师转变为公办教师,那样就可以大幅度地增加家里收入。可侯兰珍死活不愿意,她在心中这样寻思:丈夫两年脱产进修,不拿工资,老老小小几张嘴就得等她去喂,她无法吃得消;要是考中了,丈夫成了公家人,肯定会嫌弃她没文化,说不定上学期间就会与别的女同学好上呢。于是她处心积虑地阻止朱松键看书,给他分派家里和田地上的活去做,把女儿们打得哇哇直哭,让丈夫既少时间又无心思去复习,最终果然如她所愿朱松键没有考取。而她的表哥侯康没有朱松键水平高,却最终考取师范,毕业后用新增、新补的工资加上积蓄盖了三间新房。乔迁之时亲戚前去恭贺,侯兰珍那时心中才暗暗后悔不已。

两年后朱松键最终考取师范,成了吃公家饭的人。可侯兰珍为了拴住丈夫的心,在生了第三个女儿之后,自作主张去外面打工,瞒着全家人偷生了一个白白胖胖的儿子。当她像个功臣似的凯旋时,没想到儿子的问世带给他们的是巨额罚款,当地教育局下文撤销了朱松键的公办教师资格,刚刚提上去的工资又掉到代课教师水平。朱松键心中的沮丧无以复加,他只能仰望长天,后悔当初娶了侯兰珍。

纵使如此,朱松键也没有提出与她离婚,而是与她一起含辛茹苦地拉扯四个未成年的孩子。辛劳之余,朱松键想通过写作来改变自己的命运,他继续着他师范时期就开始的长篇小说《遗憾的青春岁月》的创作,投入而专注。

一个星期天,朱松键完全沉浸在自己的艺术创作中,忘了及时到田里与妻子栽油菜、浇油菜一事。怒火中烧的侯兰珍气冲冲地赶到家,趁他暂时不在,在门前的杏树下划着火柴,点燃厚厚的书稿。那些凝结丈夫无数心血、写满文字的稿纸在火光中痛苦地痉挛着,嘶嘶地挣扎着,最后化为一团轻飘飘的黑灰,随风飘得很远。

朱松键看到寄托他无限希望的手稿化为灰烬时,他的心碎了。他立刻搬到学校去住,坚决要与侯兰珍离婚。侯兰珍也觉得毁掉丈夫心爱之物,自己做得过分了,给丈夫赔不是,可她仍然无法唤回他的归来。最后,已是学校校长的侯康苦口婆心地劝他,说到侯兰珍平常带着四个孩子,忙里忙外,的确非常不易。动了恻隐之心的朱松键才回到家里,可对妻子仍然是冷若冰霜,形同路人。

朱松键四十二岁时,教育部门有了新的政策:所有民办教师以及有了一定年限的代课老师都可以转正,历经周折的朱松键终于成了公办教师,家庭生活有了一些起色。

朱松键的师范同学成了市文联主办的期刊《桑梓故事》的主编,在他的鼓励与提携下,朱松键开始了民间故事的收集与编写工作,经他加工与整理的民间故事,不仅在这份刊物上发表了许多,在省内外知名报刊上也屡屡露面。不久,四十五岁的朱松键因为写作上的知名度被县一中抽调,来到离家四十多里地的县城当老师,和妻子侯兰珍拉开了空间距离。

在县一中,朱松键遇到了沙丽叶老师,她漂亮、精致,言谈举止不俗。由于做公务员的丈夫的多疑、猜忌甚至家暴,她忍无可忍,毅然选择离婚,净身出户,长期租房住在学校附近。

在与沙丽叶的相处中,他们彼此有那么多共同语言,非常欣赏对方,有一种相见恨晚的感觉,感情迅速升温。可这时,侯兰珍找到了学校,苦苦哀求他常回去看看她与孩子。可此时的朱松键对一副乡下粗俗女人模样的妻子是那么心存厌恶,也全然忘了对孩子们的责任,沉湎于自己的恋爱中难以自拔。这次,他没有丝毫动摇,坚决到法院起诉与妻子离婚。

侯兰珍再次到学校,在办公室见到丈夫与沙丽叶在一起谈论班级的事情,她不问青红皂白,一方面臭骂丈夫,一方面与沙丽叶撕扯在一起,并且闹到校长室,要校长出面干预。校长见到骄横跋扈的侯兰珍,情感的天平也不禁偏向了朱松键。他俩差距太大,根本不适宜生活在一起,怎么在一起生活了这么多年?

侯兰珍又找到办理离婚的法官,向他大倒苦水,恳求他不要偏袒见异思迁、忘恩负义的丈夫。可朱松键心意已决,甚至放假了都不回家,与沙丽叶到风景胜地游览,两人沐浴着晚来的爱的春光,缠绵悱恻,难舍难分。

在表哥侯康夫妇的授意下,侯兰珍要到法院状告朱松键与沙丽叶非法通奸。为了心爱的女人不再承受名誉上的毁损,也为了自己能更好地立足一中,朱松键放弃了离婚起诉,继续维持着与侯兰珍僵尸般的婚姻,直到退休后回乡下居住。当然,他的心中永远装着心爱的沙丽叶,他永远也不可能爱上侯兰珍。

面对孩子,朱松键很自责。他的精力都花在顾影自怜与离婚较量中,对儿女没有尽到一个做父亲的责任。孩子们只念到初中或小学毕业,帮妈妈种田,成年了就匆匆出去打工,勉强维持着自己的生计,有的结婚了,婚姻也只是凑合。

岁月如梭,七十岁的朱松键背驼了,发白了,牙也脱落了,脸上皱纹累累,似乎在诉说着感情上的不如意。他生活中没有支点,靠那个没有爱情的婚姻维持着苍白无趣的人生,什么也不想,一天天木然地走向生命的终结。

正如革命导师恩格斯所说:"痛苦中最高尚的最强烈的和最个人的——乃爱情的痛苦。"这种痛苦,可以阻碍一个人事业的发展,可以使他或她失去追求真爱的机会,可以降低他们生活的品质,可以使身在婚姻困局中的人身心俱疲、憔悴不堪,甚至会使下一代背负心灵的伤痛,让下一代的人生跟着黯然失色。

卑微者的证明
——电影《绿皮书》观感

电影《绿皮书》常常向我们展示这样一幅开阔而凝重的画面——在美国南方一望无际的原野上,一辆天蓝色的轿车在平坦的马路上疾驰。车内,白人司机托尼正悠闲地开着车;后面坐着他的主人——著名黑人钢琴家雪,他时常陷入沉思之中。看着车窗外熟悉的土地,曾经流淌着他的先辈们泪水与汗水的土地,雪的心情难以平静。他的祖先曾经在大西洋彼岸的非洲的故土享受着辛勤而无忧的生活,突然有一天,几个白人捕获了他们,然后将他们押上黑暗沉闷的轮船的底舱。经历海洋上无数个白天与夜晚的生死煎熬,他们最终来到美洲这片陌生而神奇的土地上,被白人像牛马一样地役使,每天超负荷地劳作,种植棉花,种植粮食,繁衍后代,并且让后代成为这片土地上新的劳工。他们看不到希望,看不到未来,没有起码的做人的尊严。往事不堪回首,每每想起,音乐家雪总不禁泪水涟涟。

南北战争后,美国废除了黑奴制度,黑人一定程度上获得了人身自由。他们可以在土地上耕种,也可以到城市工厂里打工,子女有学可上,对未来也有了许多寄托。钢琴家雪的妈妈发现儿子有音乐天赋,在他很小的时候,就教他弹钢琴,并且带他到教堂里为那些信仰上帝的虔诚的人演奏或伴奏。雪自幼就有了很强的表现欲,在任何场合下表演都显得从容自如。有一次,他的精彩的演奏赢得一名富翁的赏识,资助他到苏联的列宁格勒音乐学院深造。在音乐学院,雪有机会熟悉欧洲许多古典主义音乐家的钢琴曲,表演技艺大有长进。回到美国,由于不允许黑人演奏经典名曲,他将古典音乐与流行音乐有机结合,创造了独树一帜的音乐风格,并让他的音乐风靡全国,许多城市纷纷邀请他去演奏。尽管北方城市给予他更优厚的报酬,雪还是选择南方城市,那里种族歧视仍然根深蒂固,他要用自己出色的才华证明他的优秀与高贵,去嘲讽白人的傲慢与偏见。

　　废除黑奴制虽已跨越一个世纪,可在美国这片辽阔的土地上,种族偏见依然无处不在,即使在音乐上取得显赫名声的音乐家雪也遭遇许多不公平的对待。到每个城市巡演,只能住在《绿皮书》上规定可以入住的旅店里。那些富裕的白人贵族淑女从各处赶来欣赏他精彩的演奏,每每演奏一曲完毕,他们都报以热烈的掌声,雪也向他们展示出灿烂的招牌式笑脸,可音乐家不能和白人在一个餐厅里就餐。商店里那些名贵的品牌服饰不能卖给黑人。到酒吧里喝酒,也遭到了白人的围攻,因为要这个黑人艺术家为他们做杂活而遭到他的拒绝。警察对黑人也怀有深深的敌意,因雪与一白人小伙有同性恋倾向而被关进局里,可同性恋在美国是合法的。多亏托尼及时赶到,并给警察们施以贿赂,雪才得以脱身。风雪夜,路遇一个交警,因托尼为黑人服务,警官嘲笑他为半个黑鬼。托尼袭击了他,两人被关进警局。这时雪找了一个当权者,当权者痛骂了这些警官,他们才重获自由。20世纪60年代,在美国社会,黑人仍被看作劣等民族,是不受白人尊重的。

　　可在钢琴家雪身上,我们看到一个黑人的许多闪光的品质。他关心替他打工的司机托尼,可对他临时起意的偷窃行为无法容忍。他是个环保主义者,对随意扔在马路上的饮料盒也不放过,主动要求开车回去捡起它。托尼给妻子写信,雪告诉他不要写流水账,努力表达内心的思念,注意遣词造句。他甚至抒情般地叙述,只让托尼认真记录,一封封辞藻优美的书信便让托尼的妻子芳心大悦,周围的姐妹们也是对她羡慕不已。当托尼风雪夜开车极度疲惫时,雪毅然放弃主人身份,让他在后面的座位上躺着休息,自己亲自驾车将他送到他的家。那里亲朋好友正在举行圣诞聚餐,爱妻与孩子正在期盼托尼的归来。后来,雪走出自己冷清的家,带着一瓶红酒,加入底层白人的聚会,并受到他们热烈的欢迎。沿途,当看到那些在田地里辛勤劳作的黑人同胞时,雪让托尼把车停下来,下了车,缓缓地走向路边,向他们投去关注的目光。黑人农民们聚拢到一起,看着他、他的车和他雇的白人司机,艳羡着他的成功,可雪的心中却充满着对他们的同情与怜悯。圣诞前夕,在一个大城市,达官贵人们云集大剧院,准备聆听雪的演奏。雪因被拒绝在剧院餐厅里用餐而愤然离开,不愿再为白人演奏。雪来到黑人聚集的酒吧,为他们即兴表演拿手的钢琴曲,引得人们欢呼雀跃、手舞足蹈,酒吧欢庆的氛围瞬间达到高潮。

　　钢琴家雪用他的南方音乐之旅,向世人证明,黑人尽管与白人有着不同的肤色,可他们也拥有尊严、才情与智慧,他们的优秀品质,他们的善解人意,他们的勇敢执着,同样让人感动不已,让人心生敬意。

领悟自然之道
——电影《小树的故事》观感

美国历史上,白人驱逐印第安人,制造了一段残忍的血泪史。无数印第安人被迫离开他们世代居住的肥沃膏腴的土地,来到荒无人烟的深山老林中,环境是如此恶劣,适应是如此艰难。可印第安人凭着他们顽强的生存意志,凭着他们对自然之道的领悟,在许多保留地上生活着、繁衍着。

流行于20世纪三四十年代的加拿大电影《小树的故事》,从一个孩子的视角,向我们展示了印第安人在大自然怀抱里的生活状况与生存法则,在给我们以美的享受的同时,引发我们对人生久久的思考。

小树被父母送到爷爷奶奶家,那是在山中树丛间的一个小木屋。孙子的到来给步入老境的爷爷奶奶带来无限的快乐与安慰。他们第二天早晨带他去山顶上,看太阳刚刚升起时大地被唤醒的样子。山上的雾岚逐渐散去,树林与草丛再次展现它们葳蕤蓬勃的生机。鸟儿啁啾飞翔,山鸡鸣叫声嘹亮,小动物时隐时现,兴奋地觅食与奔跑。突然,一只隼飞快地捕杀了一只落单的孤鸟,奶奶告诉他隼的猎杀可避免那只飞得慢的鸟繁衍出一群笨鸟。

爷爷决定教小树一些将来用得着的技艺,比如酿造威士忌。小树兴趣盎然,不停地问东问西。一次,为了躲避稽查队员,小树极力奔跑与隐藏,可装在袋子里的酒糟罐子保存完好,一个也没有损坏。爷爷很满意,称赞他长大了会成为一个优秀的酿酒师,小树也是一脸骄傲。

奶奶给他缝制了一双鹿皮鞋,漂亮、暖和,也很合脚,就像长在脚上一样。奶奶还尽力教他识字与知识,小树对书上的知识也好奇不已。

爷爷奶奶带小树去见柳树叔叔,柳树叔叔严肃地给他述说了他们祖先诺基族被白人一步步驱逐与剥夺生存权利的悲惨故事,小树听得似懂非懂。临走时,柳树叔叔送给他一把小刀,小树喜欢极了。

爷爷奶奶带小树去基督教堂,小树遇到了一个白人小女孩。女孩对他的鹿皮鞋羡慕不已,可她觉得自己的手比他白得多。小树不屑地说,她的手有多脏。可小女孩并不生气。小树上学时特意去看她,并把那双鹿皮鞋送给她,女孩很高兴,可女孩的爸爸不让她接受。白人心中,对印第安人是深深排斥的。

在教堂外,小树遇到一头小牛,他很想买下它,可身边只有五十美分,怎么能买得起呢?可牛主人说,他是一个虔诚的基督教徒,有一颗博爱之心,如果小树真的喜欢,他可以以零点五美元的价格卖给他。可后来小牛很快倒地而毙。爷爷用刀划开牛的表皮,断定牛患了肝病,肉也不能吃,并告诉小树,他被那个冠冕堂皇、言之凿凿的人欺骗了。

爷爷还带小树到河边学习捉鱼的本领。只见身手敏捷的爷爷赤手空拳就从水里捉到一条大鱼,并说中午有美味可吃了。小树对爷爷真是钦佩不已。

有一次,小树和爷爷一道外出,面前草丛中突然出现一条响尾蛇,它正虎视眈眈地看着小树,似乎随时会向他发起进攻,小树吓坏了。爷爷立刻冲了过来,迅速把小树拉到身后,弯腰捉住响尾蛇的尾巴,扬手把它向远方甩去。可在这个过程中爷爷还是被蛇咬了一口,剧毒让爷爷手腕处肿胀起来。大惊失色的小树匆匆跑回木屋叫来了奶奶。奶奶在爷爷的伤口上敷上一些被捣碎的植物的茎叶,神志不清的爷爷次日早晨就恢复如初。一切在小树眼中都显得太神奇了。

爷爷盼咐孙子到树林中找寻自己的秘密基地,并说许多人生活中都有这样一个极其神秘的地方,他们常常去那里看望。小树也去寻找自己的秘密基地,可在找寻的过程中遭遇政府派来稽查私下酿酒的官员。小树飞快地赶回去汇报,但还是被稽查人员发现,多亏狗儿蓝小子主动出击他才得以脱身。

在大自然的怀抱中,小树生活得无忧无虑,每天都很快乐开心,不知不觉中也学到许多知识。可小树的父母看到儿子像个野孩子一样,头发长长的,皮肤黝黑,认为小树的爷爷奶奶没有尽到监管的责任,他们要带回孩子,送他到正规的学校里上学。虽万般不舍,小树还是离开了这片他极其留恋的土地。

剪去头发,穿上统一的校服,一切都显得循规蹈矩,可小树心中是那么郁郁寡欢。一次生物课上,小树说动物在交配,他便受到老师的责罚,被关到一间小屋里思过。夜晚,看着窗外闪烁的星星,特别是那颗奶奶教他认的天狗星,小树想起那片山丘、山丘上郁郁葱葱的树林、树林中爷爷奶奶的温暖的小屋,他多么渴望回到他们的身边。

似乎是心灵感应,第二天爷爷便来到学校铁门外,小树隔着铁栅栏向爷爷说出自己的心声,爷爷使用一招便打开铁门上的锁。小树随爷爷回到了那片亲切的印第安人的栖息地,似小鸟脱离牢笼,欢笑着,脱了鞋赤着脚与泥土来一次亲密的接触。

再一次登到高处观日,爷爷不慎摔下高坡,再也没有好起来。爷爷最终永远离开了小树,人们把他的灵柩抬到他的秘密基地,也就是那座可以看到太阳升起的山丘的最高处。不久,悲伤中的奶奶也随爷爷而去,临终前她的眼中没有丝毫悲戚与恐惧,能与爷爷在来世相聚,她的眼中似乎有着某种期待。

小树将再次离开这个带给他童年许多快乐时光的地方,目光纯洁,心地善良,也懂得了许多自然生存之道。

一个人只有脚踏实地,反复实践,才能学到真本事,像爷爷的酿酒与捕鱼,技术精湛来自千锤百炼,用心揣摩。

一个人只有亲身体验这件事情,才会印象深刻。一个儿童,一个少年,一个青年,在成长的过程中难免犯这样那样的错误,犯错与纠错,那种揪心的体验是刻骨铭心的。

这个世界,有许多说着高尚美丽言辞却做着肮脏丑恶事情的人,正如那个信誓旦旦却连小孩子的钱也要骗的基督教徒。年轻人可能会上当受骗,可经历丰富了便逐步学会明辨是非与曲直、忠诚与奸诈。

在生活的冷暖中,一个人会培养一颗感恩的心,感恩那些善待他的人。正如小树永远会记住与感激宽厚仁慈的爷爷奶奶、明智善良的柳树叔叔,以及纯净无私的山川河流。

生活中难免有生老病死。面对无法逃脱的死亡,爷爷奶奶表现得镇定与坦然。面对生活,我们要有一个藏在灵魂深处的秘密基地。当人生的苦难无法承受时,我们可以回到这个神秘的地方,寻求心灵的寄托,与它对话,与它交流,这样我们永远不会那么绝望,我们内心会获得一种力量,去直面艰难的人生。

相信领悟到这些自然之道的小树,未来的人生中纵有许多坎坷,也绝不会变得邪恶,变得平庸。

青春的魅力
——电视连续剧《最美的青春》观感

电视连续剧《最美的青春》讲述的是一群朝气蓬勃的年轻人克服千难万险改造塞罕坝的故事,剧情中一个个鲜明生动的人物告诉我们青春该如何度过。

塞罕坝,河北承德地区的一片高原荒漠地,每年只刮一场大风,从正月初一刮到大年三十。当沙尘暴来袭时,天昏地暗,阴森恐怖。在这样一个严重缺水的高寒地区要种出树林,真比登天还难。为了有效遏制威胁首都的沙尘暴,在政府的号召与组织下,作为先遣队的一批热血青年,刚离开大学与中专校门,就奔赴这片苦寒之地。之后更多的青年来到这儿建设林场。他们科学育苗,机械化种植,精心管理林地,逐步地在这块贫瘠荒凉的土地上种出片片树林,并形成巨大的苍苍莽莽的林海,让塞罕坝重新变成美丽的高岭,鸟儿在树丛里飞翔,野兽在林荫下奔跑。树林涵养了水源,丰沛洁净的地表水与地下水汇聚到一起,流向天津的滦河,滋润沿途的庄稼,极大地改善了区域的生态。塞罕坝也成为游客心驰神往的旅游目的地,吸引人们的不光有莽莽林海的旖旎风光,还有飘荡在森林间的创业者永不屈服的精魂。

青年群体中的灵魂人物——冯程,是一个烈士的后代,他的父亲曾将热血洒在塞罕坝这块厚重的土地上。作为一个学习动物学的高校老师,为了给受运动牵连的女友唐琦寻求一个避难所,他毅然辞去大学老师的工作,来到塞罕坝林场当一名普通的技术员。可女友最终忍受不了那儿恶劣的气候与生活条件,秘密潜逃,辗转去了香港,而冯程因庇护女友遭到林场保卫处的怀疑,他一气之下主动要求到高原上栽树,并立下誓言:不栽活树木,决不下坝。一个人在荒无人烟的地方生活,除了要克服物质上的巨大困难,还要面对精神上的无比孤独,陪伴他的只有那把心爱的手风琴以及对女友的无限思念。两年栽树宣告失败后,冯程又开始在高原地区自己育苗,希望这些土生土长的树苗能在这块贫瘠的土地上成活。后来,先遣队上来了,冯程不再孤军奋战。队长赵天山带领一群满怀知识与热情的年轻人在荒漠上育苗栽树,遭遇的困难却远超他们想象。他们睡地窝铺,因担心野狼出没,晚上不敢出去上厕所。冬天大雪封门无法出门,天寒地冻,许多人只有临时到食堂搭铺取暖。有人出去考察地形碰到狰狞的野狼,经历一场惊心动魄的搏斗才得以侥幸逃生。最让人印象深刻的是冬天大雪封门时,队员们的给养没有及时送到,全体人员断粮挨饿,他们把炊事员魏富贵平常收集晒干的剩饭吃完了,把少数队员身边少量的零食吃完了,开始轮流讲故事以转移对饥饿的注意力,每人都立好了遗嘱,以备不测。这时冯程外出寻找食物终于发现了林场本部前来送给养的人,人们才得以绝处逢生。

　　冯程的全光育苗创新理念让树苗的成活率提高到百分之九十以上,人们信心大增,大批林场工人拥向高原,机械化种植将树苗栽插到一片片土地上。树苗承接坝上的阳光雨露,也面对那里的冰雪风霜,一年年茁壮成长。随着岁月的流逝,片片枝繁叶茂、生机勃勃的树林在塞罕坝高原出现,年轻人用黄金岁月为美好生态的建设做出了巨大的贡献,虽备尝艰辛,可他们的生命质量都是掷地有声的。

　　青春最吸引人的不光是它以极大的热情与惊人的智慧创造了美好的生活,还有它让一个个鲜活生命体验到人间最绚丽动人的爱情。

　　当来自东北林业大学的女大学生覃雪梅来到塞罕坝时,她首先来到冯程的育苗地,拔掉一些她认为成活不了的弱苗。这让把幼苗看作命根子的冯程愤怒了,他认为不经他同意,她没有权利拔掉他辛辛苦苦培育出来的树苗,他俩之间发生了激烈的语言冲突。因为冲突,场长于正来发觉冯程长期待在坝上与世隔绝，心理上产生了一些问题，强烈要求他下坝调养。坐在颠簸的卡车上，冯程想起当初的承诺——不种活树木，绝不下坝，于是冯程从车上跳了下来。于正来要他必须向覃雪梅真诚地道歉才可留在坝上，冯程放下自尊，当面向她鞠躬致歉，二人的手紧紧地握在一起。

在坝上生活的艰难岁月中，冯程的坚毅、隐忍与自我牺牲逐渐俘获覃雪梅一颗高贵而柔情的心。被误关在育苗实验室中时，冯程将林业部寄来的英文技术资料翻译成汉语，关键处还做了许多注解。武延生，覃雪梅的同学，为追求漂亮温柔的覃雪梅，他也来到了塞罕坝。当武延生把翻译的功劳据为己有时，冯程并没有作多少辩解。武延生与覃雪梅在旷野遭遇野狼，为掩护他俩逃离，及时赶到的冯程与野狼展开殊死搏斗。要不是带着猎枪的张福林随后到来，冯程一定会毙命狼口。可恼不知耻的武延生在覃雪梅苏醒后声称是他救了她，而冯程临危胆怯，只顾自己逃命，冯程成了众人瞧不起的懦夫。纵使如此，为了成全武延生与覃雪梅的恋情，冯程仍然选择沉默。在失去外援，粮食几乎告罄，所有人都深陷绝望之中时，张福林才向大家说出狼口脱险的真相，大家都对冯程佩服不已。而这时的冯程正在冰天雪地里踏着没膝的积雪，去为众人寻找吃的东西，为众人寻找生存下去的希望。

冯程点点滴滴超出常人的举动让覃雪梅深受感动，她认为他才是真正的男子汉，坚韧、宽容、大度、深邃。有一次回母校，作为全国劳模登台发言时，覃雪梅忘了带发言稿，她即兴演讲，讲到先遣队灵魂人物冯程的许许多多不同寻常的感人事迹，赢得全场经久不息的掌声，听众是在为时代的青年楷模喝彩。此时此刻，覃雪梅才意识到冯程在她心中的位置。

冯程也敬重覃雪梅。虽然她的父亲是林业部副部长，但她绝不依靠父亲的关系为自己谋得一个舒服的职位，甚至因父母离异而误解父亲，不愿与他相认。她心甘情愿来到塞罕坝，矢志不渝地进行育苗研究，决心把自己的聪明才智献给坝上的造林事业。他俩合作进行的全光育苗实验取得重大突破,为塞罕坝种活树木奠定坚实的基础。共同的志向与抱负将二人的心紧紧联系到一起。

得知前女友唐琦已定居香港过着养尊处优的生活,冯程在心中埋葬了他俩的恋情。他们是两个走在不同人生轨道上的人,而且以后很难有交集。

武延生是一个生活的投机者,得知覃雪梅移情于冯程,他抓住唐琦给冯程的来信大做文章,说冯程是一个里通外国的特务,这让冯程失去当全国劳模的资格。而覃雪梅从武延生的箱子里拿出这封信,发现涂改的痕迹,真相大白让冯程免于公安的追究,并让人们识破武延生的丑恶嘴脸,他立刻离开了令他深恶痛绝的塞罕坝。武延生的每一次算计,都让冯程与覃雪梅走得更近。当覃雪梅向冯程真情表白时,冯程真诚地接受了她的爱,两个相爱的人最终喜结连理。

因为有了为之奋斗的事业,千辛万苦不屈不挠的经历让年轻人的生活有了真正的滋味;因为有了动人心魄的爱情,奋斗者的生活才有了明丽的色彩,青春的生命有了让人魂牵梦绕的理由。

青春的另一种解读
——顾坚长篇小说《青果》读后感

当今中国,那些完成高中阶段学业的年轻人,父母对他们最大的期望就是上一所理想的大学,接受良好的教育,将来有份体面的工作好立足于这个社会,在理想的人生平台上张扬自己的青春,放飞自己的生命。纵使孩子高考落榜了,父母首先想到的也是让他们去复读,哪怕自己省吃俭用,含辛茹苦去挣钱。可如果子女选择不去复读,要到社会上去闯荡,去尽早挣钱养家,父母往往是反对的,甚至是强烈地反对。孩子真的违背他们的意愿,到大城市去谋生,父母心中又是牵肠挂肚,担心孩子的冷暖饥饱,担心孩子能否养活自己、扎稳脚跟。可许多年轻人的适应能力往往远超父母的预期,他们审时度势,灵活应对,艰难打拼,结交朋友,如鱼得水。在纷繁复杂的世界里他们往往活得很精彩,收获财富,收获经验,收获爱情,交出一张张完美的人生答卷,以另一种方式诠释青春的含义与生命的价值。江苏兴化著名畅销书作家顾坚在他的长篇小说《青果》里,就向我们展示了一些高考落榜生涉足社会而经历的别样人生。

金龙的父亲是一名乡村教师,金龙从小就聪明伶俐,所有认识他的人都认为他一定能考取大学,成为人人羡慕的天之骄子。可由于严重偏科以及害怕失败而背负的沉重心理包袱,他两次高考都名落孙山。面对村里人嘲讽与怜悯的眼神,担心让父母再度失望,他选择不再复读。他想学驾驶,可父母无论如何都凑不齐两千多元的学费。瞒着父母,他与同村好友宝根骑着自行车,在烈日的炙烤下和星光的陪伴中,经过一天一夜,终于来到了具有深厚历史文化底蕴并且氤氲着浪漫气息的城市——扬州。

宝根连考两年不中后,曾跟着一个师父学过一段时间木匠手艺,可师父的刻薄与不近人情让他忍无可忍,于是他再次回到了校园。青春期对异性的渴望转化为无数次情难自抑的手淫,这让他整天心神不宁,精神恍惚,无法集中精力于自己的学业,自然遭遇一次次的高考败北,一直考到二十四岁时才偃旗息鼓。显然,宝根对高考是深恶痛绝的,逃离高考就是对人生苦难的解脱。

到了扬州城,金龙来到荣光电池二厂当一名摔炭泥的操作工,虽然活儿又苦又累,可上学时习过武的他身强体壮,完全能够承受得了。由于他帅气的外表、健壮的体格,他在女工中很有人缘,有人还给他介绍了一份家教。

宝根则安分守己地向他的表哥春生学习刻章技艺,出师后每天都有一份微薄但让他感到满足的收入,生活简单而平静。

扬州向他俩打开一个全新的世界。文昌阁人流熙熙攘攘,太多好吃好玩的东西让他们眼花缭乱。大学澡堂对外人开放,可以在那里痛快地洗个澡,然后躺在宽大柔软的躺椅上美美地睡个觉。那些熟悉的与不熟悉的人都是那么热忱友善,厂里职工对金龙真心关怀,报亭阿姨对爱读书的金龙另眼相看。阿姨的弟弟曾在金龙家乡插过队,作为武林高手,也曾是呼风唤雨的风云人物,现在他与同样痴迷武术的金龙成为莫逆之交。城市缤纷多彩、林林总总的一切都强烈吸引着对外面世界有着惊人好奇心的两个年轻人,他们忙碌而快乐地生活着,心中绽放着对未来的瑰丽梦想。

金龙的辅导对象是经营"月城水果店"的一对夫妇的千金朱琴,每月两百元的收入让金龙喜出望外。他尽心尽力地去辅导她的初中课程,小姑娘也学得很认真,成绩稳步提高,让金龙很有成就感。

宝根复读时认识了来自水乡的女孩春英。当别的同学取笑她臃肿的身材时,宝根看到了她的善良纯朴,一次次在田野与林荫里的相会让他俩深深地相爱了。高考落榜后,当春英的父母正为女儿的婚姻发愁时,宝根来到他们家,他的诚实能干让春英父母非常满意,对他与女儿的关系深表认可。

应宝根之邀,春英也来到了扬州。她不愿寄人篱下,开始做起百货生意。从省城批发日用百货,然后在扬州选择一个人流量较大的地方摆摊销售这些琳琅满目的日用品。那是20世纪80年代,人们腰包里钱不多,可对新奇的日常生活用品充满好奇与拥有的欲望,各种生活用品真是太好卖了。正如在阳光、水分都很充足的肥沃的土壤里随意插棵树苗都会长成大树一般,经商的外在条件实在优越。

一次春节前,厂里放假了,金龙替春英照顾小商品摊位,他发现做生意挣钱真是太容易了。于是春节后从兴化老家返回时,他辞去厂里的工作,用他所挣的钱到南京夫子庙进日用百货,然后在市口好的地方摆摊做生意。由于他眼光精准,品位不俗,所进的小商品很畅销、很紧俏,日有进账,钱赚得他心花怒放。

一天金龙正在摆摊,一个俊俏苗条的姑娘来到他的身旁,她是金龙两小无猜一起长大的同学与同乡银凤。两家相距不远,孩提时期,银凤追随着金龙,几乎形影不离。学生时代,一个是班长,一个是生活委员,工作配合得天衣无缝。当金龙考取重点高中时,银凤与父母到外地从事水产养殖。长大后,银凤到扬州的一家企业上班。一对有情人在异乡的热土上意外相遇,上天真是在有意成全他们的姻缘。

银凤不上班时常到金龙的摊位前帮他卖东西,一对俊男靓女吸引了许多回头客。撤摊后,银凤还到金龙的住处为他整理房间,洗濯衣物,一切都显得那么自然。两个年轻人很快坠入情网,品尝着爱的甜蜜,沉醉于爱的芬芳。在银凤的建议下,他们开始逐步经营专业化的服装生意,那样钱挣得更多更快。

当金龙与银凤父母见面时,金龙父母居然不同意他俩来往,他们希望儿子能够回去复读考大学。可已经在经济上完全独立的金龙有能力与信心掌控自己的人生,他不愿意与心爱的姑娘银凤分开,他不愿意放弃自己正做得风生水起的生意。

得知银凤已怀有身孕,金龙父母只好尊重儿子的抉择。两家人开始紧锣密鼓地筹办二人的婚事,虽仓促却不失隆重。婚后,银凤生下了龙凤胎,两家人大喜过望。看来,尊重孩子在恋爱和婚姻上的意志,往往的确是家庭幸福的保证。

银凤在家带孩子,金龙惜别爱妻与孩子,到扬州继续忙着他们的服装生意。孩子一岁后交给老人照顾,银凤又回到扬州,与丈夫琴瑟和鸣,共同打拼。夫妻俩准备购买商铺,期望在一个装修精致的服装店里做生意,那样就不会那么辛苦了。

小说还描写了这群年轻人到周围乡镇赶集的艰辛。逢集之前,一群人开着自己的三轮车赶到那儿,占好位置,搭建帐篷。晚上睡在帐篷里,天一亮就摆好摊位,吆喝买卖,顾不上吃喝。在人头攒动的大街上,许多带来的东西都会售罄,个个赚得盆满钵满,然后一群人相互招呼着往回赶。

一次外出赶集归来,宝根为了避让迎面疯狂驶来的大卡车,三轮车不慎落入一座桥下,宝根的脑袋撞到石块上,血流不止。人们抱起宝根,匆忙把他送到附近医院,可他已停止呼吸。春英怀孕在家,等待宝根回来,可等来的是丈夫猝然长逝的噩耗,她心如刀绞,痛不欲生。宝根的葬礼让全书的最后笼罩着悲剧的色彩,这也体现了作家对人生的一种理解——另类人生虽然精彩,有时也要付出沉痛的代价。

温馨浪漫的水乡爱情
——顾坚长篇小说《情窦开》读后感

苏北水乡里下河的风景是优美宜人的。状如棋盘的田野、纵横交织的河道、民风淳朴的村庄、车水马龙的街镇共同组成如诗如画的乡村美景图。由于陆路交通不够发达，人们出行要过渡口，坐轮船。在轮渡上看风景，两岸沃野平畴，春日绿如丝毯，秋天稻菽金黄。水乡氤氲着润泽与灵动，生活在那里的人浑身透着活力与浪漫。

天宠，村医朱文进与村妇王玉荷的独生子，俊朗而聪颖，年龄不大，可一直受到家人的宠爱与老师的器重，在班级担任班长或学习委员。

一次与母亲到周家舍参加亲戚的婚礼，天宠与明娟相遇了。男孩们玩"钱墩子"游戏，而女孩们跳皮筋。明娟留着很长的辫子，穿着红色的毛线衣，身材窈窕高挑，橡皮筋的高度很高，她都能轻松地脚勾弹跳，灵巧洒脱。天宠被她的轻盈优美的姿态深深地吸引了。

因婚礼时来的亲戚太多，晚上睡觉时两个十三四岁的孩子居然从两头睡到了一个被窝里，两旁被子里睡着两个妇女。感受到明娟身体的柔软和光洁，还有散发出的阵阵体香时，天宠着迷了，回去时心中也带着莫名的忧伤与失落。

当明娟的爸爸黄宜新来朱家桥大队农机厂做新车间技术顾问时，明娟也转学到朱家桥中学。两个少男少女对视的瞬间，心中激动不已。明娟在学校表现出色，不光成绩优异，还是运动健将、学雷锋标兵。

由于两家的亲戚关系，明娟被朱文进夫妻认作干女儿后，就常到朱家做家务，与天宠姐弟般亲切地聊天，彼此都关心与牵挂着对方，爱的幼苗在心中萌发,并且破土而出。

水乡有一种有趣的风俗:男孩、女孩在十二三岁时就要定亲,不然好的被人选完了,长大后的成亲对象就会不尽如人意。这种风俗是封闭的静态农业文明的产物。随着社会的发展、交通的便捷、人口流动的加速,配偶的选择面可以越省跨国,这种习俗自然会消失。

朱文进夫妇与黄宜新在征得孩子意见后,立刻要与对方结为亲家,一切水到渠成,一切天遂人愿,俩孩子仿佛天设地造,是那么珠联璧合。

桑老师家爱音乐的蒋小平与村支书刘步云家爱体育的刘爱军此时也只有黯然退却。

两家虽结为亲家,天宠与明娟却仍然以姐弟相处,并没有整天卿卿我我,耳鬓厮磨。这似乎也是民间约定俗成的做法。

放暑假了,明娟回到哥嫂身边,照顾三胎在身的嫂子春霞。为了排解相思之苦,天宠在妈妈的陪伴下来到小馒庄,来到明娟身边歇夏。

在小馒庄,一个三面环水几乎与世隔绝的村庄,我们看到了淳朴的乡情。明娟帮嫂子操持许多家务,带天宠与村里年龄相仿的伙伴在一起玩耍。明海哥从湖水芦苇荡里稍来许多螺蛳,将肥美的螺蛳加姜蒜辣椒爆炒一下,味道鲜美极了。张丝网捕鱼的水生老爹听说小馒庄的小姑爷来了,立刻把刚捕上来的一条三四斤重的大头鲢子往岸上一扔给春霞,不收一分钱。晚上乘凉时村民们聚到一起听陆汉成老郎中说书,说到水浒里"梁山泊林冲落草,汴京城杨志卖刀"时,老郎中因闹肚子上厕所而久久未归,天宠居然饶有兴致地讲完剩下的部分,村民们都对他另眼相看,老郎中也不生气。临别前一晚,在璀璨的星空下,天宠与明娟谈了许多,明娟还给天宠唱了一首有关送别的委婉动听的民间小调,然后天宠将明娟的独辫拿在手中摩挲,两人面对面在凉床上先后甜甜睡去。

中高考制度恢复后,天宠与明娟毫无悬念地考取本校高中。父母及老师对二人寄予厚望,要他俩专心读书去考大学。学校严禁学生谈恋爱,他们也理智地把握住自己的情感,各自在不同的班级充实而忙碌地学习着,只是星期天遇到一起,二人的促膝长谈会让彼此感到温馨备至。

高中生活紧张有序而又丰富多彩,个别同学命运的突然转向让他俩感慨万千。

农村没有通电,学生们自带煤油灯。冯世旺偷葛宝龙的煤油,为了掩盖,朝他的煤油灯里撒尿,结果被查出,羞愧之中辍学而去学习铜匠手艺。

体育老师徐天民的外甥袁平因砸破情敌的脑袋被迫从常州市某中学转学到朱家桥中学。他兴趣多样,知识面广,尤其在美术上有过人的天赋。可他旧"病"复发,到新校不久就与班上生得珠圆玉润的女生赵秀兰谈恋爱。有天晚自习,二人溜到学校一角的小树林里幽会。葛宝龙因不满袁平的自私与吝啬,向班主任滕炳辉举报他俩的行为。滕炳辉带领班干部到树丛中找到他俩。他俩听到动静,早已放开搂抱的双手,若无其事地聊着天。到了班级,袁平拒绝承认他与赵秀兰在谈恋爱,态度非常强硬。滕炳辉老师一气之下,在全班同学面前翻出他的旧账。恼羞成怒中,袁平竟然手持煤油灯向老师砸去,滕老师头一偏及时躲开,立即命令班干制服了袁平,并叫来校长与袁平的舅舅——体育老师徐天民。徐老师像拎小鸡似的将袁平提了出去。袁平被朱家桥中学开除,女孩赵秀兰也心思恍惚,被父母领了回去。

从此以后,两个班的少男少女更加服从学校与班主任的教导,没有人敢惹是生非。

刘步云与姚春花的奸情在防震期间暴露在光天化日之下,并且直接导致姚春花与她的丈夫郑景山死亡,郑荣健、郑荣康兄弟俩成为孤儿,骄横的刘爱军心性收敛了许多。留级一年后,刘爱军把更多的心思放到书本上,成绩也有了许多起色,浪子回头、迷途知返。

1979年高考,朱家桥中学获得骄人成绩。天宠与明娟的分数双双达到本科线,天宠被扬州师范学院中文系录取,而明娟考入南京医学院。蒋小平与刘爱军也因音乐和体育上的特长而被扬州教育学院录取,上大学后两人成了一对恋人。

进入大学,天宠和明娟鸿雁往来,感情有增无减。天宠加入学校文学社,有作品在文学报上发表。明娟被学校排球队选中,一根长辫变成马尾巴,人也更加矫健与挺拔。

明娟来时,天宠带她在扬州游览瘦西湖、大明寺,还到校园里向同学们炫耀了一番。天宠到南京,二人一起游玩了中山陵、夫子庙、秦淮河、雨花台,还爬了明长城。

暑假回到小馒庄,天宠和明娟撑船来到河的中央,插篙停船。两人坐在船头,河风习习,清凉宜人。他俩谈着彼此的大学生活、共同的中学时光、亲爱的家人与同学,还有令人心驰神往的未来婚姻与事业,不知不觉中,两人手握在一起,身体也紧紧地靠在一起。

此时阳光灿烂,水乡风光无限。

生活是美好的,正如这一对年轻人一路走来的美好爱情;生活是艰难的,人们需要这对年轻人童话般的爱情去装饰他们的人生,给他们带去希望和信心。

情归何处

——电视连续剧《三十而已》观感

三位美丽而优雅的女性,当生命进入而立之年时,她们都感受到了时光飞逝,时不我待。她们对事业有追求,对爱情有向往,加之自身独特的个性,各自便有了迥然不同的情感经历。

顾佳,当老公许幻山的烟花公司走出困境步入正轨时,他们一家终于搬进上海富人区的大房子里。乖巧可爱的儿子进入梦想中的幼儿园,丈夫对她宠爱有加、言听计从,她几乎有着让周围人羡慕不已的完美人生。

可当烟花公司失去一个大订单而产品滞销时,经济上立刻陷入困境。顾佳在太太圈中及时捕捉到可以利用的商机,为烟花公司找到了在北京乐园的巨大销路,公司生意峰回路转。纵使如此,顾佳仍觉得烟花公司的发展如坐在火药桶上,随时都会有风险,于是她努力为公司寻找新的发展方向。出于这样的一种动机,她接管了一座经营不善的茶园,投入一百五十万,考察之后才发现经营好茶园绝非易事,最大的问题就是怎么样打开茶叶销路。她跑酒店,联系网上销售大咖,空山茶绿色种植带来的清爽的口感为它逐步打开了市场,形势在一点点朝好的方向发展。

可就在这时,丈夫许幻山出轨的种种迹象终于浮出水面。到乐园去监督指导人们燃放烟花时,许幻山遇到了刚刚大学毕业的年轻女孩林有有。女孩热情、率真、主动。许幻山的俊朗、体贴、才华横溢让她迷恋,她不知不觉地喜欢上他。她为他弹曲唱歌,带他去品尝美食,并嘲笑他在妻子的种种约束下谨小慎微,似乎生活在一个规定的圈子里。许幻山觉得自己的生活的确失去了许多野性与自由,变得越来越循规蹈矩,而林有有勃勃的青春气息也感染着他,与她在一起,他感到轻松而愉快。

后来为了追随许幻山,林有有辞去了北京的工作,来到了上海。许幻山非常意外,他告诉她,他深爱自己的妻子与儿子,请她远离他,不要来纠缠他。可善良的许幻山还是为她订好了一个星期的宾馆。但是,林有有根本听不进去他的劝告,自己到酒吧找了一份驻唱的工作,她要留在上海,她要坚守着自己这份虽不道德但仍让她痴心不改的情感。许幻山对她的任性不予理睬,甚至大动肝火。她绝望了,在酒吧伤心地灌醉了自己,然后踉踉跄跄地行走在夜色苍茫人迹稀少的大街上。这时,一个男人欲对她图谋不轨,许幻山及时出现,赶走了那个男人,扶着她,把她送到了宾馆。林有有方才知道许幻山一直在暗中保护着她,心中装着她,只是没有勇气面对。她搂住许幻山,不让他离开。二人最终突破最后一道防线,睡在了一起。接着,许幻山干脆在公司附近租了一套房,让林有有住了下来,正式默认了这份婚外情。而此时此刻,可怜的顾佳完全被蒙在鼓里,她还正在苦心焦虑地为她的茶场奔波呢。

当顾佳察觉到丈夫的婚外情后,震惊之余更多的是伤心欲绝。她如此信任的丈夫竟然背叛了她,她冷静下来之后,决定与许幻山离婚。许幻山不愿离婚,他知道失去顾佳他的天就要塌下来了,他与林有有只是逢场作戏。可顾佳不愿原谅他。

仿佛冥冥之中有了报应,许幻山在即将失去爱妻之时,烟花厂因他坚持生产风险极大的蓝色烟花而发生爆炸,两名工人当场丧命,许幻山锒铛入狱,房产变卖理赔损失。顾佳带着儿子与年迈的父亲来到了茶园,和淳朴可亲的茶农们一起,精心照顾着她的已显示希望的那片绿色世界。茶园,成了她寄托身心的理想栖息地。

来自江南水乡的王漫妮秀美灵动、喜气洋洋。大学毕业后她来到上海,在一家奢侈品商店做销售,对每位顾客都是笑脸相迎,鞠躬相送,她的至诚至善,为她赢得了许多老主顾。一次,一个刚与丈夫离婚的中年妇女用分到的部分离婚费购买了昂贵的手包与服饰。失去丈夫的女人才知一个中年女性平常追求美是多么重要,节衣缩食省吃俭用成了黄脸婆却遭到丈夫的嫌弃。王漫妮周到地为她服务,安慰她一颗受伤而破碎的心。因为业绩辉煌受到公司的奖励,王漫妮乘坐豪华游轮在欧洲进行为期一周的游历。

  在游轮上,王漫妮遇到了情场高手——港商梁正贤,他对她一见钟情,并向她发起了爱的攻势。可王漫妮很理智,没有掉进他预设的感情陷阱中。让她未曾想到的是,梁正贤居然来到上海到店里找到了她,并从她的店里买了许多衣服。王漫妮似乎被他的真情所打动,她不想因为自己的瞻前顾后而失去一个优质男。她盛装找到了住在宾馆的梁正贤,两人激情澎湃地抱在一起。后来,梁正贤时常从香港来上海看望她,还约她到一个游览胜地潜水探险。当梁正贤的氧气罩脱落时,王漫妮冷静地帮他重新戴好,化险为夷的梁正贤认为他俩是共同经历过生死的人,感情应当坚如磐石。他不惜重金,给她买车,不希望心爱的女人遭受往返奔波之苦。王漫妮心领神会,二人的感情似乎牢不可破,可梁正贤根本不提结婚一事。

  就在这时,一个衣着时尚的女人来到王漫妮的奢侈品店,她挑选了许多衣服,试穿了无数次,可就是一件也不买。她最后道出了梁正贤的名字,并声称她是梁正贤处了多年的正牌女友。虽然梁正贤自称是不婚主义者,他俩仍然厮守在一起。梁正贤生性风流,巨额的财富支撑着他到处寻花猎艳。处了一段时间,腻味了,想分手了,如果有麻烦,总让她出面去摆平,所以梁正贤离不开她。如梦方醒的王漫妮并不死心,她特意赶到香港,找到了梁正贤的公司,却看到他与那个女人正亲昵地外出。她彻底死心了,深陷痛苦与悔恨之中。心神不定的她在工作上出了差错,她毅然辞去了工作。可之后再想找到一份高薪的工作已经很困难,收入的锐减让她顿感在上海生存的艰难,于是她收拾好行李箱,落魄地回到了家乡。

  家乡是人情浓得化不开的地方,王漫妮每时每刻都能感受到亲情的温暖、父母体贴入微的关爱,她的心中常常充溢着一份感动。父母很快为她安排了一次相亲,相亲对象是镇政府年轻的主任张志。张志对清丽脱俗的她非常满意,带着她在小镇各处转悠,向人们炫耀他的漂亮女友——一个经历过大世面的女孩。张志很有人缘,人们热情地和他打着招呼,对他很是尊重。很快地,在张志的斡旋下,王漫妮进入镇政府办公室当文员。如果她安于现状,与张志结婚,完全可以过上一种富足而温馨的生活。可王漫妮依然不死心,再次在父母的哀叹声中离开家乡,来到大上海,找到一份要账的极富挑战性的工作,最终在弱肉强食的丛林角逐中铩羽而归,再次选择离开上海,到一个新的陌生的城市去闯荡。她能找到适合自己生存的地方,并且找到自己的人生伴侣吗?

钟晓芹作为上海本地的姑娘,似乎没有很强的生存焦虑,平常显得大大咧咧,不拘小节,可她心地善良,对同事有求必应。与从外地考到上海并在上海购房立足的陈屿结婚后,一直没有自己的孩子,陈屿觉得他们还不具备要孩子的条件。可无意中钟晓芹怀孕了,她欣喜不已,满心想着如何当一个好妈妈,可陈屿并不乐意。不幸的是,钟晓芹流产了,陈屿在电视台的工作遭遇不顺,心烦意乱的他对妻子缺乏体贴关爱。平常在家,一个追剧,一个养鱼,两人缺乏有效的沟通。终于,在一次次误解中,二人在争执中负气离了婚。离婚后,彼此才发现对方的好。钟晓芹慢慢领悟到陈屿虽不善表达,可对自己爱得深切。

这时,钟晓芹在公司遭遇到大男孩钟晓阳的追求,她有点心动了。可她很快发觉他们二人在生活方式与对生活的理解上存在巨大差异,相比之下,陈屿的深沉与成熟在她眼中更具魅力。

一次去崇明岛,独自归来的钟晓芹在出租车上遇到色狼司机,连忙跳车逃脱。生死攸关时,陈屿及时来到她的身旁,让她找到了依靠,找到了安全感,也找到了情感的皈依。在经历了一段精心设计的求婚之旅后,二人再次牵手。

那时,陈屿的事业开始走下坡路,他甚至要开始重做记者四处奔波。而钟晓芹,由于创作的情感小说真实感人,在网上受到热捧,出版社为她的作品出书,并付给她一百六十万元的稿费,他们日子一下子过得滋润而从容。陈屿觉得坚守与妻子的那份情感是多么正确。

钟晓芹,一个没有多少心机的单纯女孩,在感情生活上虽经历一些坎坷,可最终获得圆满。

悠悠岁月里的一支动听的歌

——电视连续剧《渴望》观感

20世纪90年代初,五十集电视连续剧《渴望》在央视曾获得高达百分之九十的收视率。每当电视剧播放时,居家阒然,人们全神贯注地注视着电视屏幕,沉浸在曲折动人的故事情节中,与剧中人物同喜同悲。连续剧里的故事深深感动了许多人,一段时间,连犯罪率都下降了百分之二十,有些心怀恶念的人被剧中人物的高尚美德所感化,决心洗心革面,做个好人,毕竟好人更可能一生平安。

三十年后,重新欣赏了这部电视连续剧,仍然被它所打动。作为全国首部室内剧,其场景并不宏大壮观,那么它的艺术魅力到底体现在哪里呢?

首先,这部电视剧具有鲜明的时代特征。20世纪七八十年代,中国社会由阶级斗争统领一切走向以经济建设为中心,动荡不安逐步走向拨乱反正,人们逐渐由困惑迷惘变得心怀希望,许多人的命运也发生深刻变化。

那些被打成"臭老九"的知识分子,凤凰涅槃般重生,回到他们的工作岗位上,努力弥补失去的岁月。高考制度的恢复,让千千万万处于社会底层的青年人重新拾起他们破碎的梦,或踏入大学校园成为天之骄子,或通过电大、函大、夜大与自学考试去提升自己的学历与才识,整个社会尊重知识、追求知识蔚然成风。下放知识青年从乡村回到城市,迎接他们的不一定是人生的坦途,可政策已日趋开明,他们可以干个体、办公司,海阔凭鱼跃,天高任鸟飞,只要有头脑,肯吃苦,就会或多或少地得到财富,改写他们的人生。公有制企业的发展面临许多挑战,技术更新,市场风险,中外合资,许多新生事物摆在人们面前,他们必须不断学习,全力以赴。虽百端待举,百废待兴,整个社会却呈现出积极向上的勃勃生机。

20世纪90年代初,苏联解体,许多东欧的社会主义国家放弃长期坚持的社会主义制度,国际共产主义运动遭遇前所未有的逆流。中国要向何处去?这是一个引发国人思考的严峻问题。1992年春天邓小平发表的南方谈话,拨开了人们心中的迷雾。走社会主义道路、坚持改革开放的选择没有错,我们需要的是更加大胆地借鉴资本主义先进的经济发展模式,学习他们的先进技术,那些是人类的共同智慧。于是,中国迎来了新的快速发展阶段,发展给人们带来机遇与财富,也带来了不可避免的阵痛。

在那个特殊而又敏感的历史时期,通过观看这部电视连续剧,人们重新体验改革开放初期中国社会的裂变与新生,并且坚信中国政府会顺应民意、顺应时代调整政策,纠正错误,引领民众去创造一个更加美好的未来。

其次,这部电视剧塑造了许多血肉丰满的人物形象。主人公刘慧芳,美丽善良,勇于自我牺牲,非常有主见。因父亲早逝,为了帮助母亲养家,她读初中时就被迫中断了学业,可她并没有停止学习,在工厂跟师傅宋大成学技术,成为宋大成最看重的员工。她克服种种困难复习功课,想与妹妹刘燕一同参加高考,可因流产,只能饮恨放弃。为了照顾养女刘小芳上学,她忍痛辞了厂里的工作,学习打字技术,接触到许多有价值的东西。应宋大成热情邀请,她到大学听企业管理讲座,并到改制后的公司帮助他。她的学习精神让她不同于那些恬退隐忍的传统女性,更高的眼界也让她更能承受生活的苦难。坚强的人也会流泪,可他们最让人感动的是流着眼泪也在奔跑。

婚姻上她最终选择王沪生而没有选择宋大成,因为王沪生更有文化,更懂浪漫。这种选择,体现了她内心深处对知识分子的倾慕、对理想婚姻的向往。她在王沪生最落魄艰难的时候嫁给了他,二人在一间小屋里度过他俩虽时有冲突仍不乏温馨的近十年的艰难岁月。

王沪生的父亲王子涛,作为高级知识分子官复原职时,王家又搬回了那座墙壁上爬满青藤的别墅,生活条件有了巨大的改善。王沪生顺从姐姐王亚茹的意志,拒绝接受养女刘小芳住到别墅。昔日情人肖竹心回到北京,并在王伯伯的建议下凭实力考入研究所当翻译,王沪生与她在日益走近时旧情复萌。这时,刘慧芳发觉了王沪生心中已没有了她应有的位置,她毅然提出离婚。她默默承受刘母责备与疼爱交织的眼神,忍辱负重地照顾在意外事故中受伤致残的养女刘小芳,给这个苦命的孩子以更多亲情的温暖。这些充分展示了一个女性的善良心地与独立人格。

在岁月的风雨与家人的关爱中,小芳健康成长,成长为一个亭亭玉立的美丽少女,此时,刘慧芳得知小芳的亲生父母是罗冈和王亚茹。罗冈给予刘慧芳与小芳许多真诚的帮助;王亚茹虽对刘慧芳有偏见,可她用自己精湛的医术与悉心照顾让瘫痪的小芳重新站了起来。刘慧芳尽管心中有许多不舍,还是让小芳回到她的亲生父母身边,这种品质是多么难能可贵!

王沪生,处处以自我为中心。当年肖竹心一家流放到南方偏远的地方,他甚至忘了肖竹心与他的临别之约。他转而追求刘慧芳,因为刘慧芳不光温柔漂亮,更能给他许多实际的帮助与心灵的抚慰。刘慧芳在他处于人生低谷时嫁给了他,带给他家庭的温暖与爱情的甜蜜。正由于宋大成、刘慧芳的鼎力帮助,王沪生才在毕业分配时没有被分到边远的西北地区,而留在北京的一个物理研究所。

可当家庭境遇有了变化时,王沪生开始嫌弃刘慧芳,认为正是她带给他的小市民生活让他在事业上没有多少作为。他甚至可以把孩子赶到屋外,好静心在家做他的翻译与研究。温文尔雅的肖竹心出现了,进入父亲所在的研究所做着体面的工作,还给他的儿子东东以细致有方的钢琴辅导,王沪生对她的爱慕之情如春草般蓬勃生长。当刘慧芳提出离婚时,他没有多犹豫与留恋,选择了同她分道扬镳。

对待养女小芳,王沪生一直心存嫌弃,只因刘慧芳的坚持,他才做出让步。离婚后,对儿子东东他也是缺乏耐心,责备与打骂成了他给予孩子的家常便饭,甚至使得孩子受不了离家出走。多亏爷爷的宽厚疼爱,妈妈刘慧芳与阿姨肖竹心的春风化雨般的关怀,东东在成长的过程中才没有误入歧途,最后功课逐步跟了上来,也弹得一手如行云流水般流畅的钢琴。

再次,电视剧还向我们展现了别样的爱情风景。爱情是人类最美好复杂的情感,它可以使人心情愉悦地投入到工作、生活中,勇敢地搏击生活的风浪,创造全新的生活;它能丰富人的情感,提升人的境界,让人变得更加纯粹与高尚;它也能让失意者心灰意冷,痛不欲生,丧失积极进取的热情。

当王沪生与刘慧芳感情出现裂痕时,肖竹心本来可以接受王沪生的追求,与他重修旧情,因为她心中始终忘不了他俩曾经有过的花前月下的卿卿我我。她曾背着王沪生来到他的家,看到刘慧芳是那么美丽善良、通情达理,为丈夫孩子奉献许多却无怨无悔,她理解刘慧芳的艰辛与不易,肖竹心主动选择离开王沪生。

纵使王沪生与刘慧芳离婚了,肖竹心也不愿意做对不起刘慧芳的事,只要刘慧芳的日子愁云惨淡,她与王沪生的爱的世界就不会阳光灿烂。肖竹心一直关心着王沪生、关心着东东的成长、关心着王伯伯的身体,可她一直纠结着,不愿走进那座别墅,成为他们家庭的一员。这体现了肖竹心的无私与高尚,也烛照出王沪生的自私与猥琐。

王亚茹与罗冈的苦难情缘让人百感交集,让人斟酌思量。

大学时期,他俩就是情投意合的一对恋人。当罗冈被排挤、被批判,王亚茹仍然痴心不改等他回来,并冒着名誉受损生下了他俩爱的结晶——孩子罗丹。罗冈偷跑回来,二人在昏暗的小屋里共享短暂的浪漫温馨时光。为了不拖累亚茹,罗冈偷偷带走了罗丹,准备送到自己老家让父母抚养。在车站,当罗冈上厕所请人暂时照顾一下孩子时,抓捕人员突然出现。为躲避抓捕,罗冈不敢前去认领孩子,直到照顾孩子的大嫂与大哥带走孩子不得不上了公交车。他与孩子离散了,可还是没有逃离被抓的厄运。

王亚茹走了很远的路找到关押罗冈的监狱,戴着脚镣与手铐的罗冈被押到铁门前,可罗冈拒绝与她相认,这让她肝肠寸断。罗冈是担心她成了反革命妻子后,她将永无翻身之日。

王亚茹在农村为百姓服务几年后终于回到北京,回到原来工作的医院,做着一名业务上一丝不苟的医生。

罗冈终于等来了平反昭雪的那一天,也回到了北京,回到了大学校园当老师。按理说,这对经历许多磨难的有情人可以迅速走到一起,永不分离。可当罗冈承认弄丢了孩子时,王亚茹无法原谅他的过失。在他的长篇畅销小说《银杏树下》,罗冈描述了一个知识分子落难时丢失孩子的痛苦经历,这样人人皆知的情节让王亚茹承受着沉重的心理负担,她痛恨罗冈,不愿在生活中再见到他。

从一个当年包裹女儿的小棉袄上,罗冈认出刘慧芳养女刘小芳就是他失散多年的亲生女儿罗丹。可他理解刘家这么多年养育罗丹的不易,理解刘慧芳与养女刘小芳生死相依的深厚感情,罗冈不愿去认领,只是给刘家、给孩子更多的关怀与扶助。

王亚茹一直为当年给刘小芳做的手术不成功而自责,当她从美国进修两年归来,仍要求给刘小芳再做一次手术。承受很大的心理压力,王亚茹走上了手术台。手术过程中,由于失血过多超出预期需要立即输血。刘慧芳血型不对,无法输血;王亚茹需要体力完成接下来的手术,虽是O型血,但不宜输血。在这千钧一发之际,罗冈及时赶到输了800毫升的血,从而保证了手术的最后成功。而这次输血,证实了罗冈与王亚茹是刘小芳的亲生父母。找到了女儿,解开了王亚茹的心结,让二人重归于好有了希望。

在两人漫长的情感修复过程中，刘慧芳的妹妹刘燕，一个青春洋溢的女大学生，因倾慕罗冈的才华，感动于他的善良，同情他的遭遇，爱上了罗冈，并且勇敢地向他表露心迹。罗冈婉转地拒绝了她。他感激刘家对自己女儿多年的照顾，他对她们的善良与执着心怀敬意，他想尽可能多地帮助她们，可这种关爱远不是男人女人之间的爱情。罗冈曾想到和刘慧芳生活在一起，共同照顾女儿，那也只是一种迫不得已，或只是一种感恩、一种同情，与王亚茹带给他的刻骨铭心的幸福与痛彻心扉的煎熬相比较，那些都不是真正的爱情。

电视剧还反映了市井生活的温暖。生活在基层的众生，他们的宽容，他们的善良，他们的坚毅，他们的明理，构成了我们这个社会温情的底色。

小刘燕懵懵懂懂地抱回被人遗弃的孩子，全家人纵使生活清贫，仍接纳了她，养育着她。从刘大妈，到刘慧芳和刘燕，都给予孩子不是亲人胜似亲人的关爱，让小芳虽后来身体残疾，可心中仍充满阳光。

宋大成对刘母及刘家的关怀真是无微不至，帮她们修屋，为小芳治病凑钱。心中喜欢着刘慧芳，可她没有选择他，他心中是受伤的，可他并没有心存芥蒂，仍然一如既往地关心着她和她的一家人，力劝她回厂里上班。刘家发生任何意外的事，他都立即站出来，帮她们排忧解难。宋大成成了中国人心中好男人的标杆。

王沪生的父亲王子涛，一个留美博士、研究院院长，作为一个高级知识分子，对生活在底层的刘家充满关爱，多次主动来看望刘家，并给予经济上的援助。刘慧芳与王沪生后来离了婚，他心中愧疚，一直敦促王沪生在生活上给刘家以资助。

徐月娟对刘慧芳，田莉对王亚茹，她们之间的纯真友情经历生活的淬炼，或永恒，或蜕变。

最后，优美动人的歌曲为这部电视连续剧增色许多。《渴望》《每一次》《原来是爱》《好人一生平安》，这几支歌曲随着电视剧的播放而为人们广为传唱。歌曲清词丽句，含蓄隽永，旋律悠扬，悦耳动听，它们正如老北京胡同上空时而飞过的鸽群带来的阵阵哨声,成为人们一种经典的记忆。

"悠悠岁月,欲说当年好困惑,亦真亦幻难取舍,悲欢离合都曾经有过,这样执着,究竟为什么?漫漫人生路,上下求索,心中渴望真诚的生活。谁能告诉我,是对还是错,问询南来北往的客。"这部经历时间洗礼仍保持着自身生命力的电视连续剧,伴随这些打动人心的优美歌曲,成为悠悠岁月里的一支动听的歌,成为岁月长河里的永恒的经典。

向善的力量
——电视连续剧《一路夫妻》观感

人之初,性本善。善良,让一个人身上散发出人性的光芒。善意的忠告与帮助,像夏日的浓荫、冬天的暖阳、夜行中的灯光、激流里的踏脚石。而行善的人,有时会让自己吃亏,让自己处境艰难,生活中举步维艰。可纵使如此,一个本质善良的人仍会坚持自己利他的选择。精诚所至,金石为开,人们最终会为他的善良所感动,更多的人会选择善念,传递善意,于是人间便会充满温馨,充满真情,人间的沃土之上便会花团锦簇,绿意葱茏。

电视连续剧《一路夫妻》就让我们感受到善行的美好与向善的力量。

邱英杰是一个恪守职责的好警察。他铁血柔情,既疾恶如仇,又心地善良。妻子于若华是一个小学教师,温柔漂亮,贤淑大方。她觉得丈夫当警察风险高,收入低,于是给他安排了一个去大公司面试的机会,希望他能从事一个收入更高、更加体面的工作。邱英杰无法接受这样的安排,为了化解与妻子的正面冲突,他带儿子月亮与不愿归家的男孩栋栋去游乐场玩一场。工作之外,他本来可以把自己的职责抛之脑后,可看到游客的钱包被盗,邱英杰还是义无反顾地冲出去抓捕小偷。小偷被擒,可他的儿子月亮不见了。儿子的消失,像打开灾难的魔瓶,不幸的事情接踵而至,也让这对有情人的生活饱经磨难。

邱英杰的母亲听说心爱的孙子不见了,突发脑溢血不治身亡。众人都谴责邱英杰,他无力反驳,只有妻子于若华理解丈夫难言的痛苦,她决心与丈夫一起尽力去寻找儿子,哪怕倾家荡产,哪怕山穷水尽。

一次次得到一些线索,一次次满怀希望去认领,一次次又是失望而归。那种失落，那种痛楚，那种心力交瘁，局外人是很难理解的。

邱英杰的初恋女友王晓红与贩毒人员李强走到了一起，并有了女儿毛毛。由于长期吸毒，王晓红的生活是黯淡无光的，对未来几近绝望，甚至连女儿都无法养活。于是她找到邱英杰，希望他能找关系把毛毛送到福利院。邱英杰断然拒绝了，父母健在，自然摆脱不了养育孩子的责任。

李强见邱英杰夫妇寻子心切，就谎称他们的儿子在他手中，可以拿出十万元去赎回。夫妇俩信以为真，借遍亲朋好友筹集了十万元，准备不惜一切代价换回自己的儿子。作为警察，邱英杰自然及时报了警，期待抓住绑架者，救出儿子，自己也不必蒙受任何经济损失。可由于李强的狡诈，由于于若华与警方配合不够默契，最后十万元丢了，儿子也踪影未见，夫妻俩真是痛不欲生。警局为挽回颜面，在全市范围内搜捕李强，李强终究落入法网，可十万元已被他买了毒品。当发现李强居然是王晓红丈夫时，邱英杰真是惊掉了下巴。

李强因诈骗与贩毒走上了不归路，可作为受害人的王晓红被要求强制戒毒，而进戒毒所要交上一大笔费用。这时，邱英杰表现出常人难有的胸怀与善良。他不光从卖房的收入中拿出一两万元让王晓红去戒毒，还主动收留她的女儿毛毛，让孤身一人的老父亲去照顾她。于若华一开始无法接受丈夫对初恋情人孩子的关照，更何况孩子的父亲还骗走了他们十万元。可看到毛毛可怜无助的样子，她还是动了恻隐之心，默许了邱英杰的选择，并关心起毛毛的饮食起居。她善待别人的孩子，也希望自己失散的孩子可以得到别人的善待。

自视甚高而市侩庸俗的于志华向妹夫邱英杰与妹妹于若华催要欠款，邱英杰夫妇只得卖了他们的住房，住进当律师的朋友陈莉的老宅里。失去安身的住房，夫妇俩在所不惜。他们终于有大笔资金去各地找儿子，他们还买了一个二手面包车，在车身上印了儿子月亮的头像，旁边写着：孩子，我们盼你回家！

邱英杰对毛毛关怀备至。毛毛亲生母亲因无法养活她，而以几千元将她送给一个小商贩,小商贩又将她卖给人贩子,可怜的毛毛流落异乡,这让邱英杰悲怆不已。他觉得人性的恶,有时真是令人发指!幸运的是,毛毛记得邱爷爷家的电话号码,一次乘人不备,她拨通了那个号码,自己很快得到成功解救。邱英杰对失而复得的毛毛倍加疼爱,有人议论毛毛是他和王晓红的女儿,这成了压垮于若华的最后一根稻草,冷战一段时间后两人选择离婚。双方依然在乎对方,离婚也给彼此带来了深深的伤害。一旦有了儿子月亮的消息,两人还是一起奋不顾身赶去寻找。

虽然王晓红母女严重干扰了自己的生活,离婚后的邱英杰仍然一如既往地关心帮助着王晓红。当王晓红成功戒毒回归社会时,邱英杰允许她与女儿暂且栖居在自己借住的朋友的老屋里,而他为了避嫌主动住在办公室里。他希望她尽早找到工作,可以租起房子,可以养活自己与孩子。当亲子鉴定证明毛毛并不是他的女儿时,邱英杰有一种得到大赦的感觉,前妻于若华对他的误解终于得到了澄清。

邱英杰离婚后,年轻秀美的同事小满主动追求他,他始终有着清醒的理智,与她保持适度的距离。而于若华也在相亲中遇到奇葩:一个大学教授,算是知识分子,却把流行歌曲唱得五音不全;一个亿万富翁,对同学的她情有独钟,要为她投资创立文化公司,并让她登台唱京剧,好唤回对往昔的美好记忆。于若华对他俩毫不动心,她的心中仍装着前夫邱英杰。许多年的生活积累已使两人心心相印。

在一次认领孩子的征途中,他俩帮助同病相怜的寻子人陆川找到了孩子。父子相见那一刻,陆川抱着自己的孩子放声大哭。这些年,妻离子散,他四处流浪,边打工边找孩子,历尽千难万险。陆川非常感激邱英杰与于若华,可得知他俩已经离婚,他非常痛心地说:"我一直很羡慕你们,夫妻并肩踏在寻子的征程中,所有的痛苦都减轻了一半。可如果有一天你们找到了孩子,孩子却发现他的父母已经离异,他已经没有了一个完整的家,这对孩子该是多大的打击呀!"

陆川的话引起他俩的思考,他俩都有了复婚的想法。后来在所长与同事们的极力撮合下,两人终于再次牵手。

王晓红戒毒成功后带着女儿一直住在邱英杰借住的朋友家,邱英杰复婚了,她仍然无力离开去独自生活。她觉得欠他们夫妇俩太多,于是尽心地为他们烹制一日三餐。她想尽快找到工作离开那儿,可由于她的吸毒史,任何公司都对她拒之千里。她又遇到了从前卖给她毒品的黄毛的纠缠,想逼她复吸,有需求才有市场呀。她一度丧失生活的信心,想带着毛毛投湖自尽。就在这时,于若华找到她驾校同学顾威,一个对她心生爱慕而又遭她拒绝的私企经理。顾威终于在他的公司为王晓红提供了一份保洁工作,王晓红绝处逢生,她能靠自己诚实的劳动养活自己与女儿了。她为自己过去的沉沦而懊悔,也为过去对女儿的忽略而忏悔,发自内心地要洗心革面,重新做人。顾威在与王晓红朝夕相处中对她产生好感,为了帮助她摆脱黄毛等社会渣滓的纠缠,他决定将自己的公司卖给别人打理,自己以股份的形式参与公司经营,而他本人将带王晓红母女回到自己的山区老家种植果林,开辟一种全新的生活。

正是在那个偏僻的山区,王晓红遇到了邱英杰、于若华夫妻苦苦寻觅近两年的儿子邱月亮,他被一对没有孩子的山中夫妇花重金从人贩子手中买来。与顾威拍到月亮的照片后,王晓红连忙辗转乘车赶到城里,让邱英杰与于若华及其全家人确认。大家看到照片中失散已久的月亮,喜极而泣,于是警方带着他们声势浩大地赶往那个偏远的山区,展开对男孩邱月亮的营救,月亮终于可以回到亲人身边。

出于对不幸者和弱势者的怜悯、同情,邱英杰与于若华对王晓红及其女儿诸多的照顾与关爱,这不光复苏了王晓红日趋麻木的心灵,给她带来了全新的生活,还让她备受父母冷落的女儿感受到世间的温暖,脸上开始有了童年纯真无瑕的笑容。而王晓红帮助邱英杰夫妇最终找到他们日思夜想的儿子邱月亮,报答了他们的大恩大德。她的帮助,让他们重新有了一个完整的家,夫妻一路颠簸、厄运连连的人生终于有了转机,有了走向更加幸福生活的希望。这便是爱心的传递,向善的力量。

秀秀的暖冬
——电影《暖冬》观感

春天来了,漫山遍野的树林与草丛又是郁郁葱葱,生机一片。山脚下的油菜地,金色的油菜花灿烂地盛开着,醉人的芳菲引来蜂飞蝶舞。孩子们在田埂上奔跑着、追逐着,吓得那些蜜蜂与蝴蝶落入油菜地深处。一个穿着红色上装的俊美的村姑来到田地边,大声地呼唤她儿子的名字。儿子开心地应答着,匆匆地跑到妈妈的身旁。妈妈疼爱地把一只手搭在儿子稚嫩的肩头,两人说笑着一起向家的方向走去。

这是电影《暖冬》最后呈现给我们的美好温馨的画面。要知道,不久前,妈妈还是一个完全对外面世界失去反应的女人,对儿子的千呼万唤完全置若罔闻,儿子痛苦不已,可又徒唤奈何。那么,母子这种脱胎换骨的变化又是如何发生的呢?

女人叫秀秀,年轻时大方热情,敢作敢为。在城市打工时认识了同为农民工的二虎。二虎处处关心她照顾她,嘘寒问暖,无微不至,让离乡背井在外漂泊的秀秀感受到亲人般的温暖,不知不觉,她深深地爱上了他。她的爱,炽烈真挚而毫不世俗。二虎父母很早离开了人间,他在哥嫂与乡邻们的关怀中长大成人,并且学会了如何去关爱他人。他住在父母留给他的已有二十年历史的老房子里,家里陈设简单,没有多少像样的家具或电器。秀秀全然不顾这些,执意要嫁给二虎,要与他共同打拼,去共同创造他们小家庭的美好未来。秀秀真有一颗珍贵的金子般的心呀!

秀秀的妈妈要求二虎挣钱翻盖房子,添置必备的家具与电器,然后再考虑娶她的女儿。妈妈当年嫁给秀秀父亲时,因为迁就,在旧房里一住就是十年,含辛茹苦,吃苦受累,才盖起了新房。她不愿女儿重蹈她人生的覆辙。为了阻止女儿嫁给二虎,妈妈藏起了户口本,将女儿锁在屋里,自己拿着一个小板凳坐在大门外紧盯不放。

可妈妈的阻拦并没有让秀秀妥协。她拿着行车箱,从后窗溜了出来,又翻过高高的后院的围墙,与二虎相会于一汪碧水旁,山盟海誓,叩拜天地。接着来到县城,他俩找到一间宾馆,贴上大红的双喜字,开始了新婚宴尔的生活。后来,他们在城郊租房,日子虽不富裕,可甜蜜而温馨。一年后,他们有了可爱的儿子明明。

为了让秀秀母子俩过上好日子,二虎带上一帮人去承包工程。可在工地上的一场意外事故中,二虎不幸丧生。望着医院太平间二虎盖着白布的了无生机的僵硬尸体,秀秀悲痛欲绝,泪涕长流。带着儿子回到贫困的乡下,秀秀拉扯着嗷嗷待哺的孩子,还要应付着不断登门讨要工钱的乡下人。二虎遇难,老板逃离,这些生计艰难的打工者只有向二虎的遗孀索要他们的工钱。秀秀承诺他们,欠他们的钱以后自己打工挣钱慢慢还。

秀秀想把户口从娘家迁过来。婚后第一次回到娘家,她才知道母亲在她离家出走后就悲愤交加地离开了这个世界。秀秀长跪在母亲坟前,痛悔自己当初的一意孤行,害死了自己母亲。

雪上加霜的事情接踵而至。由于自己当初离家时没有户口本,没有与二虎办结婚证,丈夫现在又撒手人寰,派出所户籍处不能给她办迁移手续。没有户口,她就分不到地,生活就没有保障,无法享受到政策带来的种种益处。

太多的打击让秀秀心思恍惚,最终精神彻底崩溃。她变得沉默无语,生活难以自理,对自己的儿子也无力尽到做母亲的责任,多亏二虎哥嫂的悉心照顾,她与儿子才得以勉强生存下来。

扶贫工作组的到来,像阳光照亮生活的每一个角落,哪怕角落里的重重阴影浓稠得如此密不透风。

扶贫工作队刚到村里,就看到一个男孩躲在墙角,一群孩子正向他扔杂物，奚落他为傻瓜。他正是秀秀的儿子明明。工作组驱赶那些孩子，扶起明明，可任他们怎么问话，明明只是低垂着头，一言不发。到了他家，孩子的妈妈秀秀也是坐在地上，靠着墙壁，目光涣散，对孩子的哭喊与别人的问候毫无反应，仿佛一棵行将枯萎的植株，生命气息宛若游丝。

面对如坚冰般寒意逼人的母子，工作组多数人的共识是将他们送到福利院去，政府好卸去这个沉重的包袱。可责任心极强且心地极其善良的方老师还是想做一次尝试。

方老师从秀秀儿子明明身上寻找突破口，带他去县城玩，给他买好吃的，给他买时尚的衣服。当看到一个妈妈带着两个双胞胎女儿在一景点门口照相时，明明贪婪地看着，他的心中对母爱充满着渴望。方老师安慰他，说他的妈妈一定会好的，一定会认出自己的儿子并给他不尽的母爱。方老师要明明像小男子汉一样去照顾好自己的妈妈。

明明比较自卑，成绩不够好，方老师还在百忙中腾出时间辅导他功课。

方老师润物细无声的关爱让明明向他敞开心扉，他尊重方老师，对老师的吩咐认真去执行，性格也一天天变得开朗起来。

最为棘手的事情是给秀秀转户口。通过二虎的好友找到秀秀在汉中的老家，开出当地村委会同意迁出的证明，带上那边的户口本，找到当地派出所。可办事人员认为没有结婚证户口转不了。可二虎已逝去，户口已被注销，怎么能办结婚证呢？情急之中，方老师找到了派出所所长，要求他根据实际情况给予通融。所长开了全体警员会议，要求以群众利益为重，工作中不要过于机械与教条。所长要求方老师设法从户口转入的村委会开具二虎与秀秀事实婚姻的证明，并有十五个知情人签名证实这件事。

证明好开，请人签名很难，因为许多村民没有看到二虎与秀秀在村里举办婚礼。于是找到二虎曾经带队干活的工友，他们见证二虎与秀秀曾经恩爱甜美的婚姻生活，纷纷签名做证。一个工友提到二虎欠下他们的工钱,二虎大嫂说秀秀至今仍保留着当年的账本,绝不会赖账。

新的户口本办好了,合作医疗给予的全民医保让秀秀可以到省城大医院接受精神疾病的治疗,儿子明明在身边尽心竭力地伺候着妈妈。

为了彻底让这对母子走出贫困,方老师利用政府补助的五万元,找到自己的兄长来负责盖房,做通两边邻居的思想工作让秀秀的新房无偿使用他们的山墙。方老师既当监工,又亲自干活。克服种种困难后,秀秀家漂亮宽敞的三间新房终于拔地而起。爱心人士还送来全部崭新的家具与电器。

一次次无私的帮助与感化,加上医院精心的治疗,秀秀的生命意识开始觉醒,终于有一天她抱着儿子明明放声大哭。那不是悲痛的哀鸣,那是人性的复苏,那是幸福的表达,那是母子俩告别过去走向新生的宣言。

电影根据真实事例改编而成,细节生动感人,完全合乎逻辑。这对走出生活绝境的母子的故事,正是对政府精准扶贫政策的礼赞。精准扶贫,不光帮助贫困户获得经济上的自由,摆脱生活的困境,还将唤回他们做人的尊严,是人性的回归与升华。而万千大众人性变得美好与合乎道德规范,我们的社会才会变得更加和谐。

功利化教育的利与弊
——电视连续剧《虎妈猫爸》观感

由于升学竞争与职场竞争过于激烈,每个中国家庭都希望自己的孩子能接受优质教育,上知名的大学,毕业后找到理想的工作,于是父母辈甚至爷爷奶奶辈普遍患上了一种孩子教育焦虑症,从幼儿园、小学开始,到初中与高中,不惜一切代价去为孩子的上学创造最优越的条件,给予孩子最殷切的期望。结果呢?孩子承受着沉重的学业负担与巨大的心理压力,也许最终能上一所好大学,获得一份好工作,可他们失去了许多本该属于他们这个年龄的许多自由与乐趣。

电视连续剧《虎妈猫爸》就生动地向我们展示了这样一种现实生活情景。

年幼可爱的罗茜茜与爷爷奶奶生活在一起,无忧无虑,开心快乐,每天都沉浸于童话世界的缤纷与美好之中,妈妈毕胜男与爸爸罗素也有了更多的时间和空间去享受二人世界的自由洒脱。可周围人对子女教育的高度重视,一些职场年轻人的教育水准和工于心计,让毕胜男发现女儿的教育已落后一大截,于是她开始对女儿进行文化课程与综合素质的全面培训。尽管女儿内心是强烈抵制的,可妈妈苦口婆心地讲道理加上恩威并施,还是让女儿顺从了妈妈的意志。为了孩子的教育,毕胜男居然辞了职,待在家里一年,好专心教育与辅导她,帮她迎头赶上。

最让一家人感到难以接受的是毕胜男要卖掉自家宽敞舒适的复式住宅,夫妻与孩子搬到一个采光通风都不能令人满意而价格奇高的套房里,原因只有一个:这里是学区房,这里的孩子都能上市立第一小学。全家人的生活质量都受到巨大影响,可毕胜男认为,为了女儿能上全市最好的小学,这样的付出是值得的。

由于一年级上学年限的变化,毕胜男又做出了让人感到匪夷所思的决定,让女儿推迟一年上学,即使女儿是那么渴望上学,渴望和别的小朋友在一起上课和玩耍。

苦苦等了一年后,女儿罗茜茜终于如愿以偿地进入市立第一小学,可年轻的语文老师兼班主任又让毕胜男感到难以接受。为了换老师,她联合其他家长与学校周旋,让学校领导伤透了脑筋。最后,学校领导晓之以理,耐心劝导,他们才有条件地让年轻老师继续教自己的孩子。为了孩子上到名校,父母付出了高昂的代价,他们似乎完全有理由期待学校给予自己的孩子以更多的关照。

退休高中教师毕大千的到来,让我们看到了强势而优秀的毕胜男性格与才能形成的深层原因。毕大千在毕胜男整个教育过程中,按照他独创的"必胜诀"理念去打造自己的女儿,每时每刻她都不可以放松学习,思想之弦始终绷得很紧。虽然毕胜男一路走来学业成绩出类拔萃,各方面能力引人注目,可心理上也蒙受巨大压力,常常夜里在噩梦中惊醒。

毕大千对他的学生同样要求十分严格,虽然他的严苛促成了学生的成才,许多学生都考取省内外名校,可这些学生心中对他是爱恨交加,甚至同学聚会都刻意回避他,不会邀请他。只有当毕大千生病住院时,在毕胜男肺腑之言的感化下,在京城的全体学生才来到他的病房,看望心中始终装着他们的老师。

上一年级的罗茜茜学习成绩还不错,可没有达到毕胜男的期望值。这时,罗素与初恋女友的交往导致他与毕胜男之间感情上出现裂痕,敏感懂事的罗茜茜认为父母感情不和只是因为自己学习成绩不够好。于是,小茜茜主动要求上学、放学都与外公在一起,并且要外公督促与辅导她学习。女儿的变化让爸爸妈妈感到异常欣喜。外公按照"必胜诀"的规定来管理小茜茜,带给小茜茜巨大的学习上、心理上的压力。一段时间后,她竟然患上了暂时性的轻度忧郁症,不愿与周围任何人交流,不理睬任何人。女儿这样始料未及的精神状况让罗素与毕胜男深陷自责与绝望之中。毕胜男再次从公司辞职,帮一个曾经的上司在城郊经营一家农场,向市民提供各种有机蔬菜,她的坚持与对人的正确使用让农场走出低谷,步入正常。毕胜男将女儿带到农场,与大自然的亲密接触让女儿重新获得一种童稚的快乐,性情变得开朗起来,笑容再次回到她纯真的脸颊上,她的心理逐渐回归正常,又清脆响亮地叫着"爸爸""妈妈""爷爷""奶奶""外公""外婆"。全家人终于如释重负。

此时,毕胜男终于明白,与其过分要求女儿学业多么优秀,还不如让女儿有个快乐的童年与健康的心理。

毕胜男的弟弟是毕大千高压教育的失败之作,他不思进取,整天浑浑噩噩地消磨青春时光。虽想法很多,有时也口出狂言,可眼高手低、意志薄弱,往往做得很差,让人鄙视。可他与罗茜茜单纯的老师一见钟情,一场轰轰烈烈的恋爱虽建立在欺骗的基础上可也发乎真情,浪漫温馨。但他没有学历,没有真才实学,没有理想的职业,女孩的父母不能接纳他。痛苦之中,他向女孩坦陈了自己的真实情况,没有阻挡女孩去国外读书的脚步。与父亲在病房中的一番对话让他理解了父亲恨铁不成钢的良苦用心,于是他幡然悔悟,开始一边打工挣钱,一边刻苦学习,狂补高中课程,准备考大学,将来还要读研究生。一个人学习的真正动力来自内心的觉醒与渴求,而不是一味施加外在的强制力。

急功近利的学校教育的确培养了许多优秀的人才,可这些人才中的确有一些心理不够健全的人,一些人品质不够高尚,缺乏感恩心理,甚至成为精致的利己主义者。而那些升学的失意者,家庭与学校教育往往给予他们的是失望的眼神与埋怨的声音,这些打击了他们对生活的信心,他们还能用其他的方式证明自己存在的价值与人生的意义吗?

实验表明,对于幼儿早期的教育,应以游戏、趣味活动与到大自然的怀抱中去体验的方式展开,不宜过早介入语文与数学,让孩子更多地接触与认识周围的客观世界,获得更多的感性认识,便于他们形象思维的形成。虽然刚入小学时,他们在语文、数学方面的知识差一些,可孩子逐步培养起来的对外面世界的强烈好奇心让他们保持旺盛的求知欲,孩子往往会很快赶上那些在幼儿园接受过语文、数学知识训练的同龄人,甚至会后来居上。爷爷奶奶早期让小茜茜生活在童话与游戏世界中,培养她对美好事物的感受力。而妈妈让心灵受到伤害的女儿回归自然,在大自然绿色植物与可爱生灵的陪伴下,小茜茜方才逐步走出心理阴影,重新变得阳光、开朗。也许,这些才是早期教育孩子的正确途径。

从教幼儿吃饭说起
——由三幅微信图片引发的思考

朋友圈中,皖西作家、特级教师赵克明先生陆续发来他孙子的几张图片:一张图片上是一个超大的壁柜,一层层整齐地放着他的孙子收集的世界各种型号小汽车的模型。另一张图片上,小家伙坐在桌子旁,正冥思苦想地在一页白纸上设计他心目中理想的小汽车。汽车设计与制造的种子已在孩子幼小的心田中播下,幼苗破土之后,岁月的阳光风雨定会助小苗苗壮成长,将来可能会长成遮天蔽日的参天大树。还有一张图片看似平常,却引起我的注意与思考。一碗米饭前,两三盘菜肴,小孙子正坐在餐桌前认真吃饭。赵老师在图片下附言:吃饭也得专心致志。

为人父母或爷爷奶奶,有多少人重视孩子良好的吃饭习惯的培养呢?捧着一碗饭,跟在孩子后面一口口地喂,孩子一边吃饭,一边玩耍或看电视,一顿饭哄着孩子吃,吃吃停停要耗时半个小时、一个小时,甚至更长时间。其实一个孩子吃饭时,不看电视,不玩任何有趣的玩具,既有助于食物的消化与营养的吸收,更有利于培养孩子抵御外在干扰以对眼下做的事全神贯注的习惯。吃饭如此,以后读书、工作、驾车、交友也得这样。当今社会,信息量巨大,干扰因素超多,一个人自幼时,父母就有意识地培养他做事时集中注意力的良好习惯就显得非常重要。

孩子吃饭时漫不经心,三心二意,可能是他零食吃多了,一点不饿,对一日三餐的主食提不起兴趣。这种零食冲击主食的饮食习惯对孩子的身体成长十分不利。记得儿时,我们村庄有一个男孩,由于爷爷奶奶的娇宠,每天零食不断,让我们这些平常几无零食可吃的孩子内心羡慕不已。

可这个男孩整天面黄肌瘦,体质上远不如同龄人。原来,我们的胃部在我们吃饭时处于工作状态,要分泌胃液去消化我们吃下的各种食物,有些很难消化,胃部要投入全部的力量,它也会精疲力竭,需要休息。如果孩子总爱吃零食,胃部总处于工作状态而得不到休息,长此以往,它会因疲惫不堪而疾病缠身。胃部出现问题,一个人的身体素质自然会下降。所以,一个人,特别是一个孩子,应当少吃零食,远离垃圾食品。纵使吃零食,也要放在饭前饭后,并且有所节制。聪明的父母还可以把零食作为奖品,用来奖励孩子好好吃饭,不去挑食。

对好吃的东西,天真的孩子总希望独自享受,这时父母要引导他们学会与人分享。可以把好吃的东西拿一些出来给小伙伴吃,父母也可以当着孩子的面一起吃那些老少咸宜的食品。懂得分享的孩子将来会更有孝心,更容易交到一些同甘共苦的朋友,未来的人生就不会那么孤独与寂寞。

孩子小时,他们自己能做的事,长辈可以先帮助完成,再逐步放手让他们独立完成,如穿衣服、穿鞋袜、叠被子、上洗手间。长大一点,可让他们试着刷锅、洗碗,帮父母扫地、倒垃圾。再以后,自己的衣服可以自己洗,自己的鞋可以自己刷,甚至替父母烧饭、炒菜。

也许父母并不指望孩子们做多少家务,父母重在培养他们的劳动意识和为父母分担一些生活负担的意识,以此为契机,父母可以从小就开始培养孩子的责任意识。

如果孩子第一次洗碗没有洗干净,父母可悄悄背着孩子将碗洗净,然后表扬孩子真能干。受到赞扬的孩子会热情高涨,以后会主动承担洗碗的任务。

有时,孩子有许多闲暇时间,而父母却非常忙碌,父母可主动示弱,故意对孩子说:"哎呀,如果没人做饭,爸爸妈妈下班到家会又累又饿。"这时,孩子往往会自告奋勇去做饭。当然,之前父母要仔细吩咐孩子如何使用燃气灶烧菜,如何使用电饭锅煮饭,现在的孩子在使用这些现代电器产品时会比父母领悟得更迅捷。

由于家用电器的广泛使用,人们的家务活大大减少,与此同时,孩子的学业负担多少年来有增无减。许多父母从来不要自己的孩子做任何家务,学校也把原来打扫卫生、清理杂草等工作承包给物业,很多学生不光没有劳动能力,还从心底里歧视体力劳动,从而导致目前大学生就业市场上出现一种奇特现象:一方面,数量庞大的大学生找不到理想的工作;另一方面,许多工厂薪资不菲的蓝领技术工人奇缺。

新课标要求学校培养德智体美劳全面发展的社会主义新人,劳动教育再一次引起社会的重视。其实,动手与动脑是并行不悖的,劳力与劳心是相辅相成的,一个四体不勤、五谷不分的人绝不可能会成为一个健全的独立的幸福的个体。

一个孩子从无忧无虑的儿童成长为朝气蓬勃的少年,以后成了热情上进的青年,人生的路上既会风和日丽,也会阴雨如晦,所以从小培养一个孩子的自信心与抗挫力非常重要。刚刚走路时摔倒了,不要急着扶起他,让他自己努力站起来。一件事情做砸了,帮他分析原因,找到改进办法,直到他把事情做好。某一方面有兴趣,积极培养他的兴趣,让他获得引以为自豪的优于同龄人的特长。而当他对追求的东西兴致弱化时,父母要重新唤起他的热情,鼓励他持之以恒,坚持下去,因为任何有价值的目标的实现都不会一蹴而就的。一旦实现这个目标,孩子的人生信念将更加坚定,许多困难他就会主动去克服。

一个孩子来到这个色彩斑斓的世界,他们用晶亮纯真的眼睛观察这个世界,心中充满好奇与惊喜,并用不受定式约束的童稚思维在心中理解这个世界。把孩子鲜活的生命带到这个世界,父母有责任用自己的智慧与耐心引导他们一点点长大,让那些优秀的品质春日细雨般地滋润他们生命的成长,日积月累,孩子们就会逐步掌握开启未来人生成功的生命密钥。